Taschenbibliothek der Weltliteratur

Aufbau-Verlag 1988

Miroslav Krleža

Die Rückkehr des Filip Latinovicz

Deutsch von Martin Zöller

Titel der serbokroatischen Originalausgabe
Povratak Filipa Latinovicza

1. Auflage 1988
Aufbau-Verlag Berlin und Weimar
Ausgabe mit Genehmigung des Verlages Volk und Welt, Berlin
Reihenentwurf Heinz Hellmis
Einbandgestaltung Regine Schmidt
Lichtsatz Karl-Marx-Werk, Graphischer Großbetrieb, Pößneck V 15/30
Druck und Binden III/9/1 Grafischer Großbetrieb Völkerfreundschaft Dresden
Printed in the German Democratic Republic
Lizenznummer 301. 120/209/88
Bestellnummer 613 638 4
00340

ISBN 3-351-00906-2

Es dämmerte, als Filip auf dem Stiftsbahnhof ankam. Dreiundzwanzig Jahre war er nicht in diesem Winkel gewesen, aber er wußte noch genau, was alles auf ihn zukommen würde: die fauligen, modrigen Dächer, der Zwiebelturm der Mönchskirche, das graue, verwitterte einstöckige Haus am Ende der düsteren Allee und schließlich das Medusenhaupt aus Gips über der schweren, beschlagenen Eichentür und die kalte Klinke. Dreiundzwanzig Jahre waren seit jenem Morgen vergangen, da er sich wie der verlorene Sohn vor diese Tür geschlichen hatte: ein Unterprimaner, der seiner Mutter einen Hundertkronenschein gestohlen hatte, der drei Tage und drei Nächte trank, sich mit Weibern und Kellnerinnen herumtrieb, dann heimkehrte, sich aber vor verschlossener Tür fand und draußen blieb, seitdem auf der Straße lebte, schon viele Jahre. Nichts hatte sich im Grunde geändert. Er stand vor einer fremden, verschlossenen Tür, und er glaubte, wie auch an jenem Morgen, die metallene Kälte des schweren, massiven Türdrückers in seinem Handteller zu spüren. Er wußte, daß die Tür unter seiner Hand nur schwer nachgeben würde, daß das Laub in den Wipfeln der Kastanien sich leicht bewegte; er hörte, wie eine Schwalbe über seinen Kopf hinwegstrich, und ihm war – an jenem Morgen –, als träume er. Schmutzig war er, müde, unausgeschlafen, und er spürte, daß ihm etwas am Kragen entlangkroch, allem Anschein nach eine Wanze. Nie würde er jenes düstere Dämmern vergessen, jene durchzechte letzte Nacht, die dritte, und jenen grauen Morgen – nie im Leben.
An der Ecke, wo er als Kind mit seinem weißen Lämmchen gespielt hatte, lag ein Bauplatz, von einer mannshohen Mauer umgeben, an der eine Reklame für Frauenkorsetts und Kokspatentöfen prangte: die Korsetts waren eng, in der

Taille stark geschnürt, und aus einem eisernen Ofen züngelte eine Flamme.
Ja, hier an der Mauer, hier hatte er an jenem Morgen gestanden und hatte nicht mehr weitergekonnt. Er spürte das Herz in der Kehle, in den Beinen, in den Gelenken, in den Fingern, zwischen den Rippen, im Fleisch, und er selbst, ein einziges dunkles, blutiges Herz, lehnte sich an die Wand, um nicht umzufallen. So war er lange unter den engen Korsetts stehengeblieben, die Hände voller Staub und Putz, denn die Wand war alt, modrig und voller Salpeterflecke. Ein Bäckerlehrling war an ihm vorbeigegangen, das Netz vollgestopft mit warmem Backwerk. Die frischen Semmeln hatten geduftet, und noch lange, als der Bäcker schon um die Ecke verschwunden war, hatte er das Schlurfen seiner Pantoffeln auf dem Asphalt gehört.
Vor dieser alten, morschen Wand blieb Filip nun stehen und berührte sie mit der Hand, als berühre er ein liebes vergessenes Grab. Wind und Regen hatten das Mieder ausgelöscht. Unter dem Mörtel blickten überall die Ziegelsteine durch, nur an einer Stelle war noch ein bläuliches Zünglein der Koksflamme unter dem Fußgestell des gemalten eisernen Patentofens übriggeblieben; als Filip dieses längst vergessene Zeichen erblickte, fühlte er, wie sich vor ihm ferne erstorbene Bilder auftaten, und ihm war, als stehe er vor unbegreiflich weiten Räumen allein – ganz allein.
Hinter der Ecke ertönten Schritte. Ein Bäckerlehrling ging an ihm vorbei, das Netz vollgestopft mit warmem Backwerk. Die frischen Semmeln dufteten, und noch lange, als der Bäcker schon um die Ecke verschwunden war, hörte er das Schlurfen seiner Pantoffeln auf dem Asphalt. Kein Mensch weit und breit. Leer die Straße mit dem alten grauen Turm am Ende der Allee und dem sanften Widerschein der milden Morgendämmerung in den geschlossenen Fenstern – Vorhänge, Blumenkästen, verschlossene Türen, Ketten, Löwenköpfe, steinerne Türschwellen und Messingschilder, hier und da ein altersschwaches Glöcklein. Vor dem einstöckigen Haus stand eine Laterne. Es war dieselbe, die zur Zeit seiner höllischsten Knaben- und Jünglingskrisen über seinem Bett geleuchtet hatte. Diesen orangegelben Widerschein an der Decke hatte er Nacht für Nacht zwischen den Drachengestalten und den Schatten

der Glyzinien und des blauen Flieders betrachtet; das Laternenflämmchen veränderte und bewegte sich unaufhörlich, so wie ein krankes Fischlein zwischen den vier Glaswänden eines schmutzigen Gefäßes.
Alles war grau in grau, auch das Haus wirkte ungewöhnlich finster, geradezu dunkelbraun. Das Medusenhaupt über der Eingangstür wirkte verkrampft, als läge es im Sterben; die Lippen schienen geschwollen, das Schlangenhaar fettig, zerzaust und die Eingangstür riesenhaft, eisenbewehrt wie ein Festungstor. Diese Seite, die Nordseite des einstöckigen Hauses, war stark verwittert, und Filip konnte sich gar nicht mehr vorstellen, daß er unter dem Dach dieses graugrünlichen Hauses seine eigene blutvolle, so unaussprechlich intensive Kindheit verlebt hatte. Hierher waren sie schon in der herrschaftlichen Phase von Mutters Karriere gezogen, als sie die Trafik in der Mönchsgasse verkauft hatte und der Domherr Lovro ganz öffentlich zu einem schwarzen Kaffee und zum Dominospielen gekommen war.
Er fühlte, wie alles kommen würde: die Klinke in der Hand, der schwere, massige Widerstand der Tür, der lange, ungelüftete, mit grauer Ölfarbe gestrichene Gang, die Holzstufen, das große weißgerahmte Fenster im Zwischengeschoß mit dem Ausblick auf den Garten. Als Filip vor dem fremden und verschlossenen Haus stand, überlegte er sich, wie es wohl wäre, wenn er einträte. Leise schritt er zur Tür, griff nach dem schweren kalten Drücker, der Drücker gab nach, und die Tür ging auf: Das Haus war nicht verschlossen. Lautlos zog er die Tür hinter sich zu, und langsam, wie ein Dieb, so daß absolut kein Laut zu hören war, schlich er sich auf Zehenspitzen und mit verhaltenem Atem bis zum Fenster im Zwischenstock. Das Fenster stand offen, und der Garten war schon von milchigem Morgenlicht erfüllt. Aus dem großen alten, schon belaubten Nußbaum erscholl lebhaftes Vogelgezwitscher. Friedlich lag der alte Garten mit seinen vier weißen, symmetrisch angelegten Wegen vor ihm, mit den blühenden gelben Rosen, den farbigen Glaskugeln und Zwergen, dem Springbrunnen und den Goldfischen. Wie unberührt, vollendet gepflegt, begossen, verschnitten war all dies – es war, als habe sich nichts ereignet und als ereigne sich überhaupt nichts im Leben. Unterhalb der mit wildem Wein bewachsenen Wand lugte aus dichtem

Immergrün das Dach des Hühnerhauses hervor. Die Teppichstange stand vor dem Hühnerhaus, dieselbe Teppichstange, auf der Filip am Vorabend von Karolinas Hochzeit das Feuerwerk abgebrannt hatte. Karolina hatte mit ihrem Vater im Bierkeller gewohnt; der Vater konnte krepierte Vögel ausstopfen und präparieren und ihnen Augen aus buntschillerndem Glas einsetzen, und Karolina – sie war dick gewesen, zwölf Jahre älter als Filip –, Karolina hatte in der Brauerei die Flaschen gespült.

Filip hatte volle drei Jahre um der dicken Karolina willen gelitten, still und voller Schmerz. Als ein frühreifes, zwiespältiges, unausgeglichenes Kind, von tiefen und finsteren Komplexen moralischer Erniedrigung geplagt, voll unreinen Blutes, dunkler Verfolgungsangst, zerrissen vom Liebessehnen nach verschiedenen dummen, kleinen, naiven Mädchen, seinen Altersgenossinnen, spürte Filip eines Tages die dicken, strammen Schenkel der gutmütigen Karolina in der Tiefe seines Schoßes.

Es war unten geschehen, in Karolinas Küche, bei den brodelnden Töpfen und der glühenden Herdplatte; er saß auf dem Küchenschemel und sah Karolina beim Wäschewaschen zu. Karolina, die einen vollen Topf mit heißem Wasser in die Wanne geschüttet hatte und wartete, bis es ein wenig abgekühlt war, setzte sich inzwischen auf Filips Schoß. Filip las gerade Zolas „Nana", malte Aquarelle, trank voller Ekel das erste Bier und erbrach sich nach der fünften Zigarette. Dieser kleine Junge, der einerseits Schach und Fußball spielte und geneigt war, immer noch die naivsten Kindereien anzustellen, andererseits aber zwischen den bösartigsten Lastern hin- und hergerissen wurde, dieser Junge fühlte unverhofft das dicke, feuchte, verschwitzte und erhitzte Hinterteil Karolinas auf seinem Schoß. Diese zufällige, unbedachte, arglose Handlung Karolinas blieb die süchtigste, wonnigste, leidenschaftlichste Gemütserregung seiner ganzen Kindheit. Wie oft sah er sich aus der Ferne an den fahlen Umrissen der Kostanjevecer Weinberge satt, in die Karolina mit ihrem Winzer gezogen war, und während er am Tage hinter den Hunden herjagte, Muscheln suchte und zusah, wie man Hähnchen kastrierte, verträumte er seine Nächte in innerer Aufruhr; er träumte von dem nie wiederkehrenden, übernatürlichen Genuß, den er empfand, als Karolina auf seinem Schoß saß. Als er dann auf jener Teppichstange sein letztes Feuerwerk abbrannte, am Vorabend von Karolinas Hochzeit, da fand er sich vor lauter Schmerz am Rande des Selbstmordes. Den ganzen Sommer über sprang er von hoch oben, von der Schulter des barocken heiligen Florian, der auf der Brücke stand, ins Wasser, nur um den Fluß mit Blut zu färben. Denn die Schüler erzählten sich die Legende, daß einmal ein Müller vom heiligen Florian hinuntergesprungen sei und daß man ihn nie wieder herausgezogen habe; nur das Wasser habe sich mit Blut gefärbt.

Feuerwerk am Vorabend von Karolinas Hochzeit! Blutgefärbtes Wasser unter der Brücke! Wieviel Wasser hatte sich schon blutigrot unter ihm gefärbt, er aber schwamm immer noch und bewegte sich weiter. Auch an jenem Morgen, an dem er über diese Stufen zurückkehrte als ein Büßer, als ein Dieb, der einen Hunderter gestohlen hatte und der von unzüchtigen, schmutzigen und betrunkenen Weibern kam, auch an jenem Morgen, als ihn seine eigene Mutter mit moralischem Abscheu auf die Straße warf, auch da färbte sich unter ihm das schlammige und verhängnisvoll trübe Wasser blutrot. Wie bebte er an jenem Morgen hier an diesem Fenster, mehr tot als lebendig, und wie lange dauerte jenes unerträgliche Warten hier an dieser Stelle. Die Nacht davor, als er noch vierzig Kronen in der Tasche hatte und noch die Möglichkeit bestand, irgendwohin, weit weg zu fahren, auch diese Nacht war furchtbar gewesen! Auch jene letzte Nacht, da Forint um Forint zerrann und mit mathematischer Sicherheit die Katastrophe nahte, auch sie war gespenstisch und todbringend. Doch nunmehr stand ihm das Allerschwerste bevor: Noch vierzehn Stufen mußte er emporsteigen, und dann mußte er klingeln – erster Stock links. Er stand in jener fernen Dämmerung über diesem Fenster vielleicht länger als eine Stunde unbeweglich und wie erstarrt und hätte sich auch dann nicht gerührt, wenn er nicht gehört hätte, wie unten die Tür aufging und wie jemand sich näherte. Ihm schien, als sei dieser Jemand auf dem Wege zum ersten Stock. Aber es war nur eine Dienstmagd aufgestanden, die mit einer Schüssel voll Maismehl die Hühner füttern ging. So fand er sich vor der Tür der Mutter, vor der braunen, mit

Ölfarbe gestrichenen Tür mit der Messingklinke und der runden, mit Messing eingefaßten Scheibe des Gucklochs, das sich ausnahm wie ein rundes Miniaturbullauge auf einem Schiff. Der Deckel hinter diesem metallenen Auge war heruntergeklappt.

Ein holzgerahmtes Türschild.

Vor- und Nachname seiner Mutter. Der Witwe. Der ihm so bekannte Name seiner Mutter.

Hier wohnte sie, die Frau, die in Schwarz ging, die Witwe, seine Mutter, Trafikinhaberin aus der Mönchsgasse; und ihr Sohn, der Unterprimaner, kehrte heim aus dem Bordell, und all das war erst der Anfang.

Wie hatte er geklingelt und wann? Lange rührte sich niemand; alles war still, wie erstorben.

Er klingelte nicht nur einmal, denn die Batterien waren nie besonders gut geladen, und der Klang war ziemlich schwach. Das kam ihm ganz gelegen. Sie schlief. Lange schlief sie. Es war auch besser so, daß sich das Ganze noch etwas hinausschieben ließ.

Dann, nach längerem Klingeln, öffnete sich die Zimmertür, und er hörte Pantoffeln auf den Dielenbrettern. Das war sie. Der Deckel hinter dem Guckloch öffnete sich, und er fühlte ihren kalten, unerbittlichen Blick. Er vernahm ihre strenge, rauhe Stimme. Sie fragte ihn, was er wolle. Und sprach ihn mit „Sie" an.

„Was wollen Sie?"

„Ich bin's! Mach mir auf!"

Dieselbe strenge und rauhe Stimme ließ sich erneut hinter der verschlossenen Tür vernehmen: Sie kenne ihn nicht, und er möge zurückkehren, woher er gekommen sei. Dort gehöre er auch hin. Und wieder „Sie": „Dort gehören Sie auch hin!"

Ihm war, als verliere er das Bewußtsein, doch während des ganzen trüben Gesprächs, mit dem Blick durch das Guckloch inmitten eines Holzbrettes, mit dem Blick auf diese geheimnisvolle, eingefaßte runde Scheibe, da fühlte er, daß es sich hierbei um irgendeine wichtige, unüberschreitbare Schranke handelte. Um eine Demarkationslinie. Und als der Deckel herunterfiel, als man hörte, wie sich die Schritte in der Diele verloren, und als er vernahm, wie sich drinnen, in der Wohnung, die Tür zum Zimmer schloß, da

wurde Filip klar, daß die Tür vor ihm endgültig und für immer verschlossen blieb.
So hatte er sich umgedreht, war die Stufen hinabgegangen und auf der Straße geblieben, dreiundzwanzig Jahre ganz allein.
Und nun war er in dieses abgelegene Provinznest zurückgekehrt, und es war wieder ein Frühlingsmorgen, und wieder fand er sich im ersten Stock dieses fremden feuchten Hauses. Es wäre nicht schicklich gewesen, wenn jemand den unbekannten Passanten entdeckte, wie er in der grauen Dämmerung in fremden leeren Häusern herumschlich. So wie er sich auf Fußspitzen, Schritt um Schritt, vorsichtig, mit verhaltenem Atem hineingetastet hatte, so stahl er sich wieder auf die Straße. Dort, unter dem dichten Laub der Kastanien, war es finster, grünlich und dunkel.

Die Vögel, die Wasser und Weiden, alles war ein morgendliches, frühlingshaftes Bewegen von Bildern, wie das traumhaft zitternde Spiel von Schatten und Licht. Und dennoch, Filip vermochte seine Niedergeschlagenheit nicht hinunterzuschlucken, die in seiner Kehle würgte gleich einem unergründlichen Knäuel der Trauer. Der Schnellzug fuhr kurz nach drei in den Stiftsbahnhof ein, und nun begann um die Stadt der durchsichtige Schein des blauen, frischen, aprilhaften Morgens zu wachsen, voller Helligkeit über den Feldern und über den Äckern. Der seidige Morgenwind, die schweren, weißen, müden Aprilwolken, die Düfte über den Feldern und die Farben in den Fernen – alles wuchs wie eine stille Instrumentation des blauen morgendlichen Erwachens. Aus der Ferne, aus der offenen Ebene, breitete sich über die Äcker ein bronzenes Morgengeläut aus, und über der grünlichen Kupferzwiebel der Mönchskirche häuften sich schwere weiße Wolken, so daß die Spatzen unter den Wipfeln der Platanen unruhig wurden wie vor einem frühen Morgenregen.

Ja, da lag vor Filip im Frieden des Morgens das Stift, der Sitz des oberpannonischen und illyrischen Bischofs, die ruhmvolle antitürkische Festung des sechzehnten Jahrhunderts am Rande des Saveschlammes und der Sümpfe, die Stadt seiner Kindheit, seiner frühesten Jugend, die er so lange nicht besucht hatte und die ihm so bekannt erschien und zugleich so fremd, als sei er längst gestorben und als lugten durch all die Schleier unklarer Unbegreiflichkeiten die vergessenen Umrisse toter Dinge und Ereignisse. Über die Promenade hinweg, wo unter den Platanen die Ringe roter und gelber Tulpen blühten, holperte entlang der Baumreihe langsam der Wagen des Fleischers, überbeladen mit blutigen Rindskeulen. Eine bläuliche Kalbshaxe kam in die Speichen, so daß es aussah, als knicke das Rad das Bein im Gelenk. Fasziniert von diesem bläulichen abgeschabten Kalbsbein, folgte Filip dem Fleischerwagen über die Brücke, und an dem mit Moos bewachsenen grauen Zaun fand er sich in der Mönchsgasse wieder. Am Ende der Maulbeerbaumallee, unter dem steilen Dach eines schlichten, langgestreckten Hauses, gleich neben dem ersten Fenster an der grauen Mauer, befand sich die hohe grünliche Holztür, sie war verschlossen und mit einem Vorhängeschloß und einer Eisenstange versperrt. Über der Tür hing eine Blechtafel mit der Aufschrift: „Kleines königliches Tabakwarengeschäft".

Hier stand sie vor dreißig Jahren, die Trafik seiner Mutter, der Frau Regina, und hier stand sie auch jetzt noch, die Trafik, wie in der Zeit seiner Kindheit, als das Wasser in den verrosteten Regenrinnen tropfte und man hören konnte, wie die Kraniche in den dunklen Nächten hoch über der Stadt dahinzogen. Da stand noch immer der Pfeiler aus morschen Ziegelsteinen, und dort war die Türschwelle, von Ratten zernagt. Auch das Fensterrollo war genauso beschädigt wie vor dreißig Jahren, und dort, hinter dem Rollo, war das feuchte, modrige, dunkle Zimmer mit dem fauligen Fußboden, auf dem er so oft und so lange in der Ecke hinter dem Ofen knien mußte: Filip kniete im Halbdunkel, er war ganz allein im Zimmer, nur von außen her waren die Schritte der Passanten zu hören, vom Maulbeerbaum bis zum Zaun, vom Zaun bis zur Wand, vorbei am ersten Fenster und am Regenwassergraben, in dem das grünlich-fette Wasser mit all den Strohhalmen und Geflügelfedern darin vor sich hin faulte. Filips Blick ruhte auf diesem Graben unter der kleinen Holzbrücke, der voller Stroh, Kehricht und Geflügelflaum war, und ein Schifflein aus Zeitungspapier, dieses liebe Abenteuerschiffchen der Kindheit, war an einem Ziegelstein gestrandet, ganz naß und aufgeweicht, kurz vor dem Untergang. Filip neigte sich, um sein gestrandetes Kindheitsschifflein aus der übelriechenden Lache zu bergen, an der er so viele Stunden von fernen Seehelden geträumt hatte, aber im gleichen Augenblick schien ihm das zu dumm; er stellte sich vor das Trafikfenster, starrte die Flecke auf der

verschmierten Fensterscheibe an und blieb lange, lange regungslos stehen.
Dort, gleich hinter der Wand, stand Mutters ovaler polierter Tisch, auf dem das rötliche, samtene Album mit den Photographien lag. Das rote Samtalbum, dieses kostbare, geheimnisvolle Buch, war mit Blattgold umrahmt und zeigte auf dem Einband einen Herold im Ritterpanzer, der in der einen Hand eine Trompete hielt; über der Trompete hing eine Flagge mit zwei großen Adlern, die die Flügel ausbreiteten. Dieses vergilbte Album mit dem ritterlichen Trompeter war eines jener Heiligtümer, die man nicht berühren durfte. Eine Berührung wurde im heiligen Zorn mit lang anhaltendem Knien hinter dem Ofen geahndet, wo es so sehr nach Ratten stank. Und dort an der Wand, auf der anderen Seite des abgeschabten grauen Gesteins, hing der unbegreiflich herrliche, mit Ebenholz eingerahmte Frauenakt, der nicht größer als dreißig Zentimeter war und auf der Ölfläche bereits die ersten Stockflecke zeigte. Das grünlichgraue Licht, das den nackten Körper umgab, begann allmählich irgendwie durchsichtig zu wirken; das Bild sah aus, als sei es nicht von Menschenhand geschaffen. Seine Mutter, die geheimnisvollste Erscheinung seiner Kindheit, die Trafikantin Regina, die von allen nur Regina genannt wurde, in Wirklichkeit aber Kasimiera hieß, war eine Polin. Sie, die nie richtig kroatisch gelernt hatte, hütete eifersüchtig das mit Ebenholz eingefaßte Bild der unbekannten nackten Frau, sie hütete es wie eine Reliquie, und Filip gelang es nie, in Erfahrung zu bringen, was das Bild darstellte und woher seine Mutter es hatte. Dieses Bild plagte ihn jahrelang, und es war nicht das einzige Geheimnis, über das er sich den Kopf zerbrach, wenn er unter diesem beschädigten Rollo an diesem schmutzigen Fenster saß und dem Wind zuhörte, der auf dem Boden heulte.
An diesem Fenster war er in jener Herbstnacht schwer erkrankt, in jener Nacht, als in langen Reihen englische Pferde durch die Stadt auf den Transvaaler Kriegsschauplatz gezogen waren, und die Nacht war neblig, oktoberhaft gewesen. Man hörte im Dampf des warmen Pferdegeruchs die Hufe dröhnen auf den Bohlen der Holzbrücke an der Ecke der Mönchsgasse. Die Pferde waren unterwegs, unterwegs nach fernen, unbekannten südlichen Meeren, auf dem

Wege zum Äquator, wo die geheimnisvollen Sterne der südlichen Halbkugel schimmerten. Schwarzgeteerte Schiffe, die in fernen Häfen knarrten, warteten auf diese Pferde, um sie zu verschlucken und sie in unbegreifliche Weiten zu bringen, wo Riesenschlangen krochen und giftige Mücken stachen. Unsagbar viele dieser englischen Pferde zogen in jener Nacht vorüber; es war ein Wald von schwarzen, zerbrechlichen Pferdebeinstämmen, die unruhig hin und her wogten und die wie Beine von irgendwelchen wunderlichen, beschlagenen Vögeln wirkten. In jener Nacht hatte die Mutter nicht daheim geschlafen. Schon seit langem hatte es vom Turm der Brüderkirche Mitternacht geschlagen, und immer noch nahmen die Reihen der englischen Pferde kein Ende; ununterbrochen stampften sie vorüber, Schweife, Köpfe, Hufe, in unendlichen dunklen Haufen, eine Masse dunklen Fleisches, ein Schnauben, das die Fensterscheiben erzittern ließ. Beunruhigt von dem ungewöhnlichen Lärm und verschüchtert durch die Einsamkeit, kauerte Filip an diesem Fenster und hob das verschmierte, zerrissene Rollo nur so hoch, daß sein Blick bis zu den Bäuchen der Pferde reichte. So unter dem Rollo hervorlugend aufgeschreckt von den unbegreiflichen Bewegungen der dunklen Lenden, Schenkel, Gelenke und Hufe, begann er krankhaft zu zittern – vor Angst und zugleich im Banne einer ungewöhnlichen, trüben, erhabenen Gefühlserregung. Nase und Stirn an das kalte Glas gedrückt, betrachtete Filip den Zug der Pferde, der gen Afrika wanderte, und es war dunkle Nacht, und die Mutter kam nicht zurück. Gegen Morgen schlummerte er ein, als die Brüder schon zur Frühmesse läuteten, doch die Mutter war immer noch ausgeblieben. Der erste Blick, nachdem er aufwachte: Mutters Bett war leer.

Die Trafikantin Regina kam erst um acht; sie strich ihm über den Scheitel und wies ihn an, den Samtanzug anzuziehen, denn sie wollte mit ihm in die Stadt. Die Mutter liebkoste ihn und nannte ihn Zygmusik. Es war ein Zeichen besonderer Gunst und besonderen Wohlwollens, wenn sie ihm mit der Hand übers Haar strich, vor allem aber dann, wenn sie ihn mit dem richtigen Namen ansprach. Schon der Samtanzug als solcher war das Symbol der Feierlichkeit, ein Symbol des Ungewöhnlichen. In seinem dunkelblauen Samt, mit dem Aufschlag aus Spitze, mit Manschetten und

Brustkrause kam sich Filip ungewöhnlich feierlich und elegant vor, er fühlte sich wie ein ritterlicher Falkner des Mittelalters mit Spitze und Samtbarett. Regina aber, ihrem Kinde gegenüber sonst völlig kalt, gab viel auf dekoratives Aussehen. Damit hob sie sich von allen anderen ab, und irgendein besonderer Trotz aus sozialem Widerstand fand darin seine Betonung, als sei sie mit den übrigen Armen im Hof und in den umliegenden Häusern gar nicht zu vergleichen. Das Kind der Trafikantin war immer säuberlich gewaschen und gewählt gekleidet, und dieser phantastische und puppenhafte Zug im Geschmack seiner Mutter bildete später den Anlaß zu manchen Zusammenstößen in Filips Freundeskreis. Vom Kind der Trafikantin sagte man in der Stadt, sein Vater sei ein Bischof gewesen, und dieses Gerede vergiftete seine ganze Kindheit unheilbar und bitter.

In ungeheizten Waggons fuhren sie lange zur Stadt, und als sie dort eintrafen, ließ die Mutter ihn in einem Café unter dem gläsernen Bogen einer Auslage zurück. Er saß an einem Marmortisch, und sie bestellte ihm eine Schokolade, bedeutete dem Kellner, auf den Kleinen aufzupassen, und fügte hinzu, sie käme bald wieder zurück. Schon im Café fieberte Filip. Alle senkrechten Linien, endlos vertikal, schwanden unter seinem Blick, und die waagerechten Striche kreisten um ihn wie ein ununterbrochenes unruhiges Wogen. Die Mutter kehrte erst am Nachmittag zurück. Ihre Augen waren trübe, müde, von Tränen geschwollen, gerötet. Die Augenbrauen verschmiert, die Züge eingefallen. Filip entdeckte zum erstenmal, daß seine Mutter wie ein Clown mit Pudermehl eingestaubt war und daß sie unter dieser mehligen Maske ein anderes Gesicht hatte, ein trauriges, graues, gequältes Gesicht. Er pendelte mit den Beinen, nahm schon die dritte Schokolade mit Sahne zu sich, und die Mutter liebkoste ihn und flüsterte ihm leise, unter Tränen zu, daß sie nun eine Dame besuchen würden, bei der er sich sehr artig benehmen müsse.

„Du bist doch mein guter kleiner Zygmusik, nicht wahr?"

Er ein guter kleiner Zygmusik? Und gar noch der ihrige? Oh, wie war das alles ungewöhnlich und feierlich! Er stellte fest, daß sie ihren altertümlichen Goldschmuck angelegt hatte, auch ihr altmodisches Kettenohrgehänge, das sie in der seidenen gepolsterten Dose aufbewahrte. Filip konnte

sich nicht entsinnen, es je an seiner Mutter gesehen zu haben. In der schweren schwarzen Seide und ihrem alten Schmuck wirkte seine Mutter sehr vornehm. Ihr Gesicht war völlig blutleer und weiß, wie bei einer Toten.
Es war ein milder Oktobernachmittag. Er ging an Mutters Seite, pflückte vom Rasen im Park drei Fuchsschwänze, und mit diesen drei warmen verwelkten Blütenähren in der Hand betrat er hinter der Mutter das große verrußte, triste Haus, das eine Glastür hatte. Das Glas in dieser Eingangstür war rötlichgrün, und die Tür, an der die Mutter klingelte, war lackiert, blitzblank und ungewöhnlich hoch. Im Schatten seiner Mutter trat er ein, spürte ihre Zwirnhandschuhe in seiner Hand, und er fühlte, wie durch diesen Faden eine seltsame Wärme drang. Als er hinter der Mutter eintrat und durch die dunklen Zimmer und Vorzimmer schritt, über die Teppiche strich und die verschiedensten Ständer und Dinge betrachtete, war ihm nur eines klar: Es gab viele Zimmer, und alles in ihnen war auffallend hoch – die Türen, die Öfen, der Hausrat, die Gardinen, die Fenster. Die dicken Teppiche, der Widerschein der Politur und des Porzellangeschirrs in den Glasschränken, die Bilder, die Hasen und Rehe auf den silbernen Tellern, die schweren wollenen, faserigen, haarigen Tischdecken und Lehnstühle, all das wirkte auf ihn ungemein beunruhigend, so daß er mit seinen verschwitzten Fingerchen nervös an den Blütendolden herumzupfte. Die Dame, die sie empfing, hatte ein grobes behaartes Gesicht, eine Riesenfrisur, schwarz wie Kohle, sowie Goldzähne, Goldreifen und ein goldenes Lorgnon. Ihre Finger waren mit Ringen und Edelsteinen überladen. Als sie Filip mit ihrer knöchernen Hand unters Kinn faßte, empfand er an seiner glühenden Wange eine unangenehme und ungewöhnlich kalte Berührung mit Gold. Die schwarzhaarige Dame gab ihm eine in Silberpapier gewickelte Tafel Schokolade und schickte ihn in ein anderes Zimmer: Sie habe mit der Mama etwas zu besprechen, und er solle unterdessen mit dem Pharao spielen. Pharao, das war ein Häher in einem honiggelben Vogelbauer, und als Filip über die Schwelle trat, begrüßte ihn Pharao mit heiserer und rauher Stimme: „Bonjour, Monsieur."
Filip fuhr zusammen und drückte sich gegen einen riesigen

altertümlichen Polsterlehnstuhl. Er fühlte, wie seine Finger langsam ins Silberpapier drangen und wie die Schokolade in seiner Hand schmolz, und er wußte nicht, was er mit den zerdrückten Blüten anfangen sollte. Wegwerfen? Drüben im Zimmer weinte die Mutter, leise, ganz leise, aber sie weinte, und der Häher stöberte in seinem Bauer herum, wirbelte seine Radtrommel, pickte die Haselnüsse, wetzte seinen Schnabel an den blinkenden Radspeichen, und alles war so unangenehm, bedrückend, dunkel, überwarm, alles klebte wie geschmolzene Schokolade, alles roch widerlich nach dem häßlichen, kreischenden grauen Vogel. Bonjour, Monsieur.

In jener Nacht heulte der Sturm mit dem ersten Schnee auf. Er brach Äste ab, bröckelte den Putz vom Schornstein, so daß die Ratten auf dem Boden unruhig wurden. Gegenüber, beim Bäcker, brach sich ein Fohlen das Bein, und Filip phantasierte von englischen Pferden, von einem Raben, der französisch sprach, und von dem Weinen der Mutter. Er sah seine Mutter als Tote, in einem unbeschreiblich hellen Spiegel; sie saß da wie in einem Schaufenster, und vor ihr, auf der Tischdecke, lag ein Banknotenbündel – ein rotgrünliches Bündel Banknoten, gebunden mit einem rosa Bändchen. All das sah er ungewöhnlich klar vor sich auf der faserigen linnenen Tischdecke, und der Rabe schrie aus dem anderen Zimmer herüber: „Bonjour, Monsieur!"

Der Sturm im Schornstein, die Finsternis und Mutters Weinen in der Dunkelheit . . .

Nie hatte er es gewagt, dieser schweigsamen Frau irgendeine Frage zu stellen, aber in dieser Nacht, schon halb in der Umarmung des Todes, fragte er die Mutter ganz natürlich, warum sie weine.

Sie antwortete nicht. Stilles Schluchzen.

Er stand auf und trat an ihr Bett. „Mama, was hast du? Warum weinst du?"

Als er so an Mutters Bett stand, barfuß, in seinem langen Nachthemd, da dachte er, die Mutter würde ihn zurückjagen. Aber das Gegenteil geschah: Sie nahm seine Hände und begann sie zu streicheln, und plötzlich fand er sich, er wußte selbst nicht, wie es kam, in ihrem Bett und empfand dabei nur, daß Mutters Körper kalt war, daß ihre Tränen aber wie geschmolzenes Wachs brannten. So weinte er

denn mit ihr, und draußen tobte der Sturm, der Schornsteine umriß und alles mit sich forttrug, tote Vögel und welkes Laub. In dieser Nacht bekam er eine Lungenentzündung, und er lag einen Winter lang zwischen Tod und Leben darnieder, und die Bronchien und der linke Lungenflügel gingen ihm dabei fürs ganze Leben zugrunde.
All das begann an jenem grauen, schmutzigen Fenster in jener fernen Oktobernacht mit den englischen Pferden.
Das Drama einer provinziellen Trafikantin. Der Rabe, der französisch sprach! Die Banknoten auf der Tischdecke und die unsympathische Alte mit der schwarzen Perücke! Was war das für ein Drama? Was war das für ein geheimnisvoller Besuch in jenem dunklen Palais? Wo ist das alles geblieben, wohin ist das verflogen?
Vor dem schmutzigen tiefen Fenster, dicht am Glase, stand Filip. Er hörte, daß hinter der Wand eine Uhr tickte, er fühlte, daß sich hinter dem Vorhang jemand bewegte, und als sich hinter dem zerrissenen Rollo ein gelbes, verschlafenes, bärtiges Gesicht zeigte, fuhr er erschrocken und verwirrt zurück und ging eiligen und unruhigen Schrittes die Straße bis zur Mönchskirche hinab. Die Kirche war leer. Eine Bettlerin seufzte laut vor dem Opferaltar der Heiligen Jungfrau, einer barocken kaiserlichen Figur mit Krone und Zepter, die in einen rötlichen, mit goldenen Lilien durchwirkten Brokatmantel gehüllt war. In dem riesigen Gebäude war es feucht, kalt, es roch nach nasser Asche und modrigem Tuch. Hinter dem Hauptaltar sah es aus wie hinter den Kulissen eines Theaters: alte Lumpen, alte Schreine, Bretter, Leitern, Spinngewebe, Petroleumlampen, Terpentinflaschen, Kneifzangen ... Eine alte, längst abgespielte Vorstellung, die noch immer andauerte, obwohl niemand wußte, warum. Kirchenfahnen auf den Altären, Heiligengestalten, Marmorengel, feuchtes Halbdunkel und fernes Vogelgezwitscher um den Turm. Und draußen, rings um die Kirche, lagen die grasbewachsenen Gräber. Die riesigen Platten weißer, barocker Felsen, verwittert, mit angeklebten Schwalbennestern und Spuren von nistenden Spatzen, und an der verfallenen, mit Immergrün bewachsenen Umfriedung aus roten Ziegeln die alten Gräber der Schmiede und der Schmiedefrauen, der verehrten Zunftmeister und der Äbte und Domherren des pannonischen Kapitels, mit klin-

genden Titeln und den mittelalterlichen Wappen ihrer kirchlichen Würde.
Unter einem wuchtigen Granitblock im Schatten der Apsis lag ein Graf Uexhuell-Cranensteeg, der mit den Spitzen Ludwigs XV. geschmückt hierher, an die türkische Grenze, geritten kam, danach im pannonischen Schlamm starb und auf dem Kastanienberg hundertzwanzig Zimmer zurückließ, die seit zweihundert Jahren leer standen. Hier ruht der Abt der Heiligen Jungfrau, der Domherr Lovro, unter einer hohen Zypresse, der Freund seiner Mutter Kasimiera, den Filip im Verdacht hatte, er könnte sein Vater sein. Und dort, irgendwo am Hauptweg links, völlig vergrast, mit einer schwarzen ovalen Tafel auf einem schweren, massiven Kreuz, dort ist das Grab seines legitimen Vaters Filip, des Burschen und persönlichen Kammerdieners Seiner Eminenz des Bischofs Sylvester, der sich aus eigener Initiative Filip nennen ließ, obwohl er auf den Namen des polnischen Königs Zygmunt getauft und in der Schule bis zum Gymnasium auch so angesprochen worden war. Sein Vater starb, als er, Filip, zwei Jahre alt war, und er wußte eigentlich gar nicht, ob er sich wirklich an seinen seligen Vater erinnerte oder ob er ihn nur aus dem Samtalbum kannte. Filips Vater war Diener des Bischofs, ein Bursche, der angeblich auf Empfehlung eines ungarischen Grafen in bischöfliche Dienste kam, und die Photographie in Mutters Album zeigte ihn in einer galonierten gräflichen Livree als „valet de chambre", in Lackschuhen und weißen Strümpfen, die unter dem Knie mit einem vergoldeten Strumpfband abgebunden waren. Das bartlose blasse Gesicht, geprägt von starken sinnlichen Zügen und von einem gesunden Gebiß, eine vollendet unpersönliche Erscheinung mit dem kalten passiven Blick des geborenen Dieners, dieser geheimnisvolle Vater Filips stand über seiner Kindheit wie ein Schatten, vor dem er jahrelang gezittert hatte. Dieser Tote, an den sich Filipp nur erinnern konnte, als er zwischen Stiefmütterchen und Papierspitzen auf der Bahre lag, bekam in seiner Phantasie als eine immer schwerere und dunklere Frage Leben und Gestalt. Und nicht einmal heute, nach vierzig Jahren, weiß Filip eine Antwort auf die Frage: Ist die vermoderte Livree unter diesem Eichenkreuz wirklich sein Vater, oder war er nur ein Schachzug seiner Mutter,

der Trafikantin, über die in der Stadt viel geredet wurde, die jedoch nicht eine von Filips Fragen beantwortete, die keine Antwort gab, aus der man auch nur das Geringste schließen konnte, was nicht mit den strengen Regeln des Glaubens in Einklang stand. Nach diesen Gesetzen des Glaubens heiratete der ungarische gräfliche Kammerdiener das Hotelzimmermädchen Kasimiera, das vordem in einigen westeuropäischen Großstädten gearbeitet hatte und mehrere Sprachen beherrschte. Und hier, in bischöflichen Diensten der Stiftsstadt, wurde ihnen im zehnten Monat rechtlicher Ehe ein Kind geboren, getauft im Taufbecken derselben Mönchskirche auf den Namen Sigismund Kasimir.

Die Sonne drang schon durch die Kronen der Linden und Maulbeerbäume, als Filip durch die Mönchsgasse zurückkehrte. Die Trafik war geöffnet, und er stand vor dem Ladentisch; jenes ungemütliche bärtige Gesicht goß ihm finsteren und mißtrauischen Blickes einen Zwetschgenschnaps ein, betrachtete den blassen Fremden von der Seite, der schon am frühen Morgen vor fremden Fenstern herumstrich. Filip trank den Zwetschgenschnaps, trank einen zweiten, zündete sich eine Zigarette an, setzte sich auf das hohe leere Faß und nahm den ganzen Strom alter und so gut bekannter Gerüche in sich auf.

Diese alten, gleichen, unveränderten Gerüche! Das ganze Parterrezimmer war in eine hauchdünne Horizontale von Rauch gehüllt, der sich wie ein Schleier um Gegenstände und Schränke, um das Strohgestell für die Semmeln wand. Allem entströmte ein scharfer und empfindlich feuchter Geruch von Tabak, der den ganzen Raum durchtränkt hatte. Der Geruch nach Zigarren, der Geruch nach alten Wassersemmeln, nach Schwarzbrot, Zwetschgenschnaps, nach Petroleum und der gewöhnlichen Rohrzuckermelasse in den rosa Paketen auf dem letzten Brett des Regals! Auch die Jagdwurst hing noch immer an demselben Nagel am äußeren Brett des Glasschranks, in dem die Schnürsenkel und Talglichter untergebracht waren. Beim Anblick dieser alten, vertrauten Dinge roch Filip an seinen Fingern, als könne er an ihnen den Duft des nassen Kinderschwämmchens wiederentdecken und als höre er das Quietschen des Griffels, der schwer und ungelenk über die feuchte Tafel glitt. Da, gleich neben dem Strohgeflecht für die Semmeln, war von einer Wand zur anderen ein rötlicher Vorhang gezogen, der sich über eine Blechstange bewegte und so das

Zimmer in zwei Räume teilte, in die Trafik selbst und in den Raum, in dem Filip seine ersten Buchstaben schrieb, während der große Kinderschatten auf den Vorhang fiel und wie ein Untier über die Decke kroch. Nun gab es keinen Vorhang mehr, aber der alte Lehnstuhl, einst mit schwarzem Leder bezogen, stand immer noch dort, mit einer Armlehne an die Wand gestellt, und war wie ein alter Gaul mit einer modrigen, übelriechenden Plane zugedeckt. Schon damals, vor dreißig Jahren, entquollen ihm die Eingeweide, die Gurte, die Federringe und ganze Büschel des trockenen, scharfen, stacheligen Seegrases, heute aber war nur noch das verfaulte Skelett eines Lehnstuhles übrig, das sich aus Fetzen zusammensetzte und sich unter einer Decke verbarg. Auch der alte, löchrige, polierte Tisch war noch da. Mit der Schublade dieses alten abgeschabten Möbelstückes hatte Filip sieben Jahre lang gespielt. Die Lade des wurmstichigen und unter der Politur so geheimnisvoll lebendigen Tisches zu öffnen hatte man ihm streng verboten. Aber diese Schublade war so gewaltig, und sie war wie eine geheimnisvolle Tür so unheimlich schwer zu öffnen, und im Dämmerlicht des Raumes blinkte das scharfe, nackte, geschliffene Küchenmesser so hell, daß Filip angesichts der glänzenden Solinger Schneide das Gefühl hatte, die Schwelle einer dunklen mittelalterlichen Waffenkammer voller Spinngewebe zu übertreten. Der Atem stockte ihm, und er hörte das Herz im Halse schlagen, aus Angst, die Mutter könne ihm auf die Schliche kommen, und die ganze Anstrengung des langsamen und geräuschlosen Bewegens der Lade würde dann in einer einzigen Sekunde vergeblich gewesen sein, die bei verhaltenem Atem und mit unruhigen, zitternden Fingern oft mehr als eine halbe Stunde währen konnte.

Alles stand in diesem feuchten Grab an seinem Platze, nur eine Sache fehlte: die alte spanische Wand, der altertümliche, fünfflügelige englische Wandschirm mit einem Rahmen aus rotem Mahagoni. Die Seide war völlig verrottet, und jemand hatte über die Draperie alte Stahldrucke und Lithographien aus Illustrierten geklebt, englische Könige mit Stuartkragen, nackte Sklavinnen, Falkner, Reiter, Grafen, Gräfinnen, Jäger, Hirsche und Generale. Neger und Häfen im Mohrenland, weite Flächen des seichten Meeres, das sich in schäumenden grünen Wellen über den Strand ergoß. Da war auch der Mast, und auf dem Mast flatterte die Fahne, und Filip hatte einen weißen Tropenhelm auf und schritt mit einer Reihe von Sklaven wacker durch das grüne Kongoland. Der Urwald lebte, und man konnte die Affen im Geäst schreien hören.

Draußen war Winter. Der zweifache Telefondraht streckte sich unter dem alten, moosbewachsenen Dach über die Straße und hing voll von schwerem, nassem Schnee, der in blättrigen Flocken einförmig und unaufhörlich niederging. Ein Vogel berührte im Schlag seines warmen Flügels den Draht und schüttelte den Schnee ab. Es schneite, und man konnte dem Treiben der Flocken durch den oberen, unverhangenen Teil der Glastür zusehen. Die ganze Trafik schwamm wie die Gondel eines Luftballons senkrecht empor, sie entschwand samt ihren finsteren Gerüchen, ihren Zigarren, Gardinen und dem alten Lehnstuhl senkrecht in der Luft und begann zu schweben. Der Wandschirm vor dem Diwan bekam indessen unwirkliche Dimensionen. Vor Ladysmith donnerten die Kanonen. Den Eisenhälsen entquoll Feuer, und es roch nach Pulver. Eine Batterie mit sechs Pferden bemühte sich nach Kräften, die schwere Kanone in Stellung zu bringen; behaarte Schenkel der Pferde, blutendes, verwundetes Dickfleisch, unruhige schwarze Schweife, blutige Nüstern, Peitschenknall, Schreckensmasken der Soldaten im Widerschein des qualmigen Kanonendonners: Belagerung von Ladysmith. General de Wett mit seiner Begleitung, den riesigen schwarzen Hengst unter sich, beobachtete die Belagerung Ladysmith', draußen aber schneite es nassen Schnee, und irgendwo, am Ende der Straße, schellte ein Schlitten. Filip war in eine alte wollene Reisedecke gehüllt, so daß ihm wie bei einem richtigen Reisenden die Fransen über die Knie fielen – Filip reiste auf seinem Stuhl und sah die gräflichen Pferdeburschen, die Falkner, die Fürstinnen und die Könige, er sah die Gespenster in Panzern, die in der Abenddämmerung verloschen. Von Zeit zu Zeit klingelte es an der Tür der Trafik; man hörte, wie sich irgendein Fuhrmann den Schnee von den Stiefeln abstampfte, er kaufte sich eine Zigarre und trank ein Glas Treberschnaps, oder es kam jemand angelaufen, dem Herrn Doktor eine Virginia zu holen. Tabakgeruch,

Schnaps und über dem Kopf des barocken Negers mit dem weißen Turban das bläuliche Flämmchen für Zigarren, falls jemand von den Herrschaften gleich Feuer nehmen wollte, das war das ständige Konto von Frau Regina, der Trafikantin am Mönchsgasseneck. Diese Bilder auf der grauen spanischen Wand waren eigentlich die einzigen richtigen Bilder, die er je in seinem Leben gesehen hatte. Als Filip später selbst malte und viel über Malerei schrieb, hatte er vieles über die Technik der Malerei gelesen, aber er empfand dennoch unklar, irgendwo tief im Unbekannten seines Selbst, daß Bilder, wollten sie wirklich lebende Bilder sein, zumindest so laut sprechen müßten wie jene grauen zerrissenen Fetzen in diesem dämmrigen stinkigen Zimmer. Auf keinem der späteren Bilder starb jemand so tragisch wie Przemyslaw, König von Polen, mit dem Löwenwappen auf der Panzerbrust, hier, in dieser Trafik, im gelblichen, verqualmten Licht der Petroleumlampe. Die Bewegung des Tigers im Sprung, die sonderbare Schönheit der bronzenen Rücken der Perlentaucher, die sich sträubende Löwenmähne, die Batterien der Buren vor Ladysmith, die Marschälle, die Pferde, die herrlichen jungen Frauen, dieser ganze erregende Traum brodelte hier, auf dieser spanischen Wand, wie grünliches Gift in der Retorte des Zauberers, und mit dieser Sicht nach innen, mit diesem ununterbrochenen Träumen begann seine so verhängnisvolle Isolierung von jeglicher Realität. Er löste sich von der Unmittelbarkeit des Lebens – damals schon, gleich am Anfang –, und dreißig Jahre lang war er auf der Suche nach dieser Unmittelbarkeit des Lebens, und noch hatte er sie nicht erreicht.

Vor der Trafik hielt ein Wagen. Ein Kutscher trat ein, um ein Glas Schnaps zu trinken, und die rauhe Stimme, der schwere Auftritt der Stiefel gab Filip einen Ruck. Er wurde unruhig, als habe ihn jemand wachgerüttelt. Draußen leuchtete ein klarer Aprilmorgen, Hunde bellten, und jenseits der Straße hörte man einen Hahn krähen, munter und herausfordernd. Filip bezahlte seinen Zwetschgenschnaps, schlug den Weg zur Promenade am Wall der alten Festung ein und spürte die Sonnenwärme und den Duft von feuchtem Rauch in der Nase.

Das Gasthaus unter den Platanen an der Promenade war schon geöffnet. In der Nacht zuvor hatte irgendeine Wohltätigkeitsveranstaltung stattgefunden; es roch nach vergossenem Wein und nach gesäuertem Essen. Eine bucklige Alte wirbelte eine Wolke von Staub auf, sie brabbelte mißmutig vor sich hin, während sie zerknülltes Stanniolpapier, Konfetti, Knochen, Speisereste und Kippen aufsammelte. Filip bestellte ein Glas Milch. Er riß mit den Fingerspitzen bereits das dritte Hörnchen entzwei, kaute den feuchten, aufgeweichten, schalen, süßlichen Teig ohne Geschmack und Lust, völlig zerstreut und abwesend, und starrte auf die Platanen vor den Wirtshausfenstern, auf die Tulpenanlagen und auf den leeren Fleischerwagen, der blutverschmiert am Mönchszaun entlang zurückfuhr. Er betrachtete das graue und finstere Gesicht der Putzfrau, er sah ihre narbigen Wangen, die verhärtet waren wie die Haut des Elefanten, ihre grotesken Bewegungen, ihre ganze traurige Gestalt. So verlor er sich in den Details, und es gelang ihm nicht, diesen Details, die ihn umgaben, einen tieferen Sinn zu geben.

Alles nur Details: die aufgeweichten Hörnchen, das Zwitschern der Spatzen, die alte Hexe, die Staub aufwirbelte, der frühe Morgen und die Müdigkeit in den Gelenken der Finger, im Kopf, in den Händen, in den Gedanken, in allem. Alles nur einzelne Details und eine unaussprechliche schwere, unfaßbare Mattigkeit. Filip beobachtete bereits seit einiger Zeit, daß sich alle Dinge und Erscheinungen unter seinem Blick in ihre Bestandteile auflösten. Nur in den wirresten Kriegstagen, da alles im Zerfallen begriffen war und da man nichts weiter empfand als die Überhäufung der Materie in blinden Quantitäten, da man empfand, daß der Mensch als solcher nichts anderes war als eine unbedeutende kleine Menge, nur in jenen finstersten, einsamen Tagen widerfuhr es Filip, daß er sich nicht zurechtfand und die Übersicht über sein eigenes Sein verlor. In der letzten Zeit war die Unruhe in ihm immer mehr angewachsen, und dieser Zustand wurde immer unerträglicher.

Die Farben zum Beispiel, dieser lebendige Quell seiner wärmsten Gefühlsregungen, boten sich seinem Auge grau in grau dar. Während sie sich ihm früher wie die Garben eines Wasserfalls offenbart hatten, wie Schlagtöne einzelner Instrumente, so welkte ihre Lebenskraft nun, in letzter Zeit, mehr und mehr dahin, und ihm war, als belebten diese Farben weder Dinge noch Gegenstände, als seien sie nicht mehr die Schleier, die all die Lebenserscheinungen umhüllen, sondern nur noch Umrisse einzelner Formen, blaß und gleichmäßig wie Umrisse von Kinderzeichnungen in Wasserfarbe, ohne Beziehung, ohne Farbeninstrumentation, ohne Schwung. Leer. Während ihm die Farben früher wie Symbole eines Zustandes erschienen waren, verwandelte sich dieses farbbezogene Erleben nun in eine unruhige, unbegreifliche Bewegung bemalter Flächen. Auf den Straßen der grauen, schmutzigen Städte war es so: die Kobalttafel der Straßenbahnwagen in waagerechter Bewegung, der dunkelgelbe linnene Fleck der Jacke des Verkehrspolizisten, das hellgrüne Hemd eines Passanten und das fahle Aquamarin des Stillen Ozeans auf der Landkarte im Schaufenster einer Buchhandlung. Kobaltblau, dunkelgelb, hellgrün, fahles Aquamarin wie ein Klecks, wie ein Fleck, wie gefärbte Tatsachen, und nichts dahinter. Kobaltblau, dunkelgelb, hellgrün, in der Relation zum schmutziggrauen Bremsring des Autorades, in der Relation zum hellrosa Tuch, bois de rose, am Körper eines jungen Mädchens oder zu den dunkelgrünen, gefalteten Vorhängen eines mit Hausrat vollgestopften Schaufensters. Nur die Beziehungen dieser Farben in unfaßbarer Bewegung fielen ihm auf, ohne Wirkung, tot, stupide, unglaublich leer. Ohne Erlebnis, ohne emotionale Grundlage. Nichtig, blutleer.

Die Menschen fließen auf und ab, die Gesichter bewegen sich in Reihen, gepuderte, fahle Clowngesichter, mit Einkerbungen der Trauer um die Lippen, kurzsichtige Masken von Frauen in Schwarz, die Gesichter von Krüppeln, die

Unterkiefer, die langen wächsernen Finger mit den schwarzen, bläulichen Nägeln ... Garstig. Häßliche Gesichter, tierische Schnauzen, gebrandmarkt von Buhlerei, Sünde, Tücke und Sorgen, rußverschmiert und erhitzt. Birnenförmige Köpfe, negerhafte Mäuler, das Gebiß kräftig, scharf, das Zahnwerk von Fleischfressern. Und alles ist grau, grau wie das Negativ des Films.

Filip saß im Glasbogen des Städtischen Gasthauses und betrachtete die Bewegung auf der Straße. Er träumte von seinem letzten Farberlebnis vor eineinhalb Jahren in einem kleinen barocken Städtchen des Südens, in der ruhigen, goldenen Herbstzeit, da seine Nerven noch nicht so zerrüttet waren wie in diesem Frühling. Es war ein ruhiger, öliger, sanfter Herbst gewesen. Der braune Baum im Steinhof des Klosters, dunkelbraun wie ein abgegriffenes Brokatgewebe, der Marmorritter im Panzer auf der grauen Bronzetafel und die drei Wachskerzen, die vor einem goldumrahmten Bild standen. Die rote, mit Sepiafarben verzierte, vom Regen verwaschene Kirche im Halbdunkel ... Eine halbgoldene Götterdämmerung, erfüllt vom Glanz einer gesegneten Inspiration! Auf dem Marmorviereck des Kirchenbodens brannte eine Kerze ab, ihr letzter auflodernder Schein verlosch in der breiten, halbdunklen Tiefe des Kirchenraumes wie der hervorbrechende Feuerschein einer gelöschten Glut; er verschmolz mit dem Widerschein des Goldes der Kanzel und mit dem Widerhall der Sandalen des Dieners von dem Marmor des leeren Domes zu einer ungewöhnlichen, intimen Grabharmonie. Filip hatte das Gefühl, als betrete er den hellgrünen Raum eines frischen, ölfeuchten Bildes, und in jener leeren Kirche verspürte er den Drang, aus innerer Erregung beide Hände emporzuheben, hingerissen vom Reichtum der neuen Palette, die sich vor ihm auftat wie eine kostbare beschlagene Truhe. In diesem erregenden Augenblick, als er mit erhobenen Händen auf dem Marmorboden der Kirche stehend verharrte, wirkte er wie eine geheimnisvolle delphische Statue: die massiven Beinsäulen schienen am Kirchenmarmor festgeschmiedet, die sich rekkenden Hände deuteten in die Wolken der bebenden Inspiration, die ihm völlig nahe schien, zum Greifen nahe – er brauchte nur noch die Pinsel einzutauchen, und das Malen konnte beginnen.

In Erwartung dieses neuen Bildes, dieses neuen, erregenden Aufbruchs in neue Räume und in die Gebiete neuer Ausdrucksmöglichkeiten verstrich jener Herbst glücklich und wohlig wie auf der warmen Hand einer Frau. Die schwarzen Hellebarden auf den Fabrikschornsteinen, die basaltenen Hallen mit Tragbalken aus Marmor, mit dem Ausblick auf die grünen, ruhigen Spiegel der Alpenwasser, die feuchten Wälder herbstlicher Düfte und die in Nebel gehüllten Gletscherbergmassive – all das schien schon „jenseits der Realisierung" zu sein. Die warmen Schwingungen der letzten reifen Herbstvormittage über den alten Dächern der Stadt, die Marmortische in den stillen Bergschenken, der vergessene, ferne, wunde Schmerz trockener Müdigkeit, all das wirkte so klar, so gereift, so überwunden, daß Filip sich den Nebeln, den Fischen, den Bergen und den roten Äpfeln in den Obstgärten viel näher glaubte als anderen menschlichen Dingen in ihm und um ihn. Seither war viel Zeit verstrichen, er aber hatte nichts gemalt. Nach jenen zwei, drei glücklichen Tagen hatte er dann lange nichts erlebt, was wert gewesen wäre, erlebt zu werden: Er zog von Café zu Café, lebte zwischen den Zweibeinern, die Schirme mit sich herumtrugen, und immer, wenn sie dann sprachen, redeten sie von etwas Gegenständlichem, von Brot oder von Fleisch, sie wackelten mit dem Kinn und dem Kautschukgebiß, und alles war fade und wies keinen höheren Grund zur Existenz auf. Filip saß im Kaffeehaus, betrachtete die Menschen, die auf der Straße vorbeigingen, und dachte darüber nach, wie wunderlich und rätselhaft dieses Hin und Her der Menschen doch war. Menschen ziehen vorüber, in ihrem finsteren Gedärm tragen sie gekochte Hühnerköpfe mit sich herum, traurige Vogelaugen, Rindskeulen, Pferdeschenkel, Tiere, die gestern noch lustig mit dem Schwanz wedelten, Hühner, die am Vorabend ihres Todes im Stall gackerten ... Nun aber hatte all dies im Menschengedärm ein Ende gefunden, und dieses Bewegen und Fressen nannte man das Leben. Das Leben in den westeuropäischen Städten in der Abenddämmerung einer alten Zivilisation.

Die Hände. Wie sie nur aussehen, diese Unmengen menschlicher Hände, die sich über die Straße bewegen ... Diese Menschenhände schlachten, sie lassen die anderen Tiere zur Ader, sie schaffen Apparate, stechen mit Nadeln,

halten glühende Bügeleisen, halten Leuchter, Fahnen, Messer, Instrumente – die Leute tragen sie durch die Straßen und wissen nichts mit ihnen anzufangen ... Sie lüften die Tuchhüte, winken mit Stöcken, tragen Gegenstände in den Händen, Zigaretten, Bücher; eine Hand hält im Magnetismus der Körperberührung die andere, warm sind die Menschenhände, schweißig, krätzig, wund, gewaschen, gefärbt ... Sie schwingen in toter Pendelbewegung hin und her, sie begleiten das menschliche Gehen wie fleischige Einschnitte in einförmigen Ausschlägen des Pendels, und so bewegen sich die menschlichen Hände zusammen mit den Menschen durch die Straßen, auf diesem langwierigen, fruchtlosen Weg des Menschen, der wie das Wasser in den Mauern der Stadt entspringt und dahinfließt. Und die Menschen schleppen ihre Hände mit sich herum, ihre Schulden, ihre faulen Zähne und Sorgen und die Frauen und die Kinder und die müden Beine und den ungesunden, traurigen Körper; sie bewegen sich in den Hüften, in den Gelenken, sie öffnen den Mund, sprechen, schreien, und hier und da verziehen sich die Lippen zu einem menschlichen Lächeln. Immer noch gibt es viel vom blutrünstigen Urwald in den menschlichen Gesichtszügen, und dieses widernatürliche Lachen klingt wie eine Silberglocke in der Nacht. Aber in der Hauptsache sind die Gesichter der Menschen müde und unbeweglich; mehr hölzern als fleischern. Wunderlich sind diese menschlichen Gesichtszüge, verkrampft, hart, wie mit dem Meißel gehauen, und die Ketten und das Gewebe und die Pelze, all das hängt an den Menschen wie überflüssiger Schmuck und vermengt sich mit den Röcken, mit der Mähne, dem Haar, dem Glas und den Augen zu einem wunderlichen, unentwirrbaren Rundgeflecht und Gewirr; kurzsichtig, müde, arglistig und langweilig in der Hauptsache ... Wahrhaft träge und grau wie das dunkle Pastellgrau des Himmels über den Dächern, wie die schmutzige bleigraue Farbe der tintenhaften Widerspiegelungen von den Scheiben geschlossener Fenster.
So betrachtete Filip vom Café aus das menschliche Treiben auf der Straße und dachte darüber nach, wie man diese Bewegung auf einer Leinwand festhalten und malen müßte. Auch die Hufe auf dem Asphalt, auch das Quietschen der schweren Achsen, auch das Donnern des Metalls auf dem

Granit und auf den Schienen – wie könnte man das wirklichkeitsnah und wahrheitsgetreu mitten in der Bewegung bannen? Wie könnte man es in einer höheren Objektivierung fixieren und gleichzeitig empfinden, daß das Detail gegen diese Quantität hilflos ist, hilflos, passiv, zertreten und ohnmächtig. Denn wie wäre es möglich, all dies zu malen, all diese Gerüche des Benzins, des Öls, des Staubes, des Rauches, der Melasse, des Glyzerins, und der Gummireifen? All dies eingebettet in das Rauschen und Husten, in jene unbegreifliche Halbruhe, in der weder der Schall der Gummitrompete zu hören ist noch der Klang des Straßenbahngongs, als verharre die Stadt im Stillstand und als sei sie unter der Sohle eines Paralytikers stehengeblieben, der seinen toten Schuh auf dem Asphalt nachzieht.
Die übertriebene Anfälligkeit gegen akustische Reize störte Filip in letzter Zeit; er schlug sich schon lange mit der Frage herum, wie er die ganzen Komplexe der Klangbegriffe aus seinen Malereivorstellungen ausklammern könnte. Diese akustischen Motive hinderten ihn in seinen künstlerischen Plänen und Entwürfen immer mehr, und ihm schien, als könne er nur noch malen, wenn er taub wäre. Über seine Bilder, die er von Zeit zu Zeit betrachtete, ergoß sich gewöhnlich irgendein akustischer Effekt, und im gleichen Augenblick verlor sich dann in seinem Kopf die Verbindung zum Malen. Dieser neue Klang konnte neue Assoziationen in ihm wecken, so daß er sich in fruchtlosem Kreisen erging wie ein Raubvogel, der seine Beute aus den Augen verloren hat. Filip konnte sich an einem beliebigen, unerwarteten Klang begeistern, der in den Räumen schwebend nachhallte wie in einer fruchtlosen Leere. So saß man jahrelang in den Cafénischen, nagte am Nagel des linken Zeigefingers und zerbrach sich den Kopf über die Grundfrage: Soll man überhaupt malen? Und wenn es unbedingt sein soll – wie soll man es tun? Durch die Straßen ziehen die Massen, sie verschwinden in der Dämmerung, und das Malen ist für sie völlig überflüssig. Wozu hätten diese Menschen Bilder nötig? Noch klingen die Sporen, auch Papierblümchen sind in den Knopflöchern der Frauenmäntel zu sehen, und die Frauenbrüste bewegen sich wie Wachskugeln unter dem weißen Leinen. Die Stimmen sind leise, die Gesichter gehen vorüber und sprechen, und Filip lauscht

den Straßengesprächen schon Jahr für Jahr, hört aber keinen einzigen Passanten über Malerei sprechen. Ihre Not tragen diese Kannibalen, diese rohen, zähen Menschen mit sich herum, und die Malerei ist für sie keine Frage, sondern ein Elend. Die Menschen bewegen sich wie Wachspuppen, sie kratzen sich am Hinterkopf, kauen Tabak, und hinter ihnen riecht alles nach Zigarren, nach Körpern und nach Trauer. Jeder einzelne Mensch trägt riesige Kreise seiner Existenz mit sich herum, sein warmes Eingeweide und fremde warme Eingeweide, aus denen er wie eine Raupe hervorgekrochen ist. Und nunmehr schleppt er sich vorwärts und bahnt sich mit seinem giftigen Stachel den Weg; er beißt, sticht, ißt und frißt, und man frißt ihn, und man spannt ihn in die Sielen, und man schlägt ihn mit der Peitsche auf den Kopf, und alles bewegt sich im Kreise der Abwehr und des Hungers und der Angst, und in allem ist die Malerei eine unbekannte Größe, eine überflüssige Sache!
In jedem menschlichen Auge liegt eine Trauer, mit der die Tiere aus dem Käfig die Ereignisse betrachten. Die menschlichen Bewegungen sind hyänenhaft und verletztend, denn alles ist mit Gittern versperrt, in Käfige eingeschlossen, und im Käfig ist die Malerei völlig unnötig. Wie könnte man diese Menschenströme auf den Straßen anhalten und zu ihnen über Malerei sprechen! Die Frauen tragen Bernsteinketten um den Hals und Schuhe aus Schlangenleder mit bunten Absätzen an den Füßen; sie haben Augen wie Frühlingswasser. Die Frauen träumen von Pelzen, von Seidenstrümpfen, aber nicht von Bildern. Menschen in Ketten gehen die Straße entlang, es rotieren die Radspeichen, es hallen die Hufe, und in den Gesichtern ist etwas Eidechsenhaftes, etwas Puppenhaftes, etwas Graues, Trunkenes, und alles ist müde und benebelt und unausgeschlafen, und in diesem Treiben hat jemand seinen silberbeschlagenen Stab erhoben wie ein Regimentstambour, und er bewegt sich wie vor einer Blechmusikkapelle, als wüßte er, wohin er wolle. Wie wäre es möglich, einen solchen dummen Passanten zu malen, der einen Halbzylinder trägt und Wert darauf legt, auszusehen wie ein Regimentstambour . . . Ihm scheint es klar zu sein, wohin es mit ihm und mit der Straße gehen soll und wohin mit ihm zusammen die Weltordnung gehen soll, die so regelmäßig schlägt wie die Uhr in der Tasche.

Die Zeiger bewegen sich regelmäßig vorwärts, und alles bewegt sich und fließt dahin wie die aufgezogene Uhr in der Tasche eines dummen Straßenpassanten.
Während sich Filip so in abwegigen und bizarren Beobachtungen verlor, wußte er selbst, daß er sich in den Betrachtungen eines Nichtmalers erging und daß diese langen Betrachtungen langsam in einer nichtigen Analyse von Details aufgingen. Aber dieser Prozeß der Auflösung, dieses unaufhörliche Abschweifen quoll immer üppiger und zwingender aus ihm. Jemand schleppte Melasse mit sich herum, und jemand rauchte Pfeife; eine Frau blinzelte mit den Augen wie ein Fischotter, und sicherlich würde sie noch in dieser Nacht im trüben Wasser einen Fisch fangen . . . Ein Mann sah aus, als sei er einem Tirolerbild entstiegen; er trug eine kurze Hose aus Hirschleder und eine Ziehharmonika auf dem Rücken. Die Nagetiere, Termiten, die kleinlichen, gelben, kanzleihaft kurzsichtigen Ameisen mit den schmutzigen Schutzkragen, die sich gegenseitig mit giftigen Säuren in übelriechenden, ungelüfteten Zimmern vernichteten, in denen Gaslichter blakten . . . Die mit Bier gefüllten Bäuche, die glitzernden Fahrradspeichen und die Frisur einer Frau, die einer ägyptischen Mumie ähnelte, all das schläfrige und hungrige Knurren in den Blicken, diese unschöne Hülle des Körpers, diese Trauer von Fleisch, diese Dummheit von Verkehrsmitteln, all das bewegte sich vor Filip farblos, grau, unbegreiflich und dunkel. Immer mühseliger wurde diese Unruhe, und immer häufiger trat sie auf.
So meldete sich in ihm der vergessene Geruch des schmutzigen Wolfskäfigs, der grauen, abgenutzten Menagerie, die er mal vor langer Zeit in einer provinziellen pannonischen Vorstadt gesehen hatte. Es regnete. Die Tierbändigerin in ihrer galonierten Husarenjacke streichelte eine dicke verschlafene Riesenschlange unter einem rötlichen, ausgebreiteten linnenen Federbett, und man hörte den Regen, der an dem grünlichen Zelt der Menagerie herunterlief, und irgendwo sang eine blecherne Dachrinne. In den Kreisen der Bilder, die für ihn das Leben der letzten Jahre bedeuteten, im Qualm der bespuckten Kneipen und an den schnapsbefleckten Wirtshaustischen, in den leeren Baumalleen und über dem unsinnigen morgendlichen Geläute ferner Glokken, in schweren durchwachten Nächten meldete sich in Fi-

lip dieser vergessene Wolfsgeruch einer schmutzigen, traurigen, provinziellen Menagerie. Es war wie ein trauriger Klang, wie ein Tropfen Gift, und Filips Zustand wurde noch trauriger und giftiger. Unter dem Eindruck dieses widerlichen tierischen Wolfsgeruchs, der den halbdunklen Raum unter dem nassen grünlichen Zelt mit dem würgenden Gestank des unverbrannten Karbids und der Abwässer durchtränkte, konnte er stehenbleiben. Als sei ihm der Gehirnraum mit einem scharfen Kopfschmerz übergossen worden, faßte er sich in solchen Augenblicken an den Kopf und vermochte nicht weiterzugehen. Aus diesem Zustand konnte er sich nur mit Alkohol retten. Trinken und vergessen ...

So saß er in der Vorstadt und vertrank schon den zweiten Tag. Die Kneipe befand sich unterhalb der Brücke, und unter dem dunklen steinernen Brückenbogen sah man im milden Frühlingsregen einen armen jüdischen Leichenzug. Die Holzurne auf dem Dach des Wagens wackelte lächerlich über dem schwarzen Schrein, und der Rabbiner hatte einen tiefschwarzen, krausen, biblischen, assyrischen Bart. Über dem traurigen Zug der langen zerknüllten Salonröcke und der Regenschirme zitterte auf den unruhigen Wellen des Windes eine pastellblaue Fahne mit einer Reklame für sterilisierte Milch. Der große, übernatürliche Säugling auf der pastellblauen Leinwand, die zwischen den roten Backsteinhäusern quer über die Straße gespannte blaue Fahne, die Branntweinschenken, die Schaufenster der Antiquitätenhändler, der ärmliche jüdische Leichenzug und der vergessene Geruch des Wolfes (der Gestank des fauligen schwarzen Fleisches im Blechnapf auf dem Boden des Käfigs) – all diese Bilder erstanden vor Filip wie ungewöhnlich lebendige Details, aber ohne innere Verbindungskraft und Zusammenhang. Diese Verbindungskraft der Auflösung spürte man für Augenblicke im Alkohol, und die Gefahr dieser Nervenschwäche lag gerade darin, daß die Ernüchterungen nach der Trunkenheit immer leerer und grauer wurden. Das Leben in Filip begann sich in Einzelheiten aufzulösen: in ihm begann der analytische Zerfall des Ganzen, ein Prozeß, der sich irgendwie von seinem eigentlichen Zweck löste. Alles löste sich auf, schon seit geraumer Zeit. Diese beschauliche Vernichtung aller Dinge und Erscheinungen, die ihm in die Hände oder unter die Augen gerieten, verwandelte sich langsam in eine Idee, die ihn von Tag zu Tag intensiver zu verfolgen begann: In seiner eigenen Vorstellung über sein subjektives Leben begann jeder, aber auch jeder Sinn zu schwinden. Sein eigenes Leben riß sich irgendwo von seiner Grundlage los und begann sich in ein Phantom zu verwandeln, das keinen Grund zur Existenz aufwies. Und all dies dauerte schon lange an und wurde immer schwerer, immer ermüdender.

Filip wohnte in einem fünfstöckigen Haus, in dem alles nach Gänseschmalz, nach Gasbeleuchtung und nach Kindern roch, in dem sich sogar der Lift traurig ausnahm wie ein verglaster Leichenwagen zweiter Klasse: ein schwarzlackierter Kasten mit Polstern aus dunklem abgeschabtem Plüsch. Am Fenster stehen und in die rußige Dämmerung stieren, darin bestand Filips Leben in den letzten zwei bis drei Jahren. Kranke Kinder mit Halswickeln betrachten, die irgendwelche Muster aufs Fensterglas malen . . . Tagelang . . . Wie dunkel sind die menschlichen Behausungen, was für stinkige Höhlen sind diese menschlichen Wohnungen! Und die Kinder in den Flanellumpen malen irgendwelche dumme Zeichnungen und halten die Hände über den Köpfen, unermüdlich, ganze Regentage lang. Schornsteine, Dächer, ein dichter Flor von Ruß über den dunklen Mauern. Wie ein Vorhang. Jeder Rußfleck hinterläßt Spuren wie eine Wanze. Und der Rauch zieht sich über die Dächer hin, gelblichgrau und schmutzig wie hungrige Dorfköter, schwer wie ein Zementsack und grün wie schlammiges Wasser. Die Windfänge der verrußten Schornsteine im Wind, die Bogen der Straßenbahnleiter, nasse, dunkelgraue schleimige Straßen, Halbdunkel.
Filip stand am Fenster und dachte daran, daß all diese Koksöfen und Hydranten und Gasometer, die so dumm an einer Stelle angehäuft waren, überhaupt keinen Sinn hatten. Diese Industriegegend war schmutzig wie ein einziger Abort, all dieser Auswurf, all diese Waren und Rohstoffe sollten von den Wohnungen der Menschen abgesondert werden! Die Wasserleitungsrohre rauschten, die Gashähne zischten, die kupfernen Drähte über den Dächern summten . . . Türen wurden geworfen, Musikinstrumente erklan-

gen, Hunde bellten, und irgendwo in der Wand platschte in gleichmäßigen Abständen eintönig ein und derselbe Tropfen wie das Ticken einer Uhr. Das Lied des Tröpfchens, der Widerhall menschlicher Schritte in unbeleuchteten Korridoren, ferne Stimmen in der Tiefe des fünfstöckigen Hauses, das Weinen der Jazzplatte auf dem Grammophon und das Vibrieren der Nerven in dieser infernalischen Klanghölle, von der Filip umgeben war ... Längst hatte er aufgehört, darüber nachzudenken, warum all dies geschah und weshalb er eigentlich nicht die Kraft besaß, sich von allem, was ihn umgab, loszureißen und etwas Neues zu beginnen. Zu seinen Füßen lag im dämmrigen Februar, in einer Wolke von Ruß und Rauch, die riesige, schmutzige Großstadt, und dies war das allbekannte Europa, dieser gesegnete Erdteil mit den blauen, warmen südlichen Meerbusen, wo die Apfelsinen gediehen, mit diesen furchtbaren, schmutzigen Festungen, in denen die Kinder an Angina kranken und wo über nasse Straßen skrofulöse Mädchen dahinschleichen. Hygieia in verstaubten ärztlichen Schaufenstern. Wie das Blech der Kinderspielzeuge, so dünn, durchsichtig und sinnlos ist die Trennwand menschlicher Schemata, mit denen sich die Menschen von der Lebenswahrheit und von der wirklichen Realität abgrenzen. Eigentlich besteht alles aus Blechtäfelchen des Kinderspielzeugs, der Religionen, der Weihnachtsdummheiten, der Idylle. Blechtäfelchen, die den Kult der reinen Lüge pflegen, und hinter allem lugt die Ware hervor: Kauft Margarine, Schokolade, Apfelsinen, Vanille, Tuch, Gummi! Die Menschen dachten sich Tapeten aus, Teppiche, Parkett, Leitungsrohre mit warmem Wasser, Glastüren, Goldfische, Kakteen und ganze Schaufenster voller Bücher, die niemand las. Die Menschen häuften unter ihren Dächern chinesische Majolika auf, Aquarelle, Damasttischdecken, seidene Strümpfe, Pelze, Schmuck. Die Menschen lackieren sich die Fingernägel wie die alten Orientalen, sie baden in Marmorbassins, fahren in geheizten Kutschen, trinken Magenbitter, aber sie haben keine Ahnung von der Lebenswirklichkeit und von der Frage, wie man leben müßte.

Immer häufiger und immer intensiver kam ihm der Gedanke, sich von all dem Schmutz und Gestank zu lösen und heim, nach Pannonien zu fahren, wo er ja schon lange nicht mehr weilte. Unten, bei der Mutter, in den Kostanjevecer Weingärten wollte er einen Herbst verleben, einen reichen, ruhigen, weinreichen Herbst.

Tintendunkler Süden, blasser Mondschein, milde Nacht mit fernem Zittern des Kienspans im Tal . . . Dunkle Wipfel der Eichen an den Wegkreuzungen, unruhige Sternenfäden hinter Nebelschwaden, hier und da in entfernten Weingärten ein einsamer Schuß, der sich lange über Gräben und Felder ergießt und im Mühlengraben wie fernes Donnergrollen vergeht. Stille über den Feldern. Da und dort hört man, wie ein Maisblatt sich bewegt, als schreite eine Frau in gestärkten Röcken vorbei. Es fließt das lehmige Wasser, das dreckige, pannonische, und es gurgelt unter den Brücken, und der gekreuzigte Körper hängt stumm unter der Pappel, hängt blechern unter den Dächlein aus Holz, mit Papierblumen unter Glas wie in einem Glassarg. Einen ganzen Nachmittag lang weint ein Blinder mit seiner Ziehharmonika, und nun ist es still geworden, und niemand ist da. Es schläft die pannonische Ebene, kein Ruß, keine Eile, keine Nerven . . . Hier sind die Nächte still wie eine erloschene Pfeife: ohne Lichter, ohne Rauch, ohne Ruß. Nur die Hunde streichen nachts an den Zäunen lang, mit eingezogenen Schwänzen und gekrümmten Wirbelsäulen, auf den Vorderpfoten, zum Sprung bereit, mit funkelnden Augen, die Freunde der Zäune und Buchen, im Netz der Gerüche und frischer Fährten: dort die Spur von Opanken, dort ein fauliger Knochen, dort der Zaun und dahinter die junge Ente im Hühnerstall . . .

Lange warf sich Filip in seinen dunklen Träumen hin und her, bis er eines Nachts fühlte, daß es Zeit war, aufzubrechen. Über einer dunklen Wolke oberhalb des verqualmten Bahnhofs stand die erleuchtete Tafel der Bahnhofsuhr; die schwarzen Zeiger auf der dunkelorangefarbenen, gläsernen, beleuchteten Tafel hatten in Filip das Gefühl der Zeit geweckt; er spürte, wie die Zeit verging und wie gut es wäre, eine Reise anzutreten. So brach er auf und saß nun hier im Stiftscafé, und so wie der Rauch seiner Zigarette ihn umkreiste, so umkreisten ihn die Flocken der müden Träumerei von der Vergänglichkeit des Menschen in Raum und Zeit. Und er träumte davon, wie unermeßlich groß die Realität des Lebens ist, vergleicht man sie mit einer solchen zittrigen Erscheinung, die sich Subjekt nennt. Unermeßlich groß gegenüber den geringfügigen, unbedeutenden, außerhalb des Subjekts nicht bestehenden Details, die die erkennbaren Kreise eines solchen Subjekts darstellen. Selbst dieses Subjekt ist lediglich ein Detail in einer ganzen Reihe von Details, und alles ist in Wirklichkeit eine riesige Bewegung voller Müdigkeit und Trauer.

Wo haben wir den Beweis dafür, daß unser „Ich" dauert, daß „wir" noch immer das dauernde und unaufhörliche „Wir" sind? Wo ist eigentlich unser Maß? Daß Filip als Subjekt diese schmutzigen und rückständigen Verhältnisse nicht definitiv verlassen hat, als er elf Jahre zuvor zum letztenmal in diesem übelriechenden Kaffeehaus gesessen und auf den Zug gewartet hat? Damals lag neben ihm, auf dem Stuhl, ein mit Bindfaden verschnürtes Päckchen: ein Hemd und eine Zahnbürste. Dieses Hemd aber ist längst zerrissen, die Zahnbürste abgenutzt, und sein Fleisch, sein Körper überhaupt, alles hat sich verändert. Womit eigentlich und woran kann er beweisen, daß er der gleiche geblieben ist, der hier vor elf Jahren voller Nervosität auf den Augenblick gewartet hat, da er all dies hinter sich lassen könnte?

Name und Vorname und der Zustand, der sich mit einem bestimmten Namen und Vornamen verbindet – das sind nur einige äußerliche, oberflächliche Kennzeichen! Konventionelle, flache, bürgerliche Maßstäbe! Wie könnte er sich mit Sicherheit, mit absolut zweifelsfreier Garantie davon überzeugen, daß er sich wahrhaft selbst mißt? Das Gesicht? Dieses Gesicht hat sich doch völlig verändert! Die Bewegungen? Diese Bewegungen von heute sind die Bewegungen eines völlig anderen Menschen! Mit der körperlichen Kontinuität? Sein Körper weist heute nicht ein Atom des körperlichen Zustandes auf, wie er vor elf Jahren zu verzeichnen war.

Filip hatte einen riesigen goldgerahmten Spiegel vor sich, und links und rechts von diesem Spiegel trugen auf goldenen Konsolen zwei Empirekaryatiden auf dem Kopf zwei hellenische Goldgefäße mit grünen Pfauenfedern und Palmenzweigen. In der Perspektive des schmutzigen quecksilberbezogenen Spiegels, im weiten Raum unter der silbrigen Decke stand in der Tiefe die ganze Halle: die beiden grünen Vierecke des Billardtuches, die bucklige Putzfrau, die

die Tombolanieten, die Papierschlangen und die Konfettireste zusammenkehrte, der barhäuptige Bäckerlehrling, der vom Marmorrund des Tisches das Gebäck nahm, um es der verschlafenen Kellnerin auf die Hände zu zählen. Und dort, im Vordergrund, vor dem grauen, trüben Fensterglas, schaute ein Mann ins Café, bleich, unausgeschlafen, müde, grau, mit tiefliegenden Augen und brennender Zigarette auf der Lippe, aufgeregt, ausgelaugt, verschüchtert; er trank lauwarme Milch und dachte über die Identität seines eigenen „Ich" nach. Dieser Mensch zweifelte an der Identität seiner eigenen Existenz. Am Morgen war er angereist, und hier, in diesem Café, war er seit elf Jahren nicht mehr gewesen.

Wie wunderlich! So ein ungeborener Jemand sitzt in einem Spiegel, er nennt sich selbst „ich", trägt dieses Ich, sein verschwommenes, unklares „Ich", jahrelang mit sich herum und raucht. Aber das Rauchen widert ihn an. Er fühlt, daß ihm schwer ums Herz wird, daß sich sein Herz zusammenzieht, daß ihm der Kopf weh tut, daß ihn wunderliche grünliche Kreise umgeben. All das umkreist ihn unklar und trübe, und all das ist zugleich so bedingt, so unbestimmt, so wunderlich vibrierend: Subjekt sein und die Identität dieses seines Subjekts spüren . . .! Filip stellte reflexiv fest, daß dieser bleiche unbekannte Mensch rauchte und daß dies sicherlich schon die fünfzigste Zigarette in dieser Nacht war; er griff nach ihr, die an seiner Lippe klebte, warf das stinkende glimmende Etwas in den Aschbecher und spürte erst dann, daß sich das Nikotin wie Pech in seiner Gurgel festgesetzt hatte. Er spürte, daß seine Zunge mit einem widerlichen stinkenden Belag bezogen war. Er nahm einen Schluck Milch und verlor sich wieder in einer ganzen Welle von Gedanken, die sich in ihm regten, um gegen diese schwermütige Unruhe anzukämpfen. Es war eine Gegenbewegung, die Regung eines Teils seiner Persönlichkeit. Er atmete den Strom einer Windwelle ein, die wie ein frischer Hauch des Frühlingsmorgens die dichte Wolke von Rauch, vergossenem Wein und geöltem Parkett vertrieb.

Wahrhaftig! Die Identität eines Subjekts läßt sich weder am Gesicht noch an den Grimassen noch an irgendwelchen äußeren Erscheinungen messen. Sein Gesicht, seine Physiognomie, die Bewegungen seines Körpers, das sind nicht mehr die Bewegungen und nicht mehr die Züge seines Körpers von vor elf Jahren, aber die Kontinuität seines Ich besteht irgendwo – tief im Versteck, unklar, doch wirklich und intensiv!

Da sind die Spatzen auf dem alten Nußbaum im Hof, da ist Karolinas Teppichstange, da der Geruch der Trafik in der Mönchsgasse, da die vermoderte Kammerdienerlivree auf dem Mönchsfriedhof, da das verweste, versenkte Papierschiffchen im Graben unter dem tiefen grauen Fenster, durch das er die englischen Pferde betrachtet hatte. Diese unbegreifliche Identität bewegte sich unter seinem englischen Stoff, unter dieser äußeren Hülle, in der Falte seiner Weste, in der man die Uhr ticken hörte, unter diesem Fleisch, in diesen unruhigen, zitternden Fingern, in denen jeder Herzschlag zu spüren war und die Berührung mit dem marmornen Rund des Cafétisches ... Unter diesem üppigen Geflecht, im Schleier dieser durchsichtigen Beziehungen, im unfaßbaren Gewebe dieses Zustandes, unter ihm, geheimnisvoll verborgen – dort pochte und schlug diese Identität, und diese Identität war kein Phantom, sondern das Fleisch, das Café, das Glas Milch, die Wirklichkeit des Morgens und seiner Rückkehr. Das Gewebe seiner Wäsche war warm, und die Flüssigkeit benetzte kalt den Zahnschmelz, und er fühlte den Becher in seiner Hand, und all das war angenehm. Die Uhr schlug ihm in der Weste, und die Feder der Uhr lief gleichmäßig, er trank aus dem Zelluloid, schlürfte die warme Milch, spürte sein weiches Pariser Hemd ...

Wirklich, in diesen elf Jahren hatte sich vieles von Grund auf verändert. Als er das letztemal in diesem ungemütlichen Gasthaus saß, waren die Verhältnisse um ihn und in ihm viel trauriger gewesen als jetzt. Damals hatte er sich endgültig mit der Mutter überworfen, reiste dann ins Ungewisse, hungrig, zusammengeflickt, jugendlich dumm, unerfahren, ein Mensch, der selbst nicht wußte, was er wollte. Heute aber war er nicht mehr derselbe, in der Tat. Aus dem Spiegel blickte ihn ein anderes Gesicht an; ein Gesicht, das nicht mehr jenem abgerissenen, schwindsüchtigen, dem Trunke ergebenen, erfinderisch-selbstbewußten jungen Abenteurer gehörte, sondern einem Herrn in englischen Stoff, ergraut, gepflegt, ein Herr, der im Schlafwagen reiste

und der sein Gepäck in der Bahnhofsgarderobe deponierte. Koffer aus Schweinsleder mit einem Überzug aus Wildleder. Aber zwischen jenen beiden Menschen, zwischen dem betrunkenen Schwindsüchtigen mit dem einen Hemd und mit der einen Zahnbürste und diesem Herrn, der in seiner Brieftasche das Röntgenbild seines linken Lungenflügels mit sich herumtrug (aufgenommen in einem teuren Schweizer Sanatorium), zwischen diesen beiden Menschen bestand doch eine unsichtbare Brücke: diese Bilder, diese Gegenstände, die ihn umgaben. Dieser goldgerahmte Spiegel mit den Karyatiden und den Pfauenfedern, dieser schlammige pannonische Winkel, dieser traurige Zustand des Stifts mit den Tulpen und den Eichhörnchen im Käfig inmitten des Rundbeetes unter der Laterne; dieses Café, diese traurige Mönchsglocke, die nun schon jahrelang die leeren Hausböden und die Schornsteine beweinte . . . Filip kehrte in ein altes, nie beherrschtes Bild zurück, in die alten Sorgen und Unruhen. Daher diese Trauer in ihm und diese Bedrücktheit, als sei er im eigenen Grab erwacht . . .
Vor dem Café und hinter den alten Mauern der kaiserlich-fürstlichen Festung blühten bereits die ersten Kastanien. Die roten Backsteine der Festungsmauern, die sich vom intensiv grünen Rasen abhoben, sind die einzigen Zeugen des Ruhms dieser alten Festung, die die Dichter Europas in ihren Hexametern einst als einen Eckpfeiler der westlichen Kultur gepriesen haben. Dort haben der Bürgermeister und der Chef der Feuerwehr Beete anlegen lassen, rund um den Musikpavillon waren Stiefmütterchen gepflanzt, und am Haus des Schusters Boltek stand quer über den ganzen Dachboden das Wort HUMANIC geschrieben. Das Haus des Rechtsanwalts Doktor Siebenschein mit dem Nürnberger Erker an der Ecke war immer noch das einzige zweistöckige Gebäude auf dieser Promenadenseite, und die schlammige Straße führte über die Mönchsgasse nach Kravoder, dann nach Bikovo, nach Biškupec, dann über Lisjak, Jama und Turčin nach Kostanjevec, in das er persönlich reiste, um seine Frau Mutter zu sehen, die Trafikantin Regina, die dort ein einstöckiges Haus und einen Weingarten besaß, und im Weingarten ein Winzerhaus, in das sie ihn schon seit Jahren in ihren monotonen Briefen bat. Nun hat er sich endlich auf den Weg gemacht, und nun saß er vor

dem furchtbaren Spiegel und wartete auf den Fuhrmann, und all das war überflüssig, ermüdend und traurig. Am traurigsten von allem aber war dort, inmitten des Rondells, unter den Platanen, jene marmorne Frau, die sich wie eine Grabesfigur über die Urne beugte und die eigentlich gar kein Grabdenkmal war, sondern eine Siegesgöttin, die auf die „Pyramide der Großen Zeit von 1914–1918" einen Palmenzweig legte. Ein Unbekannter hatte vom Sockel aus mit einem Meißel die Wörter „Große Zeit" herausgehauen, und nun trauerte jene Siegesgöttin im Schleiergewand ohne jede pathetische Aufschrift. Bei der Enthüllung des Denkmals hatte Filip im Zweierglied der Ehrenkompanie gestanden, von Koppelzeug und Patronentasche eingeschnürt, den Kolbenhals mit fünf Fingern umklammernd, als klebten sie an dem eisenbeschlagenen Eichenholz, und ein Herr im Salonrock mit Regenschirm sagte etwas über ein bekanntes Preßburger Maria-Theresia-Zitat, und die Trommel klang dumpf, als sei ihr Fell geplatzt.

Filip betrachtete die gebeugte Marmorgestalt, diese schwache, dilettantische, spätsezessionistische Arbeit, und vertiefte sich in abwegige Gedanken. Er begann darüber nachzudenken, daß man sich von der Überflüssigkeit jeder Gelegenheitskunst vor allem in der Bildhauerei, besonders deutlich in der Provinz überzeugen konnte, wo der Sockel der verschiedensten Denkmäler standen, die heute, aller Scheingröße entkleidet, klein und schwach wirkten, mehr mit dem nassen Bildhauerschwamm hingewischt, als mit der Hand gehauen. Im Grunde ein gewöhnlicher gewerblicher Schwindel, eine schlechte Ware! All diese Adler und Aufschriften, das ganze hungrige, aufdringliche Scheppern mit Bronzedenkmälern, das wie ein kriegerischer Leitartikel klingt, all das sollte man aus einem zeitlichen Abstand von zehn bis fünfzehn Jahren betrachten: welch kleiner Abstand, aber wie stark die Veränderung der Perspektive! Damals hatte Filip dagestanden, in Riemen und Blei eingeschnürt, und nun erinnerte er sich an niemanden und an nichts mehr, was mit diesem Denkmal zusammenhing. Nur daran, daß es geregnet hatte und daß der Trommelklang irgendwie zerrissen war. Alles hat der schwere, dichte pannonische Nebel geschluckt.

Wie so oft in einer solchen Situation war kein Fuhrwerk aufzutreiben. Die eine Kutsche fuhr den Herrn Landvermesser zur Kommission, und bei der anderen fand Filip in einer kleinen hellgrünen Kammer am brennenden Herd ein altes zahnloses Mütterchen, das ihm, eine eingeweichte Semmel kauend, erzählte, die Pferdchen kämen erst nach einem halben Tag zurück und Genaueres könne sie nicht sagen. Es gab aber noch eine weitere Möglichkeit: In Kostanjevec konnte man telefonisch einen Wagen bestellen, und bis zu seinem Eintreffen war Zeit genug, sich im Stiftshospiz hinzulegen. Müde, unausgeschlafen, von der zweitägigen Fahrt ermattet, in der Angst vor dem verwanzten Hotelzimmer, in schwerer Niedergeschlagenheit, im Bemühen, so schnell wie möglich diesen krätzigen Winkel zu verlassen, schlich Filip in den grauen winkligen Gassen in der Nähe der Promenade herum, betrachtete die geschlossenen Scheunen, die Düngerhaufen, die Heumieten und die Maiskolben in den Lattenspeichern; er fühlte sich in diesem lärmenden Morgenidyll irgendwie verloren und unfähig, eine Entscheidung zu treffen. Von der gegenüberliegenden Straßenseite hallte der Klang eines Ambosses herüber; im Schmiedehof beschlug man gerade eine dicke, satte, überfressene, halsstarrige Stute, der man blaue Bändchen in die Mähne geflochten hatte. Die Hufeisen zischten, es roch nach Kohle und verbrannten Hufen.
Da stand eine gelbe Kutsche: Sie gehörte dem Biškupecer Fuhrmann Joža Podravec, der am Vortag die Wirtschafterin des Pfarrers zum Wiener Schnellzug gebracht hatte und nun im Begriff war, mit einem Sack Zement nach Biškupec zurückzufahren. Nach einer längeren Verhandlung stellte sich heraus, daß Joža Podravec bereit war, den Herrn bis

Biškupec mitzunehmen, allerdings, sagen wir, wenn der Herr wollte, könne er mit Joža auch bis Kostanjevec fahren, „wenn es ihm, sagen wir, nun, wie soll ich sagen ..., wenn es ihm recht ist". Quer über die Turčiner Weiden sei es gar nicht so weit, nur zwei Stunden ungefähr.
So einigten sie sich endlich, ließen die Mizzi beschlagen, holten vom Löwinger einen Sack Zement und einen Wasserzuber aus Blech, luden am Bahnhof Filips Koffer auf und fuhren so auf dem hohen Federsitz der Kutsche durch die Mönchsgasse, die Illyrergasse und die Krasjiška zum Zollhaus am Ende der Stadt. Hier zog sich an der breiten Straße eine lange Reihe von Pappeln hin, und neben dem Zollgebäude stand ein niedriges Biedermeierhäuschen, dessen sechs Fenster mit schweren eisernen Läden verschlossen waren.
„Die Froilajns!" sagte Joža Podravec und wandte sich dem Herrn zu. Er blinzelte listig und deutete mit seiner Pfeife verächtlich auf das verschlossene, von eisernen Läden geschützte Haus. „Die Froilajns schlafen noch."
Was für ein anstößiges Wort: Froilajns! Und dennoch, wieviel tiefe Geheimnisse sind doch in diesem vulgären Wort verborgen, das die pannonischen Fuhrmänner aussprechen, während sie die Spucke unter der Zunge sammeln, vor lauter Widerwillen und moralischer Verachtung! Geheimnisse einer fernen und traurigen Kindheit, da dieses Wort wie ein geheimnisvoller Drache über den kindlichen Sorgen kreiste, wie ein Drache, von dem niemand wußte, wo er niedergehen würde. Dort, irgendwo hinter dem lebenden Zaun, stand jener Heckenrosenstrauch, wo der Tierarztsohn Aurel eines Nachmittags ein „Froilajn" nackt unter einem roten Sonnenschirm liegen sah. Nach diesem Ereignis hatten die Freunde das ganze Feld durchgekämmt, den Heckenzaun und die Gräben, aber niemand hatte auch nur eine Spur von diesem Abenteurer-Froilajn entdeckt. Ein hellblaues, völlig verblichenes Band fanden sie, das sich an einem Hagedornzweig verfangen hatte, und eine metallene Haarnadel. Aber ob diese Gegenstände wirklich von jener Abenteurerin stammten, die sich unter dem Heckenstrauch sonnte, das war nicht festzustellen! Wie Hunde umschlichen die Gymnasiasten das graue, ungemütliche Haus, an dem alles verschlossen und versperrt war, und doch er-

zählte man sich, daß die Froilajns im Schatten des Nußbaums Kaffee tranken.

Als Sextaner, nach einjährigem schwerem Ringen, riskierte Filip eines Nachmittags seine ganze moralische Existenz und schlug den Weg zu den „Froilajns" ein. Es war an einem Julimittag. Die Enten dösten im Schatten der Maulbeerbäume, die Ackerwinde mit den blauen Glöckchen neben der Traufe welkte unter der senkrechten Sonne dahin, alle Fenster waren zugezogen. Der Gedanke war kühn, aber logisch. Die Mittagszeit war der günstigste Augenblick; niemand würde auf den Gedanken kommen, daß er, Filip, auf dem Wege zu den „Froilajns" war. Die Stadt lag völlig leer da, Filip aber fror, als stünde er in einem dunklen Brauereikeller. Der weite blaue Himmel, die Zäune, der blühende Mohn in den Gärten, die Pappeln, die Linden vor der Kirche, ein Hund, der die Straße überquert, träge über den Zaun springt und zwischen der Petersilie und den Tomaten verschwindet. Filip bewegte sich vorwärts, stelzig wie in der Narkose, innerlich erstorben, kalt, aber von einer rohen, todbringenden Kraft getrieben. Er wäre auf der Stelle gestorben, aber stehenbleiben kam nicht in Frage. Niemand weit und breit, nur er, Filip, ging über den Bischofsplatz, er hatte das unangenehme Gefühl, ausgestoßen zu sein, gebrandmarkt, durchsichtig. Alle schienen zu wissen, wohin er ging, hinter jedem Vorhang schien ein bekanntes Auge zu wachen und ihn, den Sohn der Trafikantin, auf dem Weg zum Freudenhaus zu beobachten, wo er letztlich auch hingehöre, denn er selbst sei ja an keinem besseren Ort geboren ... Über das Plateau vor der Bischofskirche lief eine weiße Katze und kreuzte seinen Weg, und durch die offene Tür der Konditorei an der Ecke hörte man jemanden Sahne schlagen.

Filip war unruhig, war von einer fixen Idee besessen wie ein Mondsüchtiger; mit wächsernen Händen und kaltem Schweiß an den Gelenken bewegte er sich wie im Delirium, halbblind, zitternd, mit wackligen Knien die Krajiška entlang, geradewegs auf das graue, grausame Haus an der Zollstation zu, mit den sechs Fenstern, die mit verwitterten, verrosteten stählernen Platten verschlossen waren. Er ging über den mit Ziegelsteinen gepflasterten Hof, auf dem es nach Hühnern und Tauben roch, und alles sah im Schatten dieses Riesennußbaumes irgendwie idyllisch aus, alles war völlig leer, wie ausgestorben. Die Haustür, weiß verglast, stand offen, der goldene Spiegel im Flur war mit roten Leinenvorhängen verdeckt, und auf der Marmortafel vor dem Spiegel stand eine Negerin aus Porzellan, einen goldenen Krug auf dem Kopf und in dem Krug Papierrosen aus Kreppseide ... Ruhe ... Ein Kaninchen hoppelte aus dem halbdunklen Gang heran, beschnupperte Filips Spur und verschwand wieder im Dunkeln. Filips Herz begann zu schlagen, er hielt das Kaninchen für einen Igel, aber dann entfernte sich das dunkle Wollknäuel, und alles war wieder ruhig und tot. Bewegungslos. Hinter einer Tür schepperten Töpfe und Pfannen, und es schien, als habe jemand das Feuertürchen am Herd zugeschlagen. Filip trat näher und klopfte. Schon kam ihm der Gedanke, in aller Eile umzukehren, da öffnete eine Alte in einer blauen Schürze, die Brille auf die Stirn geschoben, die Küchentür, mischte mit der Hand in einem schwarzen Topf Maismehl und fragte von der Seite, sehr verhalten und kalt, was er wolle und wen er suche. Sie stellte den Topf beiseite, wischte sich die Hände, schlich in Filzpantoffeln durch das Halbdunkel und verschwand hinter einem Vorhang. Die Küchentür blieb offen. Auf der Herdplatte war ein Ringloch unverdeckt, und aus dem schwarzen Kreis züngelte eine dunkelrote Flamme, rußig wie aus einem Scheiterhaufen. Hinter dem Vorhang quietschte eine Tür, dann waren Wortfetzen zu hören, jemand lachte laut auf, und schließlich schlug Filip, mehr blind als bewußt und entgegen den strengen, mißtrauischen Blicken der kurzsichtigen Alten, frech den Weg zur Tür ein, auf die sie mit dem Finger deutete.

Im Strom der feuchten, säuerlichen Gerüche und wie geblendet nach dem gleißenden Sonnenschein tappte Filip im Dunkeln. Nach einer Weile erblickte er im spärlichen Licht, das durch die Türöffnung eindrang, nur Waschschüsseln, Frauenkleider, die über Stuhllehnen geworfen waren, Pelargonien auf dem Fensterbrett und Ansichtskarten an den Wänden. Eine Stimme forderte ihn auf, ans Bett zu treten. Da lag, im Schein eines Lichtbündels, das durch ein kreisförmiges Loch im Fensterladen eindrang, eine Frau. Ihr Bauch war unverdeckt, groß, weiß wie ein frisches Brot, das auf dem Schieber des Bäckers liegt. Nur eines war in seiner

Erinnerung haftengeblieben: die Tatsache, daß der Bauch groß war, gedunsen, weich, feucht und irgendwie schimmlig wie Hefe, wie ungebackenes Brot auf dem Schieber des Bäckers und daß er einen Nabel hatte. Das war das einzige Bild, das sich seinem Gedächtnis lebendig und unauslöschlich eingeprägt hatte.
Ja, die „Froilajns"! Wo war diese ferne Zeit der wunderlichen Froilajngeheimnisse geblieben, die Zeit dieses weißen, rohen, bauchigen weiblichen Brotes mit dem Nabel?

Filip wippte auf Jožas Federsitz hin und her und dachte nach. Er suchte nach einer konkreten Möglichkeit, dieses Motiv als Maler zu lösen.
Schwarz-weiß?
Zu schwach. Zu einseitig. Das wichtigste an diesem fernen Ereignis war jenes Weiche, Rohe, Aufgedunsene, Große, das geheimnisvolle weibliche Etwas, das man wie Toulouse-Lautrec hätte gestalten müssen, das aber irgendwie erhellt war von einem besonders ungesunden, übersinnlichen Licht auf der feucht-schimmligen Haut. Diesen Bauch hätte man ganz lebendig, wie überreifen Camembert, auf die Leinwand bringen müssen, und man dürfte das Bild nicht wie einen gewöhnlichen, banalen Querschnitt durch ein Bordell entwerfen. Es müßte ein müder Bauch sein, der große Bauch einer alten, geplagten Wöchnerin, einer ernsten, traurigen, ausgelaugten Frau, die aufgehört hat, ein Stiftsfroilajn zu sein, und die nur noch ein Symbol ist, die Formel des Zustandes, in dem sie lebt, versteckt wie ein Knabenheiligtum, aber voll wie ein Spucknapf, der selbst einen Joža Podravec anwidert. Um dieses Bett müßte man all die unsichtbaren, geheimen Schleier winden, die brennende Gier, die Bestürzung der unschuldigen Angst und die Erwartung des Unbegangenen, des Übersinnlichen. Dort aber war nichts als kalte Dämmerung, die nach Essig roch. Der weibliche Bauch wäre ein Thema, aber ein völlig offenes, gefährliches: das Thema der fraulichen Nacktheit, das man ohne jede Scham und ganz echt fixieren müßte, mit gefühlvollem Schwung, mit einem besonderen, unverhüllten Akzent auf das Körperliche. Einen nackten weißen Körper müßte man malen, einen morbiden, verrückten, perversen, als einen Torso, eingetaucht in das Leuchten der

Angst, der Unruhe, des Fiebers, der minderjährigen Bestürzung, der Dunkelheit, des Gestanks, des bordellhaften Geruchs von sauren Federbetten, des Tauchsieders und der schmutzigen Tassen, in denen Brötchen aufgeweicht wurden ... Und eine lästige grüne Fliege müßte in der Dunkelheit summen und mit den Flügeln gegen den Spiegel schlagen ...

Filip dachte über dieses ferne Ereignis nach, das sich unter jenem Dach zugetragen hatte und das nun hinter den Pappeln an der Bahnstrecke zurückblieb. Er fühlte, daß seine Assoziationen sich ausweiteten; die Gedankenverbindungen wurden zum Gewitter, zum furiosen Aufheulen einer überspannten Schau, die mit ihrer Intensität all seine schöpferischen Ansätze im Keime erstickte, da die Sprache der Leinwand allzusehr an die einseitigen Mittel der Malerei gebunden ist. Da es unmöglich ist, Klänge und Gerüche zu malen, obwohl man sich aber Bilder in ihrer vollkommenen Realisierung ohne Klang und ohne Geruch nicht vorstellen kann. Der übelriechende Raum, jenes bordellhafte Clair-obscur müßte mit einer vibrierenden Stimme erfüllt werden, einem berühmten, syphilitischen Alt, der durch die Luftröhre gleitet wie das Gezisch einer zerbrochenen Schalmei. Mit einer Stimme, die so grau sein müßte, wie die zerrissenen Säcke unter dem Bett der Frau. Der wichtigste Unterton jenes fatalen Ereignisses war dieser heisere weibliche Alt gewesen; er hatte das Bild jenes Julimittags ausgefüllt, da ein kleiner Junge vor einem nackten weiblichen Bauch erschrak und aus dem Zimmer stürzte wie ein Dieb. Und sein Herz schlug so heftig, als habe aus dem Bett ein behaartes, raubgieriges Tier nach ihm gegriffen.

Die Frau bedeutete ihm, näher zu treten. Er tat es.

Sich aufs Bett zu setzen. Er tat es.

Und als sie seine Hand ergriff und von ihm erfuhr, daß er Reginas Sohn war, begann sie von der Trafikantin so intim zu sprechen, als handele es sich um einen Menschen, der sich in nichts von der Person unterschied, die in diesem dämmerigen Zimmer weilte.

„Warum? Weil sie es mit den Domherren treibt. Mit den Bischöfen. Als ob ‚der Herr der Trafikantin', der Herr Domherr Lovro, nicht auch zu ihnen käme! Als ob er sich nicht

bei den Mädchen über diese seine Regina beklage, daß sie ihm zu teuer käme!"
Er lauschte dieser heiseren, gehauchten Stimme, die über seine Mutter sprach, dieser Stimme, die aus dem säuerlichen Halbdunkel drang, aus einer bleigrauen Wolke schmutziger Bettlaken und feuchter Bettdecken. Unter seiner Hand sah er den großen, rohen, weiblichen Bauch, blaß wie Bierhefe und stinkend wie ordinäre Seife. All dies und außerdem die unheimliche Falle in diesem scheußlichen Haus, das dunkle und geheimnisvolle Drama in der Trafik und die Trafik überhaupt – all dies breitete sich über ihm aus wie ein übelriechendes Laken. Er spürte einen unsagbar widerlichen Gestank, entriß sich jener blassen Erscheinung und stürzte aus dem Zimmer. Im Laufen vergaß er nicht, einen Silberforint hinter sich zu werfen; er hörte noch den Klang des Silbers auf irgendeinem Glasgegenstand.
Den ganzen Nachmittag verbrachte er weinend am Bahndamm. Ihm war, als sei jemand gestorben.

Beim Anblick der einförmigen, strohgedeckten pannonischen Hütten, der Bienenstöcke, der Stuten und der Kühe auf den Wiesen und Weiden, der gepflügten Felder, der Schweine, bei alldem verfiel Filip in eine tiefe und unbegreifliche Melancholie: es war jene bedrückte Stimmung, in die er immer dann verfiel, wenn er daranging, seine künstlerischen Gedanken zu verwirklichen.
Die Bienen schwärmten, die Schweine grunzten, die Kühe kalbten in den Ställen, den kranken Kälbern in den Wickelbändern lief der Schleim, der Wind rauschte in den Wipfeln der frischen, jungen Weißbuchen und Eichen, die schweren Frühlingswolken schwammen über den Wäldern, und Filip reiste nach elfjährigem Vagabundieren in den verschiedensten europäischen Städten in die Kostanjevecer Weinberge zurück und träumte von seiner neuen künstlerischen Komposition: ein roher weiblicher Bauch im dunklen, spärlichen Licht eines morbiden, traurigen Knabenerlebnisses.
Die einzige schöpferische Wirklichkeit liegt ausschließlich im eigentlichen Ursprung unserer Erinnerungen: Der Mensch sieht nur, wenn er etwas erblickt. Die Malerei ist nichts anderes und dürfte nichts anderes sein als bildliche Erschließung des Raumes – wenn sie das nicht ist, hat sie keinen Sinn. Alles andere wäre ein Aufkleben und Abziehen von schon bekannten Bildern, die quantitative Vervielfältigung des bereits Gesehenen! Das jedoch liefe auf die langweilige winterliche Beschäftigung der Kinder heraus, die Abziehbilder aufkleben und sie mit nassen Fingern nebeneinanderreihen. Dieses Aufkleben und Klassifizieren, das sind die künstlerischen Richtungen, Linien, Schulen, aber was kümmerte ihn das alles, ihn, der keiner Richtung angehören wollte, keiner Linie, keiner Schule! Und deshalb:

das Problem dieses nackten Bauches mußte von allem persönlichen psychologischen Ballast befreit werden, das heißt von allen Eindrücken der Akustik und des Geruchssinns. Diesem Bauch mußte man im Krafft-Ebingschen Sinne einen kriminellen Akzent geben, man müßte spüren, daß unter diesem nackten Bauch eine Kinderseele beschmutzt und geschändet wurde!

Schweine grunzten, Kühe muhten, Fliegenschwärme tanzten über den Dunghaufen, viel weiße Farbe schimmerte auf den Getreidefeldern in Berührung mit den hellen, weißen, aprilhaften Wolken. Den Kutscher Joža Podravec aber überkam Langeweile. Die Pfeife war ihm ausgegangen, die schlauen Stuten kannten den Weg besser als der Kutscher selbst, und dieser seltsame Patron neben ihm auf dem Sitz schwieg so beharrlich, als sei er eingenickt. Er schlief aber keineswegs, das sah man, er schien sich vielmehr über irgend etwas den herrschaftlichen Kopf zu zerbrechen. Viel Gepäck besaß er, man könnte ihn für einen Zirkusmann oder einen Schwarzkünstler halten. Vielleicht war er auch ein Handelsjude, und in den Kisten steckten seine Waren. Bändchen, Kämme, Seidenpaspeln . . .

Um das mehrstündige Schweigen zu brechen, begann Joža Podravec, als sie im Schritt den Kravoderer Hohlweg hinabfuhren, von selbst zu sprechen, von den Seinen zu Hause, von den Dingen um ihn und wie es um ihn stand. Er sprach davon, daß er zweimal in Amerika gewesen sei, aber daß dieses ganze Amerika nichts wert sei, der Teufel möge es holen. Alte und erfahrene Seefahrer hätten ihm gesagt, er solle aufpassen, denn er werde wilde Hirsche sehen, die neben dem Schiff herschwimmen. Zwei Tage und zwei Nächte habe er daraufhin an Deck gestanden, um die wilden Hirsche zu sehen, aber nicht einer habe sich gezeigt. Nur weiße Vögel hätten bis zur Hälfte des Weges das Schiff begleitet – „dat ist, sozusagen, wirklich wahr, dat hab ich mit eigene Augen gesehen“ –, dann seien ihnen schwarze amerikanische Vögel entgegengeflogen – „schwarze, sozusagen, schwarze wie Drachen“ –, und daran hätten dann die Seeleute erkannt, daß sie die Hälfte des Weges geschafft hatten.

Joža Podravec war Ulan gewesen. Er hatte im kaiserlichen Ulanenregiment in Ungarn gedient, in Tolna. In Galizien wurde er Anno fünfzehn bei Dobra Noč gefangengenommen, und in der Feldflasche war ihm nur noch ein halber Liter Rum geblieben. In Teheran war er gewesen und in Tiflis. In Tiflis gab es nur nackte Türkinnen, und in Taschkent verkaufte er Fische und kämpfte auf Kamelen unter dem General Dutow gegen die roten Moskowiter. Dann kam er zurück – „sagen wir mal, wie soll ich sagen, Gott sei Dank" –, zurück nach Biškupec. Zweimal verwundet war er gewesen und zweimal todkrank, aber jetzt war er gesund, sozusagen, nichts fehlte ihm, und seine Alte besaß eine „Singerica", eine Singer-Nähmaschine, und auf so einem Ding kann man 'nen Haufen zusammensticken . . .

Filip hörte sich den eintönigen, leeren Lebensbericht des Kutschers an, er empfand Joža Podravec gegenüber eine unaussprechliche indifferente Weite. Zweihundert Millionen solcher aus Holz gehauenen Kutscher lebten in den Weideflächen vom Stillen Ozean bis zu diesen pannonischen Sümpfen: die Gesichter gleich, die Hände gleich, die Schicksale gleich.

Er malte in Gedanken seinen imaginären Bauch, verband gerade jene nackten und weichen Zonen des Fleisches um die Hüften und oberhalb der Schenkel zu einem ganzen Zug, und der da „sagen wir mal, wie soll ich sagen" redete davon, daß das „Pissen, ohne einen Wind fahren zu lassen, genauso ist, als ob jemand zur Beichte geht, ohne die heilige Kommunion empfangen zu haben".

Joža Podravec hatte eine „Singerica" und Stickereien, und er, Filip, löste die Dinge auf symbolische Art: er spielte mit bemalten Flächen wie mit Formeln, er löste die Probleme einer abstrakten, völlig imaginären Arithmetik. Wie weit war die Entfernung zwischen ihm und diesem pannonischen Fuhrmann – unfaßbar weit! Weit war auch die Entfernung zwischen ihm und jenem spätsezessionistischen Denkmal an der Stiftspromenade. Auch das waren zwei Welten. Und diese gelbe, zeitbedingte, barocke Grenzerkirche dort über der Weide, auch sie war eine Welt für sich. Da stand sie wie eine Art Festung im Schlamm und predigte diesen Pannoniern schon jahrhundertelang irgendwelche grundlegenden Programme und Resolutionen, jedoch ohne besonderen Erfolg. Dieser Mensch neben ihm auf dem Bock war dem pannonischen Urphänomen näher als Matisse! Er war ein Tierzüchter im buchstäblichen Sinne des Wortes, und wie weit war es von seinen schwieligen Händen bis zu Filips Empfindlichkeit beim Betasten des Gewebes oder der Seide! So saßen da zwei Menschen auf dem Bock, ein wunderlicher Neurastheniker, ein Sektierer in der Malerei, ein Relativist, Fauvist, Kolorist, und beide sprachen dieselbe Sprache. Und doch waren es eigentlich zwei Sprachen und zwei Kontinente! Auch die marmorne Frau dort an der Promenade als Weltanschauung, auch das war ein Kontinent für sich. Und jene „große Zeit"? Auch sie schwamm zwischen den Dingen wie eine einzelne Eisscholle: Eine ganze Welt riß diese Eisscholle los und versenkte sie. Und jene berühmte Stiftsfestung und das Schloß des Bischofs von Bakač und sein verstorbener Vater als des Bischofs Kammerdiener und seine Mutter Kasimiera Valenti, die aus unerfindlichen Gründen den Namen Regina annahm und Trafikantin wurde? Nun stand alles aufgestellt im Raum wie eine ganze Reihe fertiger und voneinander getrennter Tatsachen, und alles stand im Mißverhältnis, alles war verstreut und unzusammenhängend! Es war ziemlich weit von einer solchen bis zu einer anderen Erscheinung, und alles bewegte sich nebeneinander, unüberbrückbar, dumm, teuflisch verwirrt und traurig. Dieser Mensch neben ihm auf dem Bock war Ulan gewesen, ein Krieger der sogenannten großen Zeit. Er liebte die nackten Türkinnen Teherans, schlug sich auf Kamelen in den asiatischen Wüsten, sah wieder einmal das Lagerfeuer des so berüchtigten Valmy und kehrte nach zwanzigtausend Kilometern zurück in sein Biškupec. Dieser Kutscher war weder ein Katholik, noch ein Monarchist noch ein russischer Kriegsgefangener. Er war weder Patriot noch Bürger, er glaubte an keinen Gott und an keine Kirche. Kroatisch hatte er verlernt, und Russisch hatte er nicht gelernt, ihm war im römischen Sinne nichts heilig, er kannte keine kirchlichen Heiligtümer und keine rechtlichen, er war überbelastet mit Todsünden verschiedener Richtungen und hatte bestimmt getötet, Meineide geleistet, Unkeuschheit getrieben, aber er fürchtete sich vor einer Erscheinung auf dieser Welt wie vor einem Dämon: vor dem Wechsel! Und dennoch: Wie giftige Ratten nagten auch unter seinem Hausboden zwei Wechsel! Er hieß Podravec, besaß vier Stuten und einen Oldenburger Hengst, seine Frau kochte ihm Käse und „stickte sozusagen auf der

Singerica Stickereien". Und so saß er nun auf dem Bock, rauchte Pfeife, spuckte und wartete auf Meereshirsche. Zweihundert Millionen solcher Fuhrmänner warteten auf Meereshirsche und wälzten sich auf ihren Karren herum, vom Don bis zum Plattensee, von der Wolga bis zum Liaojang, und all das bewegte sich, all das war eingespannt, fraß Heu und machte Dünger, und das Ganze nannte sich dann in den Büchern nationale Ökonomie.

Diese zweihundert Millionen Fuhrleute waren im Grunde Anhänger der surrealistischen Bewegung im dekadentesten Sinne des Wortes. Sie lebten in einem Raum, der ein Urphänomen war, ohne Verstand, ohne Licht, und sie selbst waren ja noch immer dunkle, historische Urerscheinungen! Ohne Dauerhaftigkeit, ohne irgendwelche inneren Beweggründe, eigentlich sogar ohne jeden Zweck! Das Fortdauern der Materie an sich. Das Geschehen zwischen Dingen und Ereignissen. Man redete ihnen ein, sie seien Mitbürger nach dem Abbild Gottes, und mit diesem Märchen von der übernatürlichen Abstammung hat man die Empiriker verwirrt. In einem Teil ihrer Existenz, in der des Fuhrmanns, des Marktfahrers, des Herrn, waren sie verwirrt; sie hielten sich an Dinge und Gegenstände, aber nur so nebenbei und ganz oberflächlich. Auf der anderen Seite sind diese Joža Podravec Heiden, sie kleben an ihrem pannonischen Morast, in dem sie schon einige Jahrtausende lang bewegungslos vor sich hin faulten, und sprachen von ihrem Oldenburger Hengst pathetisch, wie von einem Halbgott. Sie betrachten das Geschlechtliche des Hengstes wie die Menschen in Indien, am Kongo oder sonst irgendwo in den Tropen: einfach und ganz natürlich, so natürlich, wie kleinbürgerliche europäische Mädchen an den Blumen riechen. Im Grunde ist das ebenfalls eine Schamlosigkeit im römisch-moralischen Sinne. Blühende Rosen in Gläsern auf Mädchentischen, das Symbol des Ewiggeschlechtlichen. Die Art, in der Joža Podravec vom Geschlechtlichen sprach, war unverdorbene biblische Natürlichkeit; für ihn war der Samen des Hengstes ein kostbarer Saft, den er mit den Fingern sammelte, von dem er jeden Tropfen hütete, den er für jeden Sprung verkaufte wie seine Frau die Sahne.

Was für widernatürliche Weiten bestanden zwischen ihm, der noch als Sechzehnjähriger die Frauen wie Toulouse-Lau-

trec betrachtet hatte, obwohl er von diesem keine Ahnung hatte, und der unverdorbenen Natürlichkeit dieses Fuhrmanns! Was für ein Auseinanderrücken und Entfernen war das, was für ein Wachsen? In welcher Richtung hat sich so eine einzelne Zelle, die er war, abgesondert, wann hat sie sich losgerissen von ihrer Umwelt, von ihrer Grundlage, welche Tangente hat sie eingeschlagen, und wohin gelangt man in dieser Richtung? Bedeutet das Abzweigung, Auflösung oder Irrenanstalt? Eine Psychose in gefährlichem Sinne? Alles hat im Grunde seinen ursprünglichen Sinn verloren. Die Eskimos oder die Neger beißen einfach zu, wenn sie den noch warmen, blutigen Speck des Nashorns oder der Robbe essen, sie benehmen sich ganz natürlich wie gesunde Tiere. Die Negerzähne zerteilen dieses blutige Fleisch auf natürliche Weise, und es ist ebenso natürlich, wenn der Neger das rohe Fleisch vom Flußpferd kaut, und ihre Vielweiberei ist genauso natürlich. Die Stadtmenschen aber essen wie kranke Katzen: Sie haben faule Zähne, sterben an Krebs, und über ihre Därme haben sie dicke Bücher geschrieben. Alles Städtische ist krank und krätzig. Auch diese zweihundert Millionen Fuhrleute waren schon von der Stadt angefressen. Die Stadt bedeutete die bedingungslose Entfernung von der natürlichen Grundlage des unmittelbaren Lebens. Wo aber war die Grundlage des unmittelbaren Lebens. Existierte das Unmittelbare überhaupt noch irgendwo?
In diesen müden, schläfrigen Bildern, die Filips Kopf wie giftige Mücken umschwirrten, befiel ihn Angst vor der Idee, die ihm bald klarer erschien, bald trüber, und so erging es ihm nun schon zwei Jahre lang. Es handelte sich um die Idee von der Infernalisierung der Wirklichkeit.
Die Idee, zweifellos höllisch und ungesund, besagte vor allem, daß die Erscheinungen im Leben keinerlei inneren Zusammenhang hatten, daß sie weder logisch noch vernünftig waren, daß sie nebeneinanderher liefen und sich abwickelten wie ein höllischer Simultanismus in einer Vision von Hieronymus Bosch oder Brueghel: eins im anderen, eins neben dem anderen, eins über dem anderen, im Wirrwarr, im Delirium, in einer Ruhelosigkeit, die von Anfang an bestand. Gewaltige schmutzige Glockentürme mit Drachenhäuptern, weiß gewordenen Wasserrissen, marmornen Hinterteilen, und dann die dicke Karolina, die englischen

Pferde – bonjour, Monsieur – und die Stimme des Hähers im Käfig. Alles schmolz wie die Schokolade im Silberpapier, alles zog langsam dahin wie der Karren des Joža Podravec, alles war dumm und morastig wie Pannonien. Nackte Bäuche, verborgene Dramen, kranke Kindheiten, die sich durch das ganze Leben hindurchzogen und vierzig Jahre andauerten – all das häufte sich an wie wolkiger Nebel in unzähligen Variationen, und dann verflog es eines Tages wie Nebel und verdampfte wie Abortgestank. Es war ein unbegreiflicher, gewaltiger Guß; irgend etwas hatte sich in den Raum ergossen, hatte sich zusammengerollt wie eine satte Riesenschlange, die sich selbst fraß, sich übergab, sich in Pech und Gestank verwandelte. Bewegung in verschiedener Richtung, wirres Überlaufen des Stoffes, alles ohne Grundlage und ohne inneren Sinn: Ganz von selbst und für sich selbst ging man dahin; man grub sich ein, gebar von neuem und entsprang wie Wasser, wie Schlamm, wie Nahrung. Man schlachtet, man frißt, man verdaut, man scheidet aus, schluckt, bewegt sich und reist. Im Gedärm, auf den Straßen, in den Schluchten, auf dem Wasser . . . An einer Stelle beginnt es zu welken, an einer anderen sprießt es üppig wie Unkraut auf dem Mist, und all das ist in Wirklichkeit höllisch, aber zugleich fleischig und stark; man kann es in uns selbst nicht ausrotten. Es gibt keine Einseitigkeit und keinen Aufbau, alles ist ineinander verflochten – urwaldhaft, morastig, pannonisch, ausweglos und dunkel. Hier sind Filips Bilder, seine Bücher, seine Studien, seine Essays über die Malerei, über die Probleme der Farben, über den schöpferischen Reiz des Lichtes, und dort sind die Bienenstöcke und die Strohhütten und die Schlafwagen des Schnellzuges. Hier sind seine morbiden Ideen über die Fraulichkeit, und dort, neben ihm, wartet der Kutscher auf Meereshirsche. Irgendwelche fetten Würdenträger, asthmatische Liebhaber in geistlichem Gewand und in lila Seide, die mit Trafikantinnen uneheliche Kinder zeugen . . . Kleinliche Lebensbedingungen mit zerstörender Wirkung . . . Durchwühlte Ameisenhügel, faulige Dächer, modrige Gräber . . . So schaukelt Filip hin und her, und seine Gedanken sprudeln wie Kohlensäure im Sodaglas. Ein rauschender schäumender Prozeß, erfrischend für die Nerven: in Bildern denken und sich an der Vielfalt der Bilder berauschen.

Sie fuhren durch den morgendlichen Kravoderer Lärm. Der rauhe und scharfe Geruch des Ammoniaks aus den Dunghaufen und den Ställen, das Muhen der Kühe und das Tappen der Rinderhufe auf der nassen Straße, das Schnattern der Gänse in den Höfen, das Quietschen der Tür zur Branntweinschenke, aus der ein pausbäckiger Kürbis mit einem Speckhals, einer Pelzmütze und einer Pfeife im Mund hervorlugte, um zu sehen, wer da durch Kravoder fuhr. Für diese entzündeten Schweinsaugen auf jeden Fall ein ungewöhnliches Ereignis: ein Fremder mit Koffern in einer Kutsche.

Ein Handelsvertreter? Der neue Bezirksassessor von Jalžabet? Ein Spitzel? Es gab ja so manches Teuflische in der Welt!

An den Fenstern leuchteten die Paprikaschoten vom vergangenen Jahr, in den Netzen an den Zäunen trocknete der Käse, es krähten die Hähne, und die Hennen liefen vor dem Rad und zwischen den Hufen verängstigt über die Straße. Es war ein feuchter, tauiger Morgen, und durch die Wolken drang immer unwiderstehlicher die Aprilsonne. Ein schwarzes Fohlen mit einer dichten welligen Mähne und einem schönen runden Hals wieherte lustig und lief neben Jožas Stute her; an der Heide machte es kehrt und entfernte sich in wildem, närrischem Galopp in Richtung Dorfbrunnen, wo die Burschen die Pferde tränkten. In der Tränke plätscherte das Wasser, man hörte das hölzerne Aufschlagen der Kübel und Stimmengewirr. Der allgemeine Lärm, das galoppierende Rappenfohlen in einer Wolke von Staub, all das war fröhlich, freudig und voller Bewegung.

Am Dorfrand trafen sie zwei Nonnen. „Uh, der Teufel soll

sie holen ...!" Joža Podravec drehte am Knopf seiner Weste. „Die haben uns gerade noch gefehlt!"
Jede der barmherzigen Schwestern trug einen Korb voller Eier, und als sie den fremden Herrn in der Kutsche gewahrten, grüßten sie ergeben und allzu unterwürfig, denn immerhin konnte es sich um einen unbekannten Vertreter der Obrigkeit handeln, und vor der Staatsmacht war es geraten, sich aus eigener Initiative zu verneigen. Die Kirche trug schon seit zweitausend Jahren Eierkörbe, und seitdem wechselten viele Gewalten, in den Städten genauso wie in den provinziellen Kutschen. Diese Politik der kleinen Höflichkeiten konnte nie schaden.
Die beiden Frauen mit dem Widerschein der Sonne auf den gestärkten Hauben und in ihren Toledokostümen weckten in Filip aufs neue die Vorstellung vom Parallelismus der Erscheinungen. Mit ihren Röcken, Rosenkränzen und bizarren weißen Hauben wirkten sie wie sonderbare, übernatürliche Papageien, als sie wie zwei dunkle Symbole aus dem Kravoderer Dreck stiegen. Die Jahrhunderte können jahrhundertelang nebeneinander leben wie fremde Tierarten im Käfig: Affen und Papageien! Die schwarzen Frauen zogen von Hütte zu Hütte, stahlen den Tierzüchtern und Fuhrleuten Eier und schleppten sie über weite Wege in ihren Ameisenbau. Da lag das fünftausendjährige Pannonien; es grunzten die Schweine, die Pferde wieherten, und diese unsympathischen Papageien stahlen den Pannoniern Eier. Und dabei hatte jeder Papagei seinen Ritter und seinen Heiligen im Brustharnisch – als Patron und himmlischen Liebhaber! Getrennte Welten in unüberbrückbarer Entfernung. Er, ein gottloser, westlicher, unruhiger Irrläufer, ein Nervenbündel, ein dekadenter Mensch, er saß auf dem Wagen des Joža Podravec in Kravoder, und es war Morgen und Frühling, und alles bewegte sich, blühte und sproß, alles drehte sich wie dieses Rad, das unter ihm quietschte und eine Spur hinterließ. Das Rad rollte über die vielen Spuren auf der Straße, über die schon Unzählige wanderten und im Nebel verschwanden. Und all das war ein einziges Chaos, ein sinnloses Chaos. Wie der Klang einer nackten silbernen Axt, wie der Widerhall einer Dampfsäge in der glänzenden, metallenen Drehung der scharfkantigen Scheibe, die in einem höheren, surrealistischen Vibrieren der Zeit die

Dinge und Erscheinungen zerteilte. Zitternd in einem hohen Laut wie das A in der Stimmgabel, frech und siegesgewiß, so ertönte hoch über Filips Kopf ein Propeller, und das Geräusch ergoß sich wie das Echo der Himmelsposaune über die Fluren. Zwei Welten: Dort London–Bagdad–Bombay in drei Tagen und hier die Kravoderer Schnapsschenke mit den Nonnenkörben voller Eier! Hier der pannonische Dreck und dort die Zivilisation, die immer mehr vorrückte ...

Sie flog über die Hütten der Schweinehirten und über die Maulbeerbäume, diese silberne Aluminiumgitarre mit den gespannten Segeltuchschwingen. Ein fliegendes Musikinstrument über Joža Podravecs Kutsche! Sie glitt über dem Statischen dahin, über all dem Gebundenen, Bewegungslosen, über den riesigen blauen Kreisen des Lichts, der Sonne und der Helligkeit, über den Dächern, Wipfeln, Blitzableitern und Türmen, über den Karren, die durch den Morast krochen wie Schnecken. Vorsintflutlich ... Die Karren quietschten, rührten sich aber nicht von der Stelle. Ein sonniger, herrlicher Blitz!

Und während Filip dem metallenen Glanz nachschaute, der sich über die Parzellen hinwegbewegte wie ein silberner Kreidestrich, da hätte er am liebsten ein Tuch aus der Tasche gezogen, um der fliegenden Maschine zuzuwinken, um sich bei ihr zu melden wie ein Schiffbrüchiger auf einem weißen sonnigen Schiff, das mathematisch sicher Kurs hält auf einen strahlenden Hafen, unbeschadet des morastigen Schmutzes der Wirklichkeit.

Zwei Monate waren seit Filips Rückkehr in die Kostanjevecer Weinberge vergangen, und in den Tälern blühten bereits die Linden und Akazien. Das Leben faulte in diesen dreckigen Schluchten um Kostanjevec, es schlug aus, grünte wie der Sumpf und verweste wie schlammiges Wasser, in dem sich alles Versunkene auflöst.
Im Schlamm hatte sich Mica Trebarčeva den Nabel mit einer rostigen Sichel zerschnitten; sie hatte Brand bekommen und war unter furchtbaren Qualen gestorben. Im Schlamm glaubte man jedoch, die alte Mikleuška habe diesen Tod verschuldet. Der Schweinehirt Miško hatte eines Nachts, als er mit den Schweinen aus dem Wald zurückkam, gesehen, wie der Leibhaftige über den Zaun der alten Mikleuška setzte und die Straße entlangtrabte. Ob er beschlagen war, könne er nicht sagen, aber daß die Alte in dieser Nacht einen teuflischen Krambambuli gebraut habe, das sei sicher: eine hellgraue Rauchwolke habe die ganze Nacht über dem Rauchfang gestanden ... Und in dieser selben Nacht schloß Mica Trebarčeva für immer die Augen. Auch ihr Kind hauchte tags darauf sein Leben aus, Gott sei Lob und Dank. Und der Fall ist klar: Die alte Mikleuška hatte die selige Mica verhext, weil die den einäugigen Franz, den Sohn der Mikleuška, nicht nehmen wollte! Dann legte jemand in der Scheune der Mikleuška Feuer, und in der Scheune schlug wahrhaftigen Gottes die Lohe auf, und daraufhin krepierte bei ihrem Nachbarn Boltek die Kuh. Klare Sache: verhext! Der Tierarzt untersuchte Bolteks Kuh und meinte: „Milzbrand!" Zum Gericht konnte man also nicht gehen, aber was wußte schon der Tierarzt, wenn doch Bolteks Alte in einer Schüssel das Gesicht der Mikleuška er-

kannt hatte! Die Sache mußte so oder so bereinigt werden, um der Gerechtigkeit willen!
Im Graben überfielen drei Wölfe die Kuh des Ribar Loiz und fraßen sie auf, genau am heiligen Sonntag, um die Mittagszeit. Sie kamen über die Hutweide, und das hatte es schon lange nicht mehr gegeben. Der Erzherzog Franz zog damals, im Jahre sechsundzwanzig, gegen Preußen, als im Graben zum letztenmal am hellichten Tag Wölfe aufgetaucht waren. Das bedeutete etwas! Es ging eine Stimme in den Dörfern umher; sie strich in der Dämmerung an den Zäunen entlang, flüsterte unter den Vordächern, wenn es regnete, und das Gerücht sprach von schlimmen, mageren Jahren, die kommen würden. Wie die biblischen Reiter aus dunklen Wolken, so würden die hungrigen Jahre erscheinen: auf knochigen schwarzen Schindmähren mit gesträubten Mähnen und Totenlichtern, mit Donner, Erdbeben und Pest! So würden sie kommen! Und wahrscheinlich würde es wieder Krieg geben und viel Greuel! In der Krivoputer Pfarre zerschmetterte ein Fuchsfohlen des Pfarrers Bein, deshalb wurde es erschossen, aber in Turčin und Hasan sagten die Leute, daß sie gesehen hätten, wie das Fohlen durch das Dorf gesprungen sei. Auf der Svetojanskoer Hutweide hätte es bei bester Gesundheit geweidet! Im Kolacer Schulgarten biß ein tollwütiger Hund oder ein Wolf – der Blitz soll ihn treffen – alle Kinder und verschwand spurlos. Der dahingeschiedene Glöckner Jure erschien wieder: Man sah ihn, wie er nachts vor der Kapelle in Batina Wache hielt. Der Mond schien hell, und man konnte gut hören, wie die Tür zur Totenhalle im nächtlichen Wind quietschte. Man sollte sein Grab übergießen! Die Gräber öffneten sich, Unruhe brach aus, die Gerüchte wurden lauter. Eines Morgens kehrte Jura Perek aus Rußland zurück, obwohl alle dachten, er sei seit mehr als zehn Jahren tot. Man hielt ihn für Lazarus. An Spinnabenden sprach man davon, daß er von den Toten auferstanden sei, und die Leute fürchteten sich vor ihm. Eines Abends kam er in Siebenscheins Kneipe und schlug dem Stijef Brezovečak mit einer Flasche den Schädel ein, nur um ihm zu zeigen, daß er nicht tot sei! Und der krumme Matija aus Blato begegnete an der Bistritzer Brücke in einer der letzten Nächte einer schwarzen Kutsche. Alles an ihr glänzte, und außerdem war sie mit vier leuchtenden

Lampen geschmückt, zwei vorn und zwei hinten. Sie hatte gar keinen Kutscher, aber dafür saßen hinten, auf dem goldenen Federsitz, ein behelmter General mit goldenen Schnüren und roten Hosen. Wer mag das gewesen sein? Rudolf?
„Der Kronprinz Rudolf selbst!"
Leider hatte der krumme Matija von dem donnernden Lärm, mit dem der Wagen über die Bistritzer Brücke gejagt war, einen solchen Schreck davongetragen, daß er sich nicht mehr entsinnen konnte, ob es ein Vierspänner gewesen war, aber wenn ihn nicht alles trüge, so hatte das vordere linke Pferd keinen Kopf.
„Tja, bei Gott, der selige Kronprinz Rudolf ist zwischen Blato und Krivoput einfach so durch die Gegend gefahren. Allem Anschein nach wollte er nach Toplice, zum bischöflichen Schloß. Wahrhaftigen Gottes, nach alldem zu urteilen, ziehen sozusagen schlimme Zeiten herauf . . ."
Der Weizen verspreche in diesem Sommer bei Gott nicht viel, und auch der Hafer sei vom Nebel ganz rostig. Krankheiten griffen um sich, die Schafblattern, die Ruhr, die Pest, lauter todbringende Teufeleien, und der Stiftswald loderte auf und habe drei Tage und drei Nächte lang gebrannt. „Wieviel Morgen da in Flammen standen! Wenn unsereiner nur einen Peitschenstiel abschneiden will, stürzen sich die Stiftsförster auf uns wie auf die Hunde, wenn man sie aus dem Schlag jagt. Und nun ist alles niedergebrannt bis zum Grund. Wenigstens 'ne Freude für die Kinder . . ."
Ein blasser Mensch ging neulich durch Kostanjevec. Die Hunde schnupperten an seiner Schwefelspur. Gefährlich waren diese unbekannten, blassen Passanten in der Dämmerung! Entweder waren es Diebe, Hexenmeister oder Schwarzkünstler! Und auch Vampire gab es: Sie liefen wie lebende Wesen umher, nur die Füße in ihren Opanken sind, sagen wir mal, mit Verlaub, Ziegenfüße! Man hat das Grab des seligen Šimun Vugošek übergossen und hat ihm drei Haken aus Hagedornholz in den toten Kopf gejagt, er aber kullerte noch immer die Kartoffeln auf dem Boden seiner Witwe, die ganze liebe Nacht! Im Kostanjevecer Wald fand man den Kranjac erhängt, aber seine Brieftasche war nicht gestohlen worden, drei Hunderter hatte er noch darin. Was hatte das zu bedeuten? Hetzjagden, Steckbriefe, immer

wird jemand gesucht, denn es wimmelt von Räubern in der Welt wie von Würmern im madigen Fleisch. Allen Fremden gegenüber war Mißtrauen angebracht, und das mußte auch so sein, denn der Mensch wird als Dieb geboren . . .

Das Leben mit Stuten und Katzen, mit den dörflichen Gerüchten, die rauhe Zunge des Kalbs auf seiner Handfläche zu spüren, die Pflanzen in ihrem Wachstum zu beobachten, wie sie von Tag zu Tag grüner und saftiger wurden, mathematisch klug dem Maximum der Sonne und dem Licht angepaßt, all das waren beruhigende Motive für Filips Neurasthenie. Elf Jahre ununterbrochen mit den Surrogaten der Erbsen, des Obstes, des Wassers, des Fleisches leben, elf Jahre die dunkle Entfernung zu echten Erbsen und echtem Fleisch empfinden, von allen Unmittelbarkeiten des Lebens durch eine dünne Platte Konservenblech getrennt und selbst in einer Konserve ohne Blattgrün und Sauerstoff steckend . . . In einer solchen Lage war es ganz natürlich, wenn sich im Menschen das Bedürfnis nach Unmittelbarkeit entwickelte: Wie gut mußte es sein, echte grüne Erbsen im Garten zu pflücken, die duftenden seidigen Schoten zu schälen, den Nagel in den milchigen Erbsenkern zu drükken, die Kirschen vom Baum und das Ei zu essen, das nach Huhn und nicht nach Kalk duftet, unendlich lange zu schlafen und die Stimme des Hahns, der auf dem Dach des Hühnerstalls thront, zu hören und nicht die abgeleierte Stimme der Schallplatte, die von irgendwoher durch die schmutzige Wand dringt . . .
Die Erscheinungen um Filip waren so unmittelbar, so real, so lebendig, daß sie ihn in ihrer nackten Wahrheit überwältigten. Er lebte in einem blauen offenen Raum auf, der von wahrem Licht und unverfälschten Düften erfüllt war. Der Reiherflug, das Klappern des Storchenschnabels auf des Nachbars Rauchfang, die Menschen, die vor ihm auftraten und die so grau waren, als seien sie dem Schlamm entstiegen, all das spielte sich vor ihm ab wie eine sonderbare, phantastische Vorstellung. Menschen kamen und rochen nach Dung, Schlamm und Schmutz; sie waren voller Stroh, Heu, Gras und Dornen, und sie hatten vom Inneren ihres Körpers und ihrer Seele keine Ahnung. Alles war für sie nur äußerlich, fleischlich und greifbar, weich und hart. Ver-

narbt, riesig, mit ihren Pferden und ihren Wagen, mit ihrem Wein, von dem man annehmen konnte, er sei aus unergründlichen und unerschöpflichen Fässern geflossen, waren diese halbtrunkenen Gesichter in ein ewiges Halbdunkel zwischen Trunkenheit und Angst getaucht; sie lebten in unüberbrückbaren Entfernungen von allem, was städtisch war, und waren zugleich doch in irgendeiner Weise mit diesen neuesten städtischen Erfolgen verflochten. Das Ganze erschien Filip wie das ewige Hin und Her in einem zertretenen Ameisenhaufen.

Der Ameisenbau mit seinen grauen, unsichtbaren Kräften und Bewegungen war vorhanden, er existierte mit seiner höheren Ordnung und in seinem unfaßbaren Streben, aber eine riesige Klaue zertrat diese Bewegung, und nun befand sich alles im Zustand des Schreckens und der kopflosen Unruhe. Was sollte man beginnen mit diesem zertretenen dörflichen Ameisenhaufen, und wie sollte man ihm gegenübertreten? Auf welche Weise? Von welcher Seite?

Filip Latinovicz dachte über das dörfliche Geschehen nach und verlor sich in der Lehre von der alltäglichen Nützlichkeit: Wie wäre es, wenn man mit Kunstdünger, mit Kalk oder mit chilenischem Schwefel düngen würde? Wenn man mit Traktoren pflügte, wenn man dieses zerstückelte und parzellierte Land zusammenschlösse und es zu riesigen rationellen – kanadischen – Flächen vereinte, wenn man dieses zwölfte Jahrhundert hier um zwölfhundert Jahre und um noch mehr versetzen würde? Wenn man alles mit Elektrizität erleuchtete? Genossenschaften?

Er beobachtete einzelne helle Köpfe, die sich abmühten und sich im fruchtlosen Kampf um diese Genossenschaften aufrieben. Sie taten dies in feuchten grauen Zimmern, die gewöhnlich so gut wie leer waren: ein Sack Kalk und eine Waage mit honiggelben Schalen, mit der der genossenschaftliche Dünger oder das Salz für die Mitglieder ausgewogen wurde. Das Genossenschaftshauptbuch mit den dikken Siegeln, das jedes Ausschußmitglied einsehen durfte . . . Ganze Sonntagnachmittage taten diese Mitglieder nichts anderes, als sich wegen zwei, drei Dinar herumzuzanken und anderen zu unterstellen, sie hätten etwas eingestrichen. Ausschüsse. Kampf dem Analphabetentum . . .

Schon achtzehn Millionen Jahre gehen wir auf den Hinter-

beinen, und noch immer sind wir in der Hauptsache Vierbeiner! Und was bedeutet es schon, lesen und schreiben zu können, da wir doch bestimmt schon länger als fünfzigtausend Jahre schreiben und da nur alle hundert Jahre ein Mensch geboren wird, der wirklich etwas zu schreiben weiß, aber den keiner liest und keiner versteht!
Soll man eine Hauptversammlung der Feuerwehr organisieren? Die Kostanjevecer bereiten sich auf die Festveranstaltung der Feuerwehr vor, und der Kostanjevecer Hauptmann, der Tischler und Weinbauer Hrustek, hatte einen goldenen Helm und einen roten Pferdeschweif. Oder sollte er – er persönlich – der Ortschaft Kostanjevec helfen? Helfen mit seiner kolorierten Leinwand, mit den Bildern in der Art des modernsten Fauvismus? Jeder Gedanke an die Malerei – auch der blasseste – erschien unter diesen Umständen lächerlich.
Unmengen von Malern hockten in den Großstädten herum und spannten ihre Leinwand im städtischen Getümmel wie die Spinnen ihre Netze. Sie fingen Dollars im Tumult des Geldes und der Ware. Hier in Kostanjevec hätte es einen Sinn gehabt. Pferdedung, Töpfe oder Petroleumlampen zu verkaufen, und auch das ging schlecht zur Zeit, aber daß der Mensch malte, war völlig nutzlos. Für wen? Wofür? Der Fauvismus war an diesem Ort absolut sinnlos.
Die Sicht des Malers meldete sich in ihm überhaupt schon lange nicht mehr. Die Komposition von dem nackten Frauenbauch war die letzte künstlerische Emotion gewesen. Die Bilder blieben aus. Er, Filip, baute alle Erscheinungen rational auf: Rührte sich irgendwo ein ungewöhnlich grünes Blatt oder fiel das Licht auf eine schmutzige, bläuliche Wand, durchsichtig, gobelinhaft, dann betrachtete er die Beziehungen der Flächen ruhig, geometrisch, ohne jede Erregung. Auch die Zeitungen kamen, aber er las sie nicht. Nichts erschien ihm überflüssiger als die städtischen Zeitungen.
Mode, Hüte, Fußballspiele, Vorstellungen, Ausstellungen ... All das Laute und Aufdringliche, was die Stadt zur Stadt machte. Was für dumme Mißverhältnisse!
Alles, was heute in den Städten geschah, diese dumme Anhäufung der Ware, die Unordnung um diese Ware, die dumme, laute Aufdringlichkeit dieser vorläufigen Besitzer

der Maschinen, der Seife, der Talglichter, dieses Schreien, dieses Blut, dieser Streit um die Maschinen – wie könnte man das als Ausdruck eines menschenwürdigen Lebens erklären? Die Unzucht um die Lippen der müden alten Frauen, das schmutzige, mit brennenden Buchstaben verflochtene Geäst, das schmutzige Zeitungspapier, die Müdigkeit inmitten dieses Marktes . . . So wie die Spatzen auf dem Dunghaufen, so wühlten die Großstadtweibchen im Dreck der Gegenwart. Verseuchte Blutgefäße, Saxophone, Alkohol – alles war schmutzig und leer.
Und hier war ewige, blaue, klare Windstille. Ein Hauch bewegte ein Birnenblatt, und danach trat eine lange, unendlich lange Stille ein. Die Tischdecke war weiß-blau gestreift, und die alten Biedermeiertassen waren intensiv rot, krapprot. Und die Sonne spiegelte sich in der Teemaschine wie der Klang der ersten Geige – ein wenig übersüß, um eine Nuance –, und die Biene summte über den Kirschen, die auf dem Teller lagen; ein impressionistisches Stilleben. Unangenehm war der herbe Geschmack des Tees auf der Zunge, wenn er sich mit dem bitteren Rauch vermischte. Es war angenehm, im Liegestuhl zu liegen, ausgeruht, gebadet, in Seide, auf den linden Wellen des Morgenwindes: das grüne Gras, der Löwenzahn im Wind, das moosbewachsene Dach, die Weinreben, der wilde Wein, die Rosen . . . All das war angenehm kühl wie taufrisches Glas. Alles war erfüllt von Blütenstaub und feuchtem Erdgeruch, gut, still, zufrieden, gleichtönig blau.
Es stellte sich heraus, daß seine Mutter in Kostanjevec in Wirklichkeit zwei Häuser besaß: eines unten am Platz, vor dem Gemeindehaus, ein einstöckiges sezessionistisches Gebäude mit einer Apotheke im Erdgeschoß und der Wohnung des Landvermessers darüber, und ein zweites im Weingarten. Dieses wurde von ihr allein bewohnt; es stand auf einem Hügel über Kostanjevec und war von der Pfarrkirche aus über die sanfte, heckenbewachsene Serpentine in höchstens sieben Minuten zu erreichen.
Der alte Bau aus dunklem Eichenholz, moosbewachsen und mit einem altertümlichen, steilen, verrußten Dach, dieser alte Bau blieb nach dem Tod des Križevacer Notars und Krautjunkers Letovanečki leer, und die Mutter kaufte ihn sehr billig, wie sie überhaupt eine glückliche Hand hatte für

alles Materielle. Sie richteten für ihn zwei Zimmer unter dem Dach ein oder, wie sie es nannte: im ersten Stock. Unter diesen verrußten, jahrhundertealten Tragbalken, wo die Letovanečkis füreinander die Todeskerzen abgebrannt hatten, in diesem lieben kleinen Raum mit den vier Fenstern und dem Ausblick auf den Weingarten und auf die weiten blauen Berge im Süden, da fühlte sich Filip wohl und wurde ruhig. Vor den Fenstern blühten die Linden, zwitscherten die Schwalben, und in dem Zimmer, in dem er schlief, stand die alte Plüschgarnitur mit dem ovalen Tisch und dem alten beschlagenen Samtalbum. In dem goldverzierten und mit einer altertümlichen Spange versehenen Buch waren viele längliche, blonde, unbekannte und fremde Gesichter zu finden: alles Polen von Mutters Seite. Er erinnerte sich ungewöhnlich lebendig an einen Herrn mit hohem Zylinder und einem Stock aus Ebenholz, der mit seiner Rechten die gepolsterte Samtlehne berührte, die mit schwerem Tuch überworfen war. Da hing auch ein unbekanntes Ölgemälde der vierziger Jahre: eine junge Frau in Weiß, die das hellblaue Band ihres Hutes in der Hand hielt. Im Zimmer, von dem seine Mutter sagte, er könne darin „arbeiten", stand eine blaue Salongarnitur mit Perlmuttintarsien aus dem Nachlaß des alten Letovanečki, die zusammen mit der Kurie gekauft wurde, und die Hauptdekoration dieses Zimmers war der Sabor, das kroatische Nationalparlament von achtzehnhundertachtundvierzig mit Banus Jelačić als der zentralen Persönlichkeit dieser Vorstellung, alles mit einem schweren Goldrahmen eingefaßt. Dieser Banus Jelačić mit seinem Sabor, eine plumpe künstlerische Deplacierung, störte Filip vom ersten Augenblick an; er fand aber nicht die Kraft, die Mutter darum zu bitten, dieses Gemälde wegzuräumen, denn dieser Wunsch erschien ihm übertrieben selbstgefällig, und er hütete sich vom ersten Tag an sehr geflissentlich vor überflüssigen Gesprächen. Ansonsten sah alles grotesk, aber keinesfalls ungemütlich aus: eine Vitrine mit blauen Tassen, goldumrahmtes Porzellan von himmelblauer Farbe, keine unangenehmen Farben in diesem Raum. An den verblichenen Pastelltönen war es sehr angenehm, die halbgeöffneten Augen noch im Halbschlaf auszuruhen, wenn man hörte, wie draußen die Bienen summten und der Wind mit der Gardine spielte. Es war Morgen, und

man wußte nicht, wie spät es war. Eine Fliege kreiste durchs Zimmer und entschwand durchs geöffnete Fenster, und draußen gackerte leise eine Henne. Alles war irgendwie lapidar, alles stand fest, alles hatte seine Unterlage, seine Grundlage, alles war verwurzelt und hatte drei Dimensionen. Wenn man so lebt, könnte man selbst dreidimensional werden, man könnte zurückkehren bis zu Euklid, sich zurückentwickeln bis zur wirklichen Berührung der Substanz und sich selbst wieder in Materie verwandeln.
Eines Nachts träumte er von einer blassen, fremden Frau, mit der er irgendwo im Süden eine steile Straße hinabging. Wiederum war alles grau, klebrig, unklar, dürftig beleuchtet von blutiger Glut, die orangefarben erlosch, als verglühe sie im Innern einer elektrischen Birne. Es gab viele schwarze Säulen, alle frisch mit Teer bestrichen, und es roch bitter nach Wagenschmiere. Die verschwitzten und lauten Passanten schoben durch das steile südländische Gäßchen eine gewaltige gepanzerte Maschine, eine Art Panzer, riesenhaft, unbeweglich und schwer. Die ungefügen, gequollenen menschlichen Hände faßten in die Speichen der gepanzerten Räder, irgendwelche halbnackten Hafenstrolche zogen die Panzerplatten auf dem Räderwerk, und das Ganze sah aus wie der demontierte Kessel eines Dampfschiffes, aus dem Flammenzungen hervorbrachen und das Fleisch, die Haare und die Gesichter der Menschen versengten. Das Fleisch begann im Feuer zu prasseln, und alle begannen zu schreien, hoben die Hände hoch, und das gepanzerte Kesselungeheuer polterte die abschüssige Straße hinunter. Filip hatte das Gefühl, als pflüge es die Stadt um und als zermalme es die Terrassen und alle anderen Dinge wie Kinderspielzeug. Mit Urgewalt stürzte dieser schmutzige Kessel den steilen Hang hinab, und in jenem schrecklichen Augenblick fühlte Filip die unbekannte Frau ganz in sich – ihm schien, als brauche er nur die Hand auszustrecken, um sie zu nehmen wie eine Orange vom Zweig. Als das Ungeheuer hinuntergerollt war, entriß er sich dem warmen Knäuel, spürte einen starken, intensiven Schmerz und war im nächsten Augenblick hellwach. Aus der Dunkelheit drang durch die Vierecke der Fenster ein roter Lichtstreifen; der Widerschein der Flamme zitterte auf dem Gesicht des Banus Jelačić auf dem achtundvierziger Saborbild, und man sah den

Banus in Pose, wie er zu den kroatischen Magnaten und Würdenträgern sprach.
„Feurio, Feurio . . .!“ schrien die Stimmen im Dunkeln, und dieser alte, vergessene Ruf weckte in Filip ein starkes Gefühl seiner pannonischen Grundlage. Er wußte selbst nicht weshalb, aber in diesem Augenblick empfand er ungewöhnlich tief seine subjektive, elementare Zugehörigkeit zu dieser Grundlage: Er fühlte sich daheim.
Und als sei das ganz natürlich, zog er sich, getragen vom Schwung seiner Kostanjevecer Zugehörigkeit und Solidarität, in aller Eile an und lief in die Nacht hinaus. Es brannte beim Oberstraßenmeister Hitrec, gleich unterhalb des Weinberges, an der Straße. Die Scheune, der Stall, die großen Heumieten und das Haus, alles stand in Flammen. Man rettete das Vieh, nur der Simmentaler Bulle war noch im Stall zurückgeblieben. Hitrec brüllte verzweifelt nach seinem Stier. Der Stier sei nicht versichert, er sei sein einziges Gut auf der Welt!
Die Tragbalken des Stalldaches schwelten bereits; es konnte sich nur noch um eine Minute handeln, und alles würde in sich zusammenstürzen zu einem einzigen Scheiterhaufen. Die Gabeln, die Balken und der ganze Holzbau, alles würde wie Stroh auflodern. Es war ein geradezu perverser Anblick. Dem flammenden, brennenden Haufen von Gebälk und Brettern gegenüberstehen und seine subjektive Kraft fühlen, die bis zur Entscheidung anwuchs: sich vor den Augen der Kostanjevecer Einwohner in die Flammen werfen und den nichtversicherten Bullen retten.
Später analysierte Filip dieses Ereignis bis zu den unbedeutendsten Details. Auch jenes ungewöhnlich innige, geheimnisvolle, altkalenderhafte Wirken des geliebten, altertümlichen, vergessenen Wortes „Feurio“, wurde von ihm analysiert, genauso wie der dunkle, unterbrochene, beunruhigende Traum vom verrußten Kessel, der wie eine Lawine den Abhang hinunterrollte und der in Wirklichkeit nichts anderes war als die im Unterbewußtsein durchlebte Unruhe. Sein subjektives Suchen nach der unklaren positiven Unterschicht in den Komplexen der eigenen Unruhe, all das konnte zu dem verrückten Akt beigetragen haben, aber was ihn eigentlich bewogen hatte, in jener Hölle nach Hitrecs Stier zu suchen, das konnte er selbst nicht begreifen.

Mit einem Sack über dem Kopf hatte er sich in den brennenden Stall gestürzt. In dieser Helligkeit, in dem vulkanischen, grellen Rauschen und unter dem flammenden Feuerwerk überkam ihn die Furcht, der Stier könne ihn zerreißen. Was aber sollte aus seiner Madigliani-Leinwand werden, von der er noch zwei Exemplare besaß, wenn ihn der Bulle, der nicht versichert war, in Stücke riß? Der Bulle fühlte indes instinktiv die Panik des Augenblicks und folgte Filip ruhig wie ein Kind. Von Turčin über Kolac und Batina, von Mračni Put bis Krivoput und Jama ging über Nacht Filips Ruhm von Mund zu Mund. Von nun an war er nur noch „der Herr, der Hitrecs Bullen gerettet hat".

Zu einer neuen, unangenehmen Quelle seiner Unruhe wurde seine eigene Mutter. Es ist nicht wahr, daß das Leben der Alten beim Widerschein der alten Polituren, beim Blättern in den Erinnerungen und beim süßen Erzählen im milchigen Licht eine Idylle sei. Diese alte Frau, die das sechste Jahrzehnt überschritten hatte, legte großen Wert auf ihr Äußeres, sie musterte sich ununterbrochen im Spiegel und sprach von „ihrem guten Aussehen" wie eine kapriziöse Witwe. Ihr Körper war bereits weich geworden wie Schwamm, aber durch ihre Adern strömte immer noch ein unfaßbar durstiges Blut: Sie klagte über Reißen in den Gelenken, wickelte sich über Nacht in Flanelltücher ein, und am Tage bewegte sie sich in einem Kostüm aus Rohseide und stolzierte unter einem orangefarbenen Sonnenschirm in weißen Kleidern einher. Aus ihren kranken Gelenken und aus diesem müden Körper brach eigentlich eine starke Lebenskraft hervor, eine Begeisterung für das Erlebnis, eine wirkliche Lebensbejahung. Sie besaß die Gabe, sich an unbedeutenden Kleinigkeiten zu erfreuen, und das war Filips Temperament völlig fremd und fern. Sie konnte sich am Kauf der verschiedenartigsten und unbedeutendsten Waren begeistern: Talglichter, Rosinen, Seife, Schokolade. Die Ideale ihres Lebens waren Pakete geworden, die ihr von der Gemeinde oder von Geschäften zugestellt wurden. Ihre Freude waren Ausflüge mit der Kutsche und das Veranstalten von Picknicks. Gemeinsam mit dem Illustrissimus Liepach Edler und seiner Schwester, der Witwe Eleonore Reketty de Retyezát, der Frau Banusrätin, veranstaltete diese Frau ein Picknick nach dem anderen, und eines war törichter als das andere. Namenstage, Geburtstage, Festtage und verschiedene Kirchenfeiertage, das waren die Themen ihrer unendlich kleinlichen Evidenz, und von dem Altarfest des heiligen Rochus bis zur Turčiner Madonna kannte sie die Geburtstage jedes und jeder Heiligen. In diesen siebzehn bis zwanzig Jahren, in denen Filip nie länger als fünf bis sechs Tage hintereinander mit dieser Frau zusammen lebte, veränderte sie sich völlig: Aus seiner frühesten Kindheit kannte er sie als schweigsame, trübsinnige, finstere, unnahbare Frau, die etwas von ihnen anfraß, die ihre geheimen Krankheiten mit sich herumtrug und die zu stolz war, jemandem gegenüber etwas zuzugeben. Blaß, schwarz gekleidet, mit ruhigem, wächsernem Gesicht und mit dem Gebetbuch in der Hand, stand sie schon zu den frühen Morgenmessen auf, im Sommer wie im Winter, mit gleichbleibender Ausdauer. Sie kniete steif und kalt in der Kirche, und mit diesem Knien konnte sie Filip bis zur Bewußtlosigkeit peinigen. Er langweilte sich und fühlte, wie ihm die Knie steif wurden, aber diese Frau starrte vor sich hin, stumm und unbeweglich, ohne mit den Lippen zu zucken. Auch in der Trafik, in der sie eine Zeitlang auch Käse, Salami und Sardinen verkaufte – für die Herren vom Bezirksgericht und von der Bezirksverwaltung –, gab sie Filip nicht ein einziges Mal einen Bissen zu kosten, und sie selbst nahm auch nichts zu sich. Und nun, in diesem Kostanjevecer Haus, schepperte den ganzen Tag über der kleine Kessel mit Sahne. Alle Bettdecken waren mit Gänsedaunen gefüllt, alles war weich, gepolstert und duftete nach Vanille und nach Gewürzen. Ungewöhnlich großes Gewicht wurde auf die Qualität der Speisen gelegt; mit der Zusammenstellung des Mittagessens quälte sie Filip von morgens bis abends. Stör mir Mayonnaise? Gebratenen Emmentaler?

Vom ersten Tage an regte Regina ihn auf: mit ihren unaussprechlichen Neigungen zu intensiven Düften – Toilettenwasser, Pomade, Parfüm. Die Eau-de-Cologne-Fläschchen und -Salze auf den polierten Flächen der Tische und Nachtschränkchen, die Verjüngungsmittel, Perücken, Pölsterchen, Unterlagen, Haareinlagen, Haarnadeln, Fette, Öle, die Farben für Locken und Augenbrauen – all das begann ihm auf die Nerven zu gehen. Die Alte badete täglich zweimal, und die dicke Karolina, die als Witwe in ihre Dienste trat, massierte sie nach dem Morgenbad eine Stunde lang. Und dann diese Heizkissen fürs Bett, diese Fußbänke, Hei-

ligenbilder, Weihwässerchen, Modejournale, diese närrischen Tücher und Schnittmuster . . .! Die mit Abstand verrückteste Sache in diesem ganzen verrückten Haus war jedoch das französische Heizkissen, das dem Bett eine gleichbleibend ruhige Temperatur von vierzehn Grad Reaumur verlieh. All dies kam Filip vom ersten Tage an wunderlich und problematisch vor. Das Leben unter diesem Dach ähnelte mehr dem Leben von Wachskerzen als irgendeinem menschlichen Zustand. Filip betrachtete diese in jeder Beziehung abnorme Lebensart seiner Mutter, und ihm wurde klar, daß die Quälerei in der fernen Hölle der Trafik genau dieselbe infernalische Hinwendung zum Leiden war, wie der gegenwärtige Zustand eine Hinwendung zu einem imaginären „Genießen" darstellte.
Schon am ersten Tage, genauer gesagt am Abend, tischte sie ihm ihren ganzen Roman mit dem erlauchten Liepach zu Kostanjevec auf – sie, die ihm nie im Leben auch nur ein Wort über sich oder über seinen Vater gesagt hatte. Sie erzählte vom Illustrissimus Liepach zu Kostanjevec, dem Gutsherrn auf dem Anwesen des Grafen Uexhuell-Cranensteeg, mit einer solchen Vehemenz und das volle zwei Stunden lang, daß ihr weiße Speichelbläschen in die Mundwinkel traten. Sie erzählte ihm, welchen Durchmesser sein Herz gehabt habe und daß die Wiener Ärzte der Meinung gewesen seien, er überlebe nicht mehr das Weihnachtsfest; sie berichtete, wie es sich mit dem Kalk in seinen Adern und mit dem Zucker verhalten habe und daß ihr Verhältnis nun schon drei Jahre währe und daß er nun darauf dränge, „sie noch vor Allerheiligen zu nehmen". Aber sie wolle nicht, daß das so schnell geschähe. Vor allem sei sein Gesundheitszustand sehr labil, und dann habe er ja auch noch seine Schwester Eleonore, die sie sehr gut kenne. Von einer „Person" habe sie gehört, daß Eleonore damit rechne, sie, die Mutter, werde ihr zweistöckiges Haus Eleonores Tochter vererben, was ihr freilich nicht einmal im Traum einfiele . . . Bei dieser Gelegenheit erfuhr Filip, daß sie außer diesem zweistöckigen Gebäude ein weiteres Haus besaß; es lag am Stadtrand, mit dem Garten an den Bahndamm gelehnt. Dieses Haus war im Preis gestiegen, da eine Petroleumgesellschaft es aufkaufen wolle, um es zu einem Bahnhofsgebäude auszubauen.

Und dann begann der Ärger mit ihrem Porträt.
Daß Liepach eines von Filips Büchern über die Malerei gelesen habe – sie habe es lesen wollen, sei aber über die dritte Seite nicht hinausgekommen –, daß sie allen ankündigte, wenn ihr Sohn aus dem Ausland zurückkehre, werde er ihr Porträt malen, denn es sei doch ganz natürlich, daß der Sohn seine leibliche Mutter male, „wenn schon nicht aus künstlerischen, so doch aus familiären Gründen, gewissermaßen als Andenken", daß er ihr das nicht abschlagen dürfe und so weiter ... So spannte er schließlich die Leinwand und öffnete die Palette. Das Leiden begann. Diesen Papagei mit ihrer Mandarinperücke, mit ihren kunstvoll geflochtenen üppigen Zöpfen, mit ihren hellen Silberhaarnadeln, dieses gierige, lüsterne Gesicht mit dem vorstehenden Oberkiefer, diese leidenschaftliche Maske, die ein Kind geboren hatte, ohne zu wissen, von wem es stammte ... Er hätte eine Bordelldame malen sollen, und zwar die Bordelldame, die vor ihm saß, mit gespreizten Beinen, die Finger voller Ringe, mit einem Goldlorgnon und einem Goldgebiß, mit all ihren Lockenwicklern, Fetten und Heizkissen – eine psychoanalytische Karikatur müßte er auf die Leinwand werfen und kein Porträt, gemalt für den Achtziger-Jahre-Geschmack des erlauchten Herrn Liepach zu Kostanjevec! Und dann: Wo und wie sollte er sie malen?
Unter ihrem orangefarbenen Sonnenschirm in weißer Seide? Mit Panamahut und grüner Schleife, im Schatten des Apfelbaums im Garten? Beim Tee in der Laube, mit der blauweißen Tischdecke und dem Samowar? In ihrem verunglückten Louis-XV.-Salon, in diesem unmöglichen Interieur, das sich ausnahm wie ein provinzielles Schaufenster für Hausrat? So begann sein typisches Wandern, dieses kleinliche Überlegen um die Sache selbst, das hilflose, dekadente, schöngeistige Bangen vor dem unmittelbaren Eindringen in die Materie der Malerei. Er hatte von ihr eine intensive, persönliche Vorstellung, aber diese war alles andere als konventionell: Wenn er sie schon nicht karikieren konnte, so schien es ihm doch, daß die Farbe ihres Fleisches, der Kontrast zwischen dem schwarzgefärbten Haar und dem Fett des Körpers, daß er dies am besten in Weiß wiedergeben müßte. Am liebsten hätte er sie vor dem Toilettenspiegel in einer altmodischen weißen Schlafjacke ge-

malt, aber sie wollte davon freilich überhaupt nichts hören. Sie persönlich versteifte sich auf ein Bild in schwarzer Seide.

In schwarzer Seide hatte er diese Frau einst, vor vielen Jahren, ungewöhnlich intensiv erlebt, in jenem sonderbaren goldenen Gasthaus, in dem er einen ganzen Tag lang auf sie gewartet hatte. Damals sah er diese Frau zum erstenmal müde und alt, und heute, vierunddreißig Jahre danach, war er im Grunde viel müder und älter als sie. Und wiewohl seine ferne Erkenntnis nicht der Tatsache entsprach, daß ihr Gesicht ein Clowngesicht war, weiß mit Mehl beschmiert, so kam dies, je tiefer er ins Bild eindrang, unter seinem Pinsel doch immer stärker zum Ausdruck. Ihr katzenhaft verzerrter Mund, ihre Scheinheiligkeit und aufgesetzte Freundlichkeit, das unnatürliche, gekünstelte Lachen, ihre verlogenen Vorstellungen und Posen, die katholische Bescheidenheit dritter Ordnung – all das waren geistige Schichten, in die er eindrang, als er die Maske dieser Frau in schwarzer Seide vor sich malte, als handelte es sich um eine Totenmaske. Unter dem Grundzug seiner Hand blieb diese blasse Maske im Grunde die Unterlage eines blassen Clowngesichts in schwarzer Seide und mit einer altmodischen Brosche. Die Einkerbungen um die Lippen wirkten ungewöhnlich leidenschaftlich, die Augen waren wach, groß, eingefallen, entzündet, und unter diesen dunklen Augen gähnten müde Höhlen wie Schatten der Sünde. Und dahinter ein müdes Gesicht, ein unnatürliches, falsches Gesicht, das Gesicht eines Affen, eine ungewöhnliche, zerknüllte, nervöse Physiognomie. An den ersten beiden Tagen war die Alte zufrieden – als das Gesicht noch unter dem Schleier der ersten Pinselzüge lag, unter der Masse der nichtdifferenzierten Farben, als nur die trüben Umrisse zu erkennen waren und alles noch konventionell distanziert wirkte. In diesem Stadium lobte sie die Arbeit und gebrauchte Redensarten, die an Begeisterung grenzten. Aber nachher, als der Pinsel in der Hand ihres Sohnes immer behender unter die Haut drang, als sich unter diesen spitzen Haaren die Oberhaut auflöste wie unter einem Messer, als die Farben unter der durchdringenden Kraft des Blickes schmolzen – als das geschah, wurde sie vor dieser Gestalt in schwarzer Seide auf der Leinwand, die unter der

Hand des Malers entstand, immer unruhiger. Je öfter der Pinsel in Terpentin getaucht wurde, desto mehr streifte er alles Närrische, Gemachte, Marktschreierische, Posenhafte von dem Gesicht ab, jene dichte Schicht von Schminke unter diesen Geheimnissen der Unterhaut. Nun, da dieses Gesicht wie unter dem Seziermesser zerschnitten und skalpiert wurde, wuchs ihr Unwille an, und sie wurde nervös. Die Nachmittagskopfschmerzen begannen sie zu quälen, sie blieb aus verschiedenen Gründen fern, und schließlich, eines Morgens, vor der Arbeit, als Filip die erste Zigarette rauchte und sich ganz in seine Leinwand vertiefte, die ihn schon zu fesseln begann, und als er vergessen hatte, daß die Mutter auf ihn wartete – nun wollte sie ihm etwas sagen, kam aber nicht über die ersten Worte hinaus. Sie brach in ein krampfhaft zuckendes, aufrichtiges Weinen aus.
Filip wollte sich mit ihr verständigen. Sagte etwas von der subjektiven schöpferischen Komponente, spürte aber, daß seine Phrasen falsch klangen, doch sie, die Mutter, konnte sich nicht beherrschen, und ihre Stimme klang verwundet und gebrochen.
„Daß ein Sohn so seine Mutter sieht, ist traurig!"
Filip legte seine Pinsel in die Kassette, trug die halbfertige Leinwand hinauf, lehnte sie hinter dem Schrank gegen die Wand, und dabei blieb es.

Der Kreis um den erlauchten Silvije Liepach Edler zu Kostanjevec wurde immer entnervender. Diese Menschen kamen hierher, unter dieses Kostanjevecer Dach, als sei es ihr Eigentum. Sie benahmen sich wie in ihren eigenen Gemächern: Der alte erlauchte Großgespan und seine Schwester, die Rätin Eleonore, deren Tochter Medika und ihr Neffe, der Doktor Tassilo von Pacak-Kristofi, und schließlich der Neffe des Bischofs Silvester Kristofi, dessen Diener Filips Vater gewesen war. Filip betrachtete diese Menschen, wie sie mit ihren Porzellangebissen kauten, wie sie von den neuesten homöopathischen Heilmethoden sprachen, von Veronal, von Musik, von Spiritismus, von der Anthroposophie ... Für einige Augenblicke war ihm, als träume er. Daß er es unter fünfzigtausend Dächern ausgerechnet zu jenem gebracht hatte! Ausgerechnet dieses verfaulte Dach mußte sein sogenanntes Elternhaus sein ...

Die erlauchte Frau Reketty war eine konservative Frau im Sinne der neunziger Jahre: Ihre Welt blieb die Welt der altmodischen Korsetts mit Fischknochen und der Vaseline als Schönheitsmittel. Ein ausgehungertes Gesicht, mit spanischem Unterkiefer, eine Gestalt von hohem Wuchs in altmodischen weißen Strümpfen, so bewegte sich die Erlauchte unter den Sternen wie ein blasser Schatten in einer ungewöhnlich bildhaften Welt, in der Welt der Schönheit, die ewig war, in der Welt des lieben Gottes, der unbegreiflich war, und in der Welt des Königs Ludwig von Bayern, der nachts in Begleitung von Fackelträgern wie eine Furie durch die Wälder galoppierte.

Sie ging durch diese Welt und sprach über Casals, über die Schlaflosigkeit, über bizarre spiritistische Séancen, und sie starb an der fixen Idee, sie habe Krebs. Auch ihr Gatte, der

Herr Rat, der Banus von Reketty, auch er war vor drei Jahren an Krebs gestorben, die letzten fünf Jahre waren mit nichts anderem ausgefüllt gewesen als mit einem Hineinhorchen. Man hörte, wie der Krebs nachgerade das Gewebe des Herrn Rat fraß und wie diese ganze Welt von Zähnen, Darmwinden und Herzschlägen eigentlich nichts anderes war als ein garstiger, ungreifbarer Krebs, der fraß und sich selbst auffraß bis in alle Ewigkeit. Vom letzten, vorjährigen Rotlauf kahl geworden, trug die Frau Rätin eine reiche, tiefschwarze Perücke, und um den Hals schlang sie sich ein schwarzes Samtband. So knochig und ungewöhnlich groß wackelte sie durch die Zimmer wie eine Vogelscheuche. Wie ein alter Rabe schluckte sie ihre Medikamente und sprach ununterbrochen davon, daß sie an Krebs zugrunde gehen müsse.

Sie wisse genau, daß ihre Minuten gezählt seien, und sie erkenne an ihren blauen Fingernägeln, daß ihr Krebs unaufhörlich wachse. Alles um sie herum sei bezahlter Betrug, und alle Menschen lögen ihr ins Gesicht: die Ärzte und auch die Dienerschaft. Die Katzen seien noch die sympathischsten Geschöpfe auf dieser Welt . . . Sie starb, und niemand wollte vor ihr die Wahrheit bekennen. Alle heuchelten, aber sie durchschaute das böse Spiel.

Der erlauchte Großgespan Liepach zu Kostanjevec verlebte seine glücklichsten Tage im Glanze des Wiener Kaiserreiches. „Und so lebte er und träumte von den unvergeßlichen fernen Tagen, die nach Lage der Dinge nie mehr wiederkommen werden . . .“

„All jene herrlichen Freuden verschluckte die unsympathische, häßliche, demokratisch-materialistische Zeit, für niemanden wurde es besser, und jene gehobene Franz-Joseph-Kultur liegt zerstört da wie ein antiker Tempel auf einem Gemälde Böcklins . . .“

Der erlauchte Herr betrachtete die häßlichen Ereignisse elegisch und beweinte die Trümmer seiner Andenken. Das erhabenste Andenken war wohl die goldgerahmte Einladung zum allerhöchsten Hofmahl, aus Anlaß des allerhöchsten Aufenthaltes Seiner Majestät des Kaisers und Königs in unserer Hauptstadt und Residenz des Königreiches im Oktober achtzehnhundertfünfundneunzig. Den Ausschnitt aus der „Volkszeitung“ vom vierzehnten Oktober, in der die

Persönlichkeiten, die zum allerhöchsten Hofmahl geladen waren, aufgeführt wurden – auch der Herr Großgespan Silvije Liepach Edler zu Kostanjevec –, diesen vergilbten Zeitungsausschnitt verwahrte er wie eine wertvolle Reliquie zusammen mit anderen Kostbarkeiten in einer Polsterkassette aus lila Samt. Das Bild dieses allerhöchsten Hofmahls im großen Saal des Palais verblieb ihm unauslöschlich im Gedächtnis, und seine Erinnerung blieb von diesem phantastischen Ereignis geprägt wie das Wachs vom allerhöchsten Siegel mit den drei Buchstaben des hocherhabenen kaiserlichen Monogramms.
Zur Linken Seiner Majestät saß Seine Durchlaucht Erzherzog Leopold Salvator in der Uniform eines Artillerieobersten und mit dem Orden vom Goldenen Vlies. Dann folgten der Kammerpräsident, Rittmeister von Szabadhegyi, dann Seine Exzellenz, der königlich-ungarische Ministerpräsident Baron Banffy, dann der Wirkliche Geheime Rat und Oberhofmeister Graf Pejacsevich. Zur Rechten thronten Seine Exzellenz Graf Khuen-Hédervary sowie der Wirkliche Geheime Rat, Minister und Feldzeugmeister Baron Fejérvary. Und in dieser berühmten Suite von Grafen, Gouverneuren, Ministern, Kämmerern, Wirklichen Geheimen Räten und Rittern vom Goldenen Vlies, in diesem erhabenen Kreis von Bischöfen und Präsidenten, in diesem glänzenden Kranz von Mitgliedern des allerhöchsten Magnatenhauses und anderer gesetzgebender Körperschaften – dort an der allerhöchsten Tafel, vor gleißenden goldenen Gefäßen und glitzerndem Kristallgeschirr, dort saß auch der Großgespan Silvije Liepach zu Kostanjevec, der siebenundvierzigste im Rang. Er saß zwischen dem Präsidenten der Königlich-Ungarischen Eisenbahn, von Ludwig, und dem Generalmajor Graf Wurmbrandt, er saß vor Seiner Exzellenz dem Oberhofküchenmeister Graf Wolkenstein.
Zwischen zwei Hofjagden, auf der hundertzweiundsechzig Fasane, dreiundsiebzig Hasen, drei Wildschweine und eine Hirschkuh geschossen wurden, fuhr der Kaiser zum Markusplatz, um nach Bad Ischl zurückzufahren, wo er dreiundvierzig Hirsche und siebzehn Rehe schlachtete, und dazwischen gab er als Halbgott und übernatürliche Erscheinung seine lebendige kaiserliche Hand dem erlauchten Herrn Silvije Liepach Edler zu Kostanjevec, und er be-

seelte und weihte ihn durch die Berührung mit dieser geheiligten, gesalbten jerusalemischen Rechten dieses blaublütigen Sterblichen, er weihte ihn fürs ganze Leben!

Es saß der Herr Liepach zu Kostanjevec über seiner Samtkassette und betastete die lieben und kostbaren Reliquien. Der Artikel der „Volkszeitung“ über seine Beförderung zum Komitatsprotokollanten höherer Gehaltsklasse: „Der Banus der Königreiche Kroatien, Slawonien und Dalmatien haben geruht, den Doktor Silvije Liepach zu Kostanjevec zum Komitatsprotokollanten zu ernennen.“

Ein Abschnitt aus einer fernen, toten Zeit, als der junge Komitatsprotokollant Silvije Liepach vor den Toren dieses Lebens stand, die er durchschritten hatte wie eine Reihe hellerleuchteter Zimmer. Und so blätterte er in Briefen, vergilbten Zeitungsausschnitten, und alles ließ er hinter sich, so wie der Reiter die Dunkelheit hinter sich läßt. An diesem Tage, am zwölften Juli achtzehnhundertachtzig, starb, wie aus dem Lokalteil der „Volkszeitung“ hervorging, ein neugeborenes, ungetauftes weibliches Kind mit dem Nachnamen Cerié. Seine Mutter war eine Dienstmagd aus der Mesnička-Straße, und da das Kind nach dem Befund des Stadtarztes erwürgt worden war, hatte man die Magd in Haft genommen, und das war in der Hauptstadt des Königreiches das einzige Ereignis. Graf Uexhuell-Gylleband-Cranensteeg, General der Kavallerie, war in der Stadt eingetroffen und hatte im Hotel „Zum Kaiser“ Quartier genommen, und zwischen all jenen Berichten über Verbrauchersteuern, Abgaben und Zinsgroschen bereitete sich ein Komitatsprotokollant auf seine glänzende Karriere vor. Und als er zum Großgespan ernannt wurde, veröffentlichte die „Volkszeitung“ einen ganzen Artikel unter der Überschrift: „Die Karriere des Doktor Silvije Liepach Edler zu Kostanjevec“.

„Der neuernannte Großgespan des Komitats Koran-Glin, Doktor S. Edler L., wurde am 3. August 1856 als Sohn des Großgrundbesitzers Silvije Edler Liepach in Zagreb geboren. Nach dem Jurastudium in Wien, wo er auch promovierte, trat der junge Doktor beim hiesigen Zagreber Unterkomitat als Praktikant in den Staatsdienst, nachdem er seine einjährige freiwillige Dienstzeit beim k. u. k. Ulanenregiment Nr. 5 in Virovitica abgeleistet hatte. Im selben Jahr wurde er zum Unterkomitatsprotokollanten ernannt, ein

Jahr darauf zum Bezirksassessor und ein weiteres Jahr darauf zum Komitatsprotokollanten höherer Gehaltsklasse bei der kroatisch-slawonischen Landesregierung. Von diesem Zeitpunkt an stand er im Dienst der Königlich-Kroatischen Regierung, wo er zum Protokollanten Erster Klasse und Anno 1889 zum Geheimrat der Landesregierung ernannt wurde. In dieser Eigenschaft verblieb er im Dienst bis zum Tode seines Vaters, des Kostanjevecer Großgrundbesitzers. Familiäre Umstände bewogen ihn, dem Staatsdienst zu entsagen und sich der Leitung seines Gutes zu widmen, das einen bedeutenden und ansehnlichen Besitz darstellte. Durch allerhöchstes Reskript vom Oktober desselben Jahres wurde der Rücktritt von Silvije Edler Liepach zur Kenntnis genommen. Als aber mit dem Tode des Herrn Lentulaj, Abt und Abgeordneter des Bezirkes Lonsko Polje, das Mandat vakant geworden war, nahm Herr Doktor Liepach die ihm angebotene Kandidatur an, so daß er zu den Wahlen am 2. Dezember 1894 einstimmig zum Landtagsabgeordneten der Königreiche Kroatien, Slawonien und Dalmatien gewählt wurde. Vom Volke zum Abgeordneten des Volkes gewählt (einstimmig – Anmerkung des Autors), schloß er sich natürlich der Volkspartei an, wo er im Klub bald eine hervorragende Rolle spielte; besonders markant tat er sich in der Diskussion um das Budget des gleichen Jahres hervor. Da ihm noch aus der Zeit, in der er im Staatsdienst war, der Ruf eines ausgezeichneten, korrekten und gewissenhaften Verwaltungsbeamten vorausging, wurde er nun zum Großgespan des Komitats Koran-Glin ernannt, als eine Persönlichkeit mit dem besonderen Vertrauen Seiner Exzellenz des Banus, der mit dieser Wahl wieder einmal unter Beweis stellte, daß er in der Auswahl seiner engsten Mitarbeiter eine ungewöhnlich glückliche Hand hat. Herr Liepach Edler zu Kostanjevec steht noch in der Blüte seines Lebens, und mit seinem Takt, seinem ungewöhnlichen Fleiß und seiner Dienstergebenheit wird er auf dem neuen Posten das Antlitz des Volkes erhellen, dem er dient, und auch dem Lande, das ihn mit diesem Vertrauen geehrt hat."

„Besonders markant tat er sich in der Diskussion um das Budget des gleichen Jahres hervor." Dieser Satz der „Volkszeitung" war der Anlaß für eine wichtige Wendung in seiner Karriere. In der Diskussion um dieses Budget hatte der „Pester Lloyd" einen Artikel mit der Unterschrift „von einem L. P.", was soviel bedeutete wie „von einem Großgrundbesitzer aus Lonsko Polje", veröffentlicht. Es wurde nie und nirgends gesagt, aber man wußte, daß dieser Artikel von dem Gutsherrn von Kostanjevec stammte, der sich damit außer dem schmucken Beiwort „fleißiger Verwaltungsbeamter" noch die Bezeichnung „anerkannte Autorität auf dem Gebiet der verfassungsrechtlichen Wissenschaft" verdiente. In diesem so berüchtigten und von einem oppositionellen Blatt übersetzten Artikel entwickelte der Herr Großgrundbesitzer Liepach seine „verfassungsrechtlichen und wissenschaftlichen" Ideen wie folgt: „Wir erleben heute eine Politik reiner Fiktionen. Wir nennen ein Land Kroatien, das in Wahrheit nicht Kroatien ist und das diesen Namen erst seit dem Ende des vergangenen Jahrhunderts trägt. Ein anderes Land nennen wir Slawonien, obwohl es, seit das Königreich Ungarn besteht, ebenso ungarischer Boden ist wie Bihar oder Szaboles, auf jeden Fall Bestandteil des Königreichs Ungarn. Und mit diesen pseudonymen Ländern führen wir Verhandlungen wie ein Staat mit dem anderen; wir erkennen Behauptungen an, deren Nichtigkeit die Wissenschaft schon längst begründet hat, denen die Dokumente und Gesetze widersprechen und gegen die sich unsere ehrliche Überzeugung erhebt, die auf den Gutachten anerkannter Autoritäten der verfassungsrechtlichen Wissenschaft fußt."

Mit diesem nicht offen unterzeichneten Artikel im „Pester Lloyd" trat er, „besonders markant" hervor, und so wurde er, der Kostanjevecer Großgrundbesitzer Liepach, zum Großgespan ernannt. Nun öffneten sich ihm die Tore zu allerhöchsten Möglichkeiten. Daß er nicht Vizebanus wurde, verschuldete nur seine Gattin Eleonore, die es während des allerhöchsten Cercles beim bürgerlichen Tanzabend im „Kroatischen Falken" ostentativ ablehnte, sich von der erlauchten Margita Khuen-Hédervåry, der Gemahlin des Banus, zu verabschieden, weil sie sich wegen des Arrangements des Cercles beleidigt fühlte – ihrer Meinung nach hatte man sie als Gattin des Großgespans und eines Adligen und außerdem als Adlige selbst – Frau von Somsich de Gáldovo et Turócz – um sieben Plätze herabgesetzt. Im Reigen der exzellenten, illustren Damen, die vor seiner Majestät

die Elite der Gesellschaft vertraten, mußte Frau von Somsich den vierundzwanzigsten statt den siebzehnten Platz einnehmen, und als sie sich der Gräfin Khuen näherte, um ihr, der Gemahlin des Banus, dieses Mißverständnis zu erklären, da ging diese mit keinem Wort darauf ein, sondern überhörte einfach ihre Interpellation. Die Sache war klar. Die Gattin des Banus, Gräfin Khuen-Hédervárу, Gräfin Khuen seit dem Jahre dreizehnhundertundeins, Lichtensteinsche Gräfin und Novolenbaksche Baronin aus dem Jahre fünfzehnhundertdreiundsiebzig, die Herrin von Nuštar, Hédervárу und Vicza, geborene Gräfin Teleky, kaiserlich und königliche Patronatsdame von ungarischer Adelslinie, anerkannt vom König Sigismund vor fünfhundert Jahren, steht auf der Balustrade mit der Baronin Inkeyjevy, geborene Ludmilla Theodora Maria Gabriela Gräfin Deym, der Tochter des tschechischen Grafen Franz de Paul Maria Zacharias Anton Wenzel Deym, und der Gräfin Maria de la Fontaine und d'Harmoncourt-Unverzagt sowie mit der Gräfin Juliana Draskovic-Erdődy, der Gattin des Herrn zu Trakošćan, einer Dame des Großkreuzordens mit dem Stern, Tochter des Komturs ehrenhalber des Königlich Bayrischen Heiligen-Georg-Ordens Erdődy von Štakorovec, und da tritt sie ungebeten heran, *„so eine hergelaufene Schlawoniterin, und spricht sie an, in einer Art und Weise“*,* daß sie, die Banusgattin, nicht anders konnte, als sie zu ignorieren. Vor allem: Die Rangfolge dieses Empfanges hatte nicht die Frau Banusgemahlin, sondern der Oberhofzeremonienmeister festgesetzt, und außerdem: *„Was will diese Person, wer ist sie eigentlich, und was ist schon eine Obergespansgattin? Lächerlich!“*
Als sich die Gattin des Banus nach dem Cercle von den anwesenden Damen verabschiedete und auch vor die „vierundzwanzigste“ trat und ihr die Hand bot, da lehnte diese anonyme „vierundzwanzigste“ es ab, der Gräfin Margarete die Hand zu reichen. So flammte der Skandal auf, ein größerer, als habe man die ungarische Fahne verbrannt.
„Ich war der siebenundvierzigste, und du begnügst dich nicht damit, die vierundzwanzigste zu sein!“ schrie Silvije Liepach, der deutlich spürte, daß er Schiffbruch erlitten hatte.

* An dieser Stelle und im folgenden werden deutsche Textstellen des Originals durch Kursivdruck hervorgehoben.

Seine Exzellenz, der Herr Banus, der mit der Ernennung des Herrn von Liepach zum Großgespan wieder einmal „seine ungewöhnlich glückliche Hand in der Wahl seiner Stellvertreter zeigte", machte mit seinem Stellvertreter nach dieser Szene sehr schnell Schluß: Der Großgespan Silvije von Liepach kehrte zu den Weihnachtsfeiertagen nach Kostanjevec zurück, und aus Kostanjevec kam er danach nie wieder heraus. Hier erlebte er um die Pfingstfeiertage im Jahre des Kriegsausbruchs den unerwarteten Tod seiner Gattin Eleonore von Somsich (durch Blinddarmentzündung), hier überlebte er auch seinen einzigen Sohn Silvije, der bei der berühmten Kavallerieattacke vor Rowa-Rinsko im Jahre fünfzehn als Leutnant des Fünften Ulanenregiments fiel. Es traf ihn auch sehr, daß er in einer Oktobernacht in Nachthemd und Unterhosen zusehen mußte, wie „irgendwelche Schandkerle" unter sein Kostanjevecer Dach Feuer legten, wie „irgendwelche Agitatoren" daherkamen und an „irgendwelche Schandkerle" achthundert Morgen seines besten Ackerbodens verteilten, und es bedrückte ihn sehr, wie er nun vegetieren mußte, in ärmlichen Verhältnissen und völlig verschuldet, in der Ungewißheit, ob ihn nicht eines Tages Jakob Steiner einfach exmittieren würde. Der Verdacht von Filips Mutter, daß „die in Kostanjevec" auf ihr zweistöckiges Haus spekulierten, war also, nach alldem zu urteilen, nicht ganz unbegründet.
Silvije von Liepach zu Kostanjevec fand sich in all den Dingen und Ereignissen nicht mehr zurecht; das wahnsinnige Tempo des Lebens überstieg allmählich seine Kräfte. Er träumte taub über seinen Reliquien und Wertpapieren und betrachtete die blaßblauen Drucke der österreichischen Silberrente und die Versatzscheine des österreichischen Kreditinstituts, so wie Kartenspieler an phantastische, ferne und vor langer Zeit verlorene Spiele denken: All diese großen und wichtigen Dinge waren heute wertlos wie überholte Spielsachen. Was nützten ihm diese Papiere mit den Unterschriften von Gouverneuren, Ministern und Würdenträgern eines Kaiserreiches, das heute in den Schränken vermodert wie sein Magnatenrock! Wie hatte er sich beim Aufbau des Verwaltungsapparates der achtziger Jahre abgeplagt, und wo war die Vielzahl von Trabanten, Schranzen, Dienern, Strebern, Aspiranten, Kandidaten und Absolven-

ten geblieben, die in ganzen Haufen durch seine Vorzimmer defiliert waren? Wohin hatten sich jene Zeiten verflüchtigt, da über all dem königlichen Verkehr, auf den Straßen und in den Ämtern der Champagner schäumte und da nach der Vereinbarung von achtzehnhundertsiebenundsechzig die Grundlagen für den neuen Amtsapparat gelegt wurden. Damals wollten wahrhaft „selbstlose Idealisten" das unglückliche „Bauernvieh" glücklich machen.

„Aus Cholera, Sümpfen und Überschwemmungen auf ein Simmentaler Niveau. Und der Dank dieser Rindviecher, dieser Bagage? Daß sie das Schloß stürmten und Feuer legten! *Eigentlich unfaßbar!*"

Schon als junger Gentleman und Wiener Doktor der Rechte in den achtziger Jahren hatte er großen Wert auf seine Garderobe gelegt. Sein Chesterfield mit den paspelierten Revers fiel in der Taille sehr schlank. Karierte Hosen, spitze schwedische Schuhe, Zylinder, alles erstklassige Wiener Arbeiten von der Hand der besten Meister. All das zeichnete den jugendlichen Gutsherrn diskret als einen Menschen aus, der Sinn für einen betonten, aber unaufdringlichen Zug in der Kleidung zeigte. Heute noch war sein schwarzer Paletot aus jener Zeit sein solidestes Kleidungsstück, und sein Frack, sein Wales-Kammgarn-Havelock und sein Pester Salonrock, alles hing sehr sorgfältig in den Schränken und wurde jede zweite Woche gelüftet, wiewohl sich dazwischen auch solche Stücke befanden, die er seit vierzig Jahren nicht mehr getragen hatte.

So besuchte er beinahe täglich seine Freundin, Frau Latinovicz-Valenti, Filips Mutter, und immer trug er seinen hellgrauen Sakko, helle Gamaschen, einen Stock aus Ebenholz, eine weiße Krawatte und einen ungewöhnlich weißen Kragen sowie weiße Manschetten und machte so den Eindruck einer Puppe aus einem wunderlichen, altertümlichen Album. Sorgsam gebadet, völlig ergraut, sorgfältig rasiert, noch ziemlich beweglich, war er eigentlich kein unsympathischer Mensch, aber Filip konnte sich unter keinen Umständen mit seiner Existenz abfinden. Vor allem, die Namen seiner Mutter, Latinovicz-Valenti, sprach der Alte stets ungewöhnlich deutlich, langsam und zeremoniell aus, als nenne er den Namen einer besonders vornehmen und gesellschaftlich hochstehenden Persönlichkeit, den Nachnamen Valenti betonend, den Namen ihres Bruders, des Wiener Feldmarschalleutnants Valenti, den er seinerzeit persönlich gekannt und bei dem er sich als Gast sehr wohl gefühlt hatte. Und außerdem hatte Filip das Gefühl, daß dieser Alte seine Mutter noch aus jener dunklen Bischofszeit kannte und so von dieser Frau viel mehr wußte als er, weil er sie aus einer ihm völlig fremden Perspektive betrachtete. Alles an diesem Alten war mit Pomaden und Fetten bedeckt, alles außer den Händen. Die Hände dieses Menschen sahen buchstäblich tot aus. Ungewöhnlich sensuell, raffsüchtig und eigensüchtig, seltsam unruhig. Die Hände dieses alten Bonvivants griffen gierig nach den Dingen, als griffen sie bereits aus dem Dunkel des Vorgrabes nach dem Leben. Wie gierig wärmte er seine fast blutleeren Handflächen an der warmen Teetasse, wie peinlich berührte er Reginas Hände, auch in Anwesenheit fremder Leute, wie leidenschaftlich fingerte er an seiner Zigarette, beleckte sie und steckte sie in seine Spitze aus Elfenbein. All das wirkte auf Filip abstoßend und entnervend. Das Leben in diesem Kostanjevecer Haus begann für ihn gespenstisch zu werden, denn über den Gräbern und um Gräber wickelte sich ein makabres Spiel ab, ein heiseres und hinterlistiges, ein ganz trübes und ungesundes. Um zweistöckige Häuser ging es, um Wiener Witze, um Tees und Abendessen, ein verstecktes und konventionelles Spiel, das unter der Oberfläche gesprungen war wie ein altes Gefäß und aus dem langsam die kranke, angefaulte menschliche Leidenschaft herausgefiltert wurde.

Der Alte kam am Vorabend, noch zur Teezeit, er blieb gewöhnlich bis in die tiefe Nacht. Da schwatzte man über Geisterbeschwörung, über die Untertänigkeit gegenüber dem lieben Gott, über eine bestimmte, quasi höhere Resignation des Alters, der alle menschliche Leidenschaft und Anstrengung lächerlich vorkam. Man sprach über ferne Jugend und ferne Irrungen, über Hunde, Katzen, Dienstmägde, Kleider, über das Kochen und über Konzerte. Über die Wichtigkeit der Verdauung des Hundes, überhaupt sehr viel über die Hunde und auch über den Undank der Dienstboten. Über Krankheiten an Hals und Ohren, über unbegreifliche Schwächen des Herzens, über Malvenumschläge und über Diät. Das höfliche, versteckte und verlogene Geplapper dauerte unendlich lange an, und wenn die beiden im dämmrigen Zimmer allein blieben, auf dem Plüschdiwan, dann tauchte der Raum in eine lange, unbewegliche Ruhe. Als Filip an einem Vorabend unerwartet heimkam, ging er von der Gartenseite her an Mutters Fenster vorüber, und da ein Windhauch für einen Augenblick die Gardine bewegte, konnte er im Halbdunkel erkennen, daß die Mutter auf den Knien des Alten saß. Ihm wurde schlecht, er wollte noch am selben Abend seine Sachen pakken, aber er blieb dann doch. Er versuchte, sich zu beherrschen, und seine überreizte Scham vor jedweder körperlichen Berührung – auch der eigenen – erschien ihm von Anfang an ungesund. Er mußte sich zwingen, den Körper einer Frau zu berühren, mit der er ein intimes Verhältnis hatte, denn öffentliche Berührungen mit den Händen erschienen ihm besonders schamlos.

„Dummheit! Auch das Leben der Alten, wie auch der übrigen Organismen, ist nichts anderes als das Öffnen des Körpers und des Körperlichen. Das ist der menschliche Trieb, der zur Verlängerung des Lebens drängt! Zum Dauern! Zur Verlängerung der Dauer. Diese Triebe bei den Alten zu verurteilen ist unlogisch, wenn man sie nicht zugleich bei der Jugend verurteilt!"

Das war zwar verständlich, aber wie gewöhnlich, wenn er sich nach der inneren Stimme richtete, konnte er sich mit dem Alten nicht abfinden. Und der Alte sah in dem unsympathischen Ankömmling einen seiner eventuellen Gegner; er legte ihm gegenüber ein besonders charmantes Wohlwollen an den Tag. Zwei Monate lang lud er ihn zu sich aufs Schloß ein, um ihm seine Bücher zu zeigen, seine Waffensammlung, seine Familiengemälde, die restauriert werden mußten, und zwei Monate lang wollte Filip der Einladung nicht Folge leisten.

Der Alte behauptete, eine sehr wertvolle Kopie von Palma Vecchio zu besitzen, und da sich ihm eine Gelegenheit bot, sie in der Stadt zu verkaufen, bat er Filip erneut zu sich, um sie von ihm schätzen zu lassen. Filip wollte nicht, und so kam es zwischen ihm und der Mutter zu der ersten heftigen und geschmacklosen Auseinandersetzung. Schließlich gab er nach und machte sich am Nachmittag auf den Weg zum Schloß.

Das sogenannte Kostanjevecer Schloß war ein sympathisches einstöckiges Barockgebäude, es war seinerzeit am Rande des Waldes als Wohnung des Cranensteegschen Güterverwalters erbaut worden, und das eigentliche Cranensteeger Schloß in Kostanjevec, ein riesengroßes Gemäuer mit Hunderten von Zimmern, lag von Liepachs Heim drei Kilometer entfernt, mit Brücke und Turm und mit einer ungewöhnlich weiten Aussicht. Die Liepachs hatten das Herrenhaus in äußerst baufälligem Zustand im Jahre fünfundsiebzig gekauft, sie restaurierten es, pflanzten Pappeln und Birken und gaben so dem einstöckigen Gebäude ein ansehnliches Gesicht. Mit der Auffahrt für die Kutschen und der Terrasse wirkte es wie ein Sommerhaus im Park.
Der alte Liepach erwartete Filip in den Anlagen, er ging auf und ab, begrüßte ihn beidhändig-intim wie einen lieben, guten Bekannten, der ihn mit seinem Besuch nicht nur ehrte, sondern ihm auch einen großen Gefallen tat. Er führte Filip durch das Erdgeschoß, das mit alten Schreinen, Brokatvorhängen und Kirchenleuchtern dekoriert war, und geleitete ihn auf die Terrasse, wo Dominik ihnen Tee mit Schlagsahne, Schokoladentorte und Zuckermelone servierte. Der greise Diener in seiner abgenutzten kaffeefarbenen Livree und mit den riesigen weißen Handschuhen, die schildkrötenhaft platt waren, und der andere Greis im hellgrauen Sakko, der Dominik duzte, den Dominik aber mit „Euer Gnaden" ansprach – dieser Tee und diese Schlagsahne und diese Zuckermelonen und die beiden alten Männer, all das wirkte unaussprechlich dumm. Der Palma Vecchio war furchtbar, wie nicht anders zu erwarten, und die Familienporträts hatten keinen besonderen Wert: Kitsch der achtziger Jahre, gemalt mit rückwärts gewandtem Blick, in der Absicht, das Liepachsche Geschlecht so alt wie möglich darzustellen. Die Bibliothek war völlig unpersönlich und leer; drei ledergebundene Jahrgänge der „Ephemerides politicostatisticae Posonienses" waren die einzige Rarität. Um eine Nuance übertrieben betont, beinahe feierlich, entnahm der alte Liepach einen in Schweinsleder gebundenen Jahrgang dieses Preßburger Informationsblattes zur Hand und schlug eine mit schwerer roter Seide gekennzeichnete Seite auf: Falls Filip sich für Kuriositäten interessiere, sei er so frei, ihn auf eine Tatsache aufmerksam zu machen, die für das

Liepachsche Geschlecht nicht ohne Bedeutung gewesen sei – es handele sich um die Preßburger Bekanntmachung von achtzehnhundertachtzehn, daß man die Liepachs in den Adelsstand erhoben habe. Und in der Tat: Unter dem Datum vom fünften Dezember achtzehnhundertachtzehn stand dort geschrieben: MAJESTAS SSMA D. ANTONIUM LIEPACH AD EXC. CAMERAM HUNGARICO AULICAMRATIONUM CONSULTOREM OB PRAECLARA ULTRA 40 ANNORUM IN REGEM ET PATRIAM MERITA UNA CUM FILIO ITEDEM ANTONIO BELLICO CONCIPTSTA IN NUMERUM R. HUNGARIAE NOBILIUM REFERRE DIGNABATUR.*

Auf der Titelseite dieses Preßburger Staatsanzeigers, unter dem grauen Stahlstich einer halbnackten Frau in den Wolken, die ein Buch in der Hand hielt und Flügel auf dem Kopf trug, stand die kalligraphische, mit dem Federkiel ausgeführte Unterschrift des ersten Adligen des Stammes der Liepachs, ein gestochener, ungewöhnlich pedantischer Schriftzug: Antonius Liepach, nobili in Monarcham et Patriam meritissimus. Darüber mit dem Bleistift, stark verblichen, allem Anschein nach von der Hand einer Frau stammend, stand geschrieben: Flossmann: Tombola-potpourri. Seitz: Die Hexe von Boissy.

So dumm wie dieses „Tombola-potpourri“! dachte Filip. Er betrachtete diese Mitteilung über den Liepachschen Adelsbrief und wußte nicht, was er dem alten blaublütigen Ritter sagen sollte, den das Schicksal dazu ausersehen hatte, einer der letzten Kavaliere seiner Mutter zu sein.

Über dem Bücherschrank, in einem Goldrahmen und unter Glas, hing als Vierfarbenöldruck eine Reproduktion des berühmten Bildes von Benczúr: „A milléniumi Hódolat“, ein Geschenk der Stände und Orden des Königreiches Ungarn, Kroatien, Slawonien und Dalmatien vor Seiner Majestät dem König von Ungarn zur Tausendjahrfeier des ungarischen Königtums im Barocksaal des Schlosses zu Buda. Im Schwarm der Magnatenfestanzüge stand der Ritter vom Goldenen Vlies Graf Khuen-Héderváry als Hofstandarten-

* S. Heiligste Majestät hat geruht, Herrn Antonius Liepach, Rat der ruhmreichen Ungarischen Hofkammer, wegen seiner hervorragenden vierzigjährigen Verdienste um König und Vaterland zusammen mit seinem Sohne, ebenfalls Antonius, Militärkonzipist, in den kgl. ungarischen Adelsstand zu erheben.

träger, und umgeben vom lilafarbenen Schimmer der Prälaten- und Bischofstalare, vom Zuckerbäckerrot der Brokatwände und der Kardinalshandschuhe, im wogenden Durcheinander der Flaggen, Standarten und Zylinder leuchtete besonders das blasse Gesicht der seligen Kaiserin Elisabeth hervor, die ganz in Schwarz gekleidet unter dem Baldachin saß, und zu ihren Füßen lag die kroatische Fahne im Pathos der tausendjährigen Huldigung vor den Souveränen.

Dieser senile Kerl hat in seiner Bibliothek den Benczúr und will mit mir über Malerei sprechen . . .! Das war Filips einziger Eindruck, der nur einen ganz fernen, unklaren Bezirk seines Gehirns berührte. In dieser Stimmung blätterte er in den Ephemerides posonienses, betrachtete irgendwelche Temperamotive an der Decke und wußte dem schwatzhaften Alten nichts mehr zu sagen, der ihn mit Redensarten und Anerkennungen überschüttete; daß er eines seiner Bücher gelesen und von seinem großen Londoner Erfolg gehört habe und daß es keine kleine Sache sei, Vertragszeichner einer Tageszeitung in der Großstadt zu sein, besonders aber, sich allein und mit leeren Händen im fernen Ausland bis zu einer solchen Position durchzubeißen.

Er ließ den Alten sich plagen in seiner Verlegenheit, stotterte auch selbst etwas zurecht, als spreche er mit irgendeinem Ausländer, stand dann aber spontan auf, verabschiedete sich von Liepach, und all dies fiel äußerst ungelenk und dumm aus. Auf dem Heimweg spürte er einen unangenehmen Geschmack im Mund, als habe er verdorbenes Fleisch gegessen.

Wie sind die bloß nach Kostanjevec gekommen? fragte er sich, während er langsam die Serpentine zum Weinberg am Rande der Ebene hinabschritt, die schon im frühen Abendlicht schwamm. Wodurch unterschied sich so ein armer Greis eigentlich von dem Oberstraßenmeister Hitrec? Der Oberstraßenmeister hatte in seinem Zimmer auch ein solches Bild mit der Inschrift: „Aus meiner Dienstzeit“. Ja, dieser Ulan auf der Schimmelstute, in der blauen Uniform, mit seinem aufgeklebten fotografierten Kopf, dieser „Zugführer Hitrec vom k. u. k. Ulanenregiment Nr. 15 Tolna“, dieser Oberstraßenmeister auf der Schimmelstute mit dem gezogenen Kavallerieschwert unter den Wappen des Kaiserreiches und den Fahnen – der war genauso eine Puppe wie sein er-

lauchter Großgespan mit der goldumrahmten Legende Benczúrs im Barocksaal des Schlosses zu Buda. Alles vollendete Finsternis. Und diese Finsternis könnte man nur mit Hilfe der Niagarafälle erhellen, mit irgendwelchen neuen, imaginären Menschen, aber diese Menschen dürften keine Liepachs sein und nicht ähnliche Adlige von achtzehnhundertachtzehn . . .
Sie müßten einer intelligenten Schicht angehören, die sich als liebes Andenken an ein musikalisches Erlebnis ein Tombola-potpourri notiert, anstatt sich einen alten Dominik zu halten und so zu tun, als habe sich nichts in der Welt verändert.
Im Geiste hörte er noch den ganzen Abend den alten Liepach davon sprechen, daß man zu seiner Zeit, die aromatische Karbolessenz als universales Desinfektionsmittel angewandt habe, daß das „Sacherlin" nicht mehr im Handel sei, daß das ungarische Verwaltungssystem das beste Administrationssystem der Welt gewesen sei und daß – wenn es erlaubt ist – sogar die Engländer dieses System in ihren Kolonien eingeführt hätten. So plagte er sich noch bis tief in die Nacht hinein und konnte nicht einschlafen. Über den Wäldern erschienen bereits die ersten Flecke der Dämmerung, und die Wachtel begann zu schlagen, als er endlich seine letzte Zigarette wegwarf.

Es war eine warme Sommernacht, vom Vollmond erhellt. Filip saß bis Mitternacht im Café „Zur Krone" am Marktplatz, blätterte in der „Daily Mail" und in ausländischen Illustrierten, trank seinen fünften Kognak mit Soda, zahlte und ging hinaus in den grünen Mondschein. Er fühlte sich unbeschwert, beherrschte gut den Boden unter seinen Füßen und spürte, daß er leicht dahinschritt und Lust hatte, weit in die Stille hinauszuwandern. Er empfand ein körperliches Verlangen, sich von allem Menschlichen zu entfernen und allein zu sein, allein mit den sich wiegenden Baumkronen und den grünen Weiten. Einmal, vor dreiundzwanzig Jahren, in einer Sommernacht, war er genauso allein einhergegangen, über die gewaltige weiße Straße, und der Tau hatte geglitzert wie Glassplitter. Eine laue Sommernacht. Es roch nach Heu, und die Jungen tanzten Walzer mit warmen weißen Mädchen. Das Heu duftete, und alles war trunken: von der Sommernacht, von den Geigen, vom Halbdunkel, von den weichen Mädchengestalten, von der Jugend, die klar war wie eine Wasserperle, wie der Tau in der Nacht, wie der Wind in den nächtlichen Wipfeln. Die Weiten waren grün, durchsichtig, belebt und das Sternenglas so leuchtend, so phosphoreszierend, so nah wie die eigene Hand. Und das Lachen, die Mädchenstimmen, die dunklen Umrisse, der Anstandsdamen, all das blieb hinter ihm zurück, die ganze kleine Stadt mit ihren Balkonen, kupfernen Zwiebeltürmen und offenen Fenstern, in denen sich weiße Gardinen bewegten. In der Tangente des Fleisches, im Schwung des warmen Körpers, beim Wandeln im hellen Schein des Mondes, beim Murmeln der Bäche, beim Rauschen der dunklen Baumkronen, in denen warmer Flügelschlag zu hören war – in dieser Szenerie bewegte er sich im Raum wie ein glühendes Teilchen. Etwas Körperliches war in ihm, voller Musik. Er spürte die Nähe eines kindlichen Mädchenkörpers, und dabei war er selbst noch ein Kind in kindlicher Verzückung. So brach in jener Nacht sein fatales Leiden aus, sein dummer Roman von jener naiven kleinen Provinzgans, deretwegen er dann Mutters Hunderter durchbrachte und seine ganze Jugend verspielte . . . Wie wunderlich ist doch diese blinde Bewegung in uns . . ., dachte er. Was für geheimnisvolle galvanische Säulen sind doch unsere Körper, und wie bewegen wir uns doch alle nach einem dunklen, unbegreiflichen Gesetz unseres Fleisches! In einem siebzehnjährigen Grünschnabel setzt sich etwas in Bewegung, reißt sich los, und ein kleines sommersprossiges Kätzchen, ein oberflächliches Mädchen wird einem zum Schicksal. Der Mensch aber schleppt es wie einen Mühlstein sein ganzes Leben lang mit sich herum . . .

Grübelnd kam er von der Straße ab, ging am Bach entlang, durch eine dunkle feuchte Niederung voller Ausdünstungen über dem Wasserfall. Auf einer Lichtung am Rande des Eichenwaldes fand er sich wieder. Dort, im Schatten von Nadelbäumen, im Schatten riesiger Fichten, stand eine Hütte mit einem Strohdach, ganz weiß wie eine Leinwand auf dem Rasen, vom Vollmond beleuchtet, wie mit Kalk übergossen.

Dort blieb er. Weit und breit war alles unbeweglich und still.

Die Nacht war dunkel. Im Halse spürte er den Herzschlag vom unruhigen, erregten Ausschreiten. Durch die tote, grüne Stille drang aus der Hütte der Pendelschlag einer Uhr, ruhig, eintönig, hölzern.

Ticktack, ticktack.

Die Stille und das angenehme, kluge, dekadente Strömen der Zeit, wie das Glucksen einer Wasseruhr. Kalkweiße Wandquadrate unter dem Strohdach, das ferne Murmeln des Baches und der Flügelschlag eines Vogels, der in der Baumkrone erwachte; all das grub sich in Filips Gedächtnis als gewaltige, monumentale Emotion. Im fernen, grünen, glänzenden Gewebe der reifen Sommernacht bewegten sich die Lichter am Himmel, und Filip atmete ruhig und frei und fühlte in seinem Körper, wie sein Blut kreiste, wie sein erhitztes, frisches, unausgelebtes Fleisch bebte. Er fühlte,

daß seine Niedergeschlagenheit dahinschwand und daß er seine emotionelle Kraft wiedergewann.
Nach langer Pause hatte er wieder ein Bild gemalt. Er kehrte um die Mittagszeit vom Baden zurück, als er vor der großen Fläche einer geweißten Wand ein Kind bemerkte, dessen Schatten auf die Sand fiel. Das Kind streckte beide Arme waagerecht aus und murmelte etwas vor sich hin. Es war eine furchtbare Szene, denn er stellte sofort fest, daß das Kind taubstumm war: Das Gemurmel hatte etwas Tierisches an sich. Beide Arme zur Seite gestreckt, imitierte das taubstumme Kind offenbar den Priester vor dem Altar. Diese Hände erteilten irgend jemandem den Segen, sie reckten sich dem Himmel entgegen, und ihre Schatten an der Wand taten dasselbe. Sie krochen wie wunderliche, unwirkliche Schlangen an dieser Wand empor, sie bewegten sich wie selbständige, biegsame, schemenhaft verzauberte Geschöpfe, und das Kind stieß unartikulierte Schreie aus, benommen, blöde, von der Sonne versengt, wie im Wahn, und alles war mehr ein Krampf der Nerven, mehr Fallsucht als Wirklichkeit. Die tierische, taubstumme Kinderstimme zitterte im Sonnenschein, sie bebte in krankhaftem Ringen, sie breitete sich über die Wand aus, die im prallen Sonnenlicht lag, sie ergoß sich in den Raum, unter das Dach, über den Turm und über die Baumreihe, und schließlich verflog sie wie Rauch unter dem Himmel. Ganz benommen von dieser höllischen Erscheinung kam Filip nach Hause; er nahm die Leinwand und malte das Kind, das in der Mittagssonne vor einer weißen Wand stöhnte. Die Stimme des taubstummen Kindes murmelte von der Leinwand wie eine gesprungene Glocke. Aber gerade dieser schmutzige, verkrampfte, kretinhafte, von der Sonne beschienene Körper, diese Angst vor dem Dunklen und Taubstummen in uns selbst, dieses Zittern der Stimmbänder im Halse des Kindes – all das war mit einer solchen Unmittelbarkeit entworfen worden, daß Filip über die dämonische Kraft seiner eigenen Kunst erschrak. Der taubstumme Rachen mit der kleinen, roten, fleischigen Zunge, die Speichelbewegung der taubstummen Lippen und der Schleimhaut, das sinnlose, blinde Fuchteln der Hände in der Sonne, alles vor einer käseweißen Wand – das war ein Motiv von Daumier, nur ungleich schwieriger. Er ließ sein Mittagessen stehen

und malte bis zur Vesperzeit, und nun stand er im Mondschein da, im Raum zwischen den Sternen, den Nachtvögeln und den zitternden Baumwipfeln, und er spürte den Stachel der Erregung: Aus seinen Tuben flossen noch die Farben, in seinen Nerven war noch Kraft, in seinem Blut noch Schwung! Er lebte und empfand, wie gut es war zu leben.

Die Emotionen kamen wieder, eine nach der anderen, wie die Vögel, wenn sie in rauschenden Schwärmen aus Ägypten zurückkehren. Filip saß im Zwielicht, im Strohlehnstuhl vor der Veranda; er betrachtete das vorabendliche Grün, die Schwalben, die in steilen und kühnen Windungen um die Dächer kreisten, und dachte darüber nach, daß das Leben blutrünstig war. Ein grausames Zuchthaus.
Auch dieser idyllische liebe Vogel, dessen Nest den Menschen ein legendäres Glück bringt und über den schon die Kinder begeisterte Gedichte schreiben, dieser kleine schwarzflüglige Vogel, der auf unseren Dächern und unseren Türmen zwitschert, unterscheidet sich im Grunde nicht von einem Haifisch. Sein liebes, inniges Gezwitscher im vorabendlichen Grün ist beispielsweise in der Welt der Fliegen ein Warnsignal – es gibt also Geschöpfe, die vor ihrem blitzschnellen Flügelschlag genauso erzittern wie wir vor der Stimme des Tigers. Demnach verhält es sich so: ein unbegreifliches Brüllen, Schwimmen, Segeln, Fliegen und Fressen umgibt uns. Der Haifisch frißt den Thunfisch, der Thunfisch kleinere Fische, die kleineren Fische die Fliegen . . . Die Schwalben fressen Mücken, und die Mücken übertragen Seuchen, und all das steckt einander an und beißt zu nach wunderlichen Gesetzen; alles ist so dumm wie Äsops Kinderfabeln. Die Pilze wachsen unter den alten Eichenzweigen, und die Menschen essen diese Pilze und krümmen sich dann drei Tage lang, vergiftet wie des Schusters Anna, von der man nicht wußte, ob sie am Leben bleiben würde. Und die Kühe hatten Milzbrand, alles hatte die Maul- und Klauenseuche, alles war schleimig und schlammig, alles moderte im Sumpf, alles hatte Hörner und ein Fell, alles war behaart und bewehrt, nur der Mensch stand

nackt und marmorn da wie ein hellenischer Stein und trug Bilder in sich von der Schönheit seines eigenen Körpers und von der Schönheit um ihn herum – Bilder, die in Wirklichkeit gar nicht existierten. Und dieser Mensch hatte dennoch einen Heiligenschein in sich, etwas Metaphysisches. Man kann die Dinge entweder geradlinig sehen, ursächlich im Kreise der Bilder, oder im unwirklichen Sinne, so wie man den alten Kirchturm betrachtet, der hoch über Kostanjevec sein altes Renaissancelied von Kardinälen und römischen Kirchen singt. Und dann gibt es auch noch den pannonischen Schlamm und über ihm die Luftverkehrslinie London–Bombay, und es gab den akademischen Maler Sigismund Latinovicz, der sich Filip nannte und mit Philippe unterschrieb. Dieser Filip war zu seiner Mutter gereist, der Trafikantin, und dort sah er den Hirten Miško, der den Sultan führte, den Bullen des Oberstraßenmeisters Hitrec, den er aus dem brennenden Stall gerettet hatte, und das Ganze war unklar und verworren, und wenn es überhaupt etwas Klares gab, dann waren es seine künstlerischen Emotionen. Die formale Beherrschung der Materie, emotional übertragen. Weiter nichts.

So saß Filip in der Dämmerung und lauschte dem Klappern des Storches, das an Kastagnettenklang erinnerte. Er vernahm die Stimmen der Hirten, die vom Bach herüberschallten, wo das Vieh getränkt wurde; er verfolgte die Schwalben, die gefräßig wie Raubvögel um die Schornsteine kreisten, und er fühlte in sich das begeisternde, lebendige Spiegelbild des schillernden Lebens. Die Bilder umkreisten ihn wie Vögel, sie kreisten um seine Begräbnisstimmung, um seine Melancholie, um die Weingärten, Äcker und Wälder, die im schweren, samtenen Grün wie in altertümlichem Damast verschwammen und im braunen Gewebe der Weite untergingen.

Auf der Straße, jenseits der Hecke und des Zaunes, gingen die Weingärtner vorbei; sie trugen Spritzen für Schädlingsbekämpfung auf dem Rücken. Die Tabakspfeife des einen leuchtete im Dunkeln feurig auf; sein Gesicht errötete, als habe sich die Haut gelöst. Lautlos verschwanden die Weingärtner im aschgrauen Dämmerlicht, sie entfernten sich in ihren schweren, vernarbten Schuhen, die das Vitriol grün gefärbt hatte. Die grünlich-kupfernen Schuhe, die Schatten mit dem roten Widerschein der Pfeifen, all das rief in Filip wieder ein Bild hervor: ein Aquarell, ein wenig zart, beinahe weibisch, aber unaussprechlich reich an Farbe, geradezu übervoll von krankhaft brennendem Licht. Und alles um ihn herum füllte sich mit Bildern: drei reife Pfirsiche auf einem grünlichen, mit blauen Blümchen bedeckten Teller auf einer rot-blau gestreiften Tischdecke, vom Abendrot erleuchtet; eine reiche, im Gold der Vorabendruhe verlöschende Palette. Die wogenden Flächen der reifen Saat auf den Wellen des Windes, die Vibration des Gewebes in den waagerechten Bewegungen des Teiches, die dunkle, lautlose, unendliche Klarheit ... Blutige Fische mit ungewöhnlich roten Kiemen vor einer grünen Mauer in einer Schüssel aus grauem Zink, verdeckt mit dem nassen Blatt einer schmutzigen Zeitung, so daß man noch die aufgeweichten schwarzen Überschriften erkennen konnte. Das Laub und die Zweige, die Perspektiven mit den reichen Vorhängen der sonnigen Tage, die stillen Leben auf gewaschenen Tischdecken, das Bewegen blasser und kranker Gesichter, Licht und Stille in der Dämmerung, all das war ein Übermaß an Bildhaftigkeit, in der man wie durch einen silbrigen Schleier zwei blaue, unruhige Frauenaugen ahnen konnte. Filip erfühlte die Frau mit all seinen Sinnen hinter dieser ganzen Unruhe, er fühlte, daß dieses Übermaß an Emotionen von dieser Frau geweckt wurde, geweckt von ihren nervösen Fingern, ihrer zarten Gestalt und ihrem sonderbaren, unbegreiflich lebendigen Blick.

Von Anfang an, schon seit den frühesten Tagen seiner Jugend, war Filip wegen dieser Frau in Ekstase geraten, seine finstersten Depressionen waren von närrischer Begeisterung abgelöst worden, und diese Begeisterung war bitterster Verzweiflung gewichen. Er kroch am Rande des Selbstmords dahin, zertreten und gebrochen wie eine Schnecke ohne Häuschen, schleimig, schmutzig und verwundet. Die Frühmessen, Kommunionen und Beichten jener fernen und entschwundenen Stiftstage waren durchtränkt von Träumen, die sich nur um das Weibchen schlechthin drehten, so wie die Poesiealben der Mädchen durchtränkt sind vom Geruch der Haarsträhnen und Stiefmütterchen. Und jene fernen Kommunionen und Beichten waren schon die ersten Gotteslästerungen und Lügen, denn die größten Sünden wurden dabei stets verschwiegen: die Träume von den kleinen Mädchen, das sündhafte, dumme Träumen von körperlichen Berührungen, von den Genüssen, die diese unbegreiflichen, geheimnisvollen Geschöpfe in ihren Schößen bargen. Und die Gottesdienste und Abendsegen, da die Ministranten silberne Weihrauchgefäße schwenkten und goldseidene Baldachine und Kirchenfahnen trugen, auch sie waren verbunden mit sündigen Träumen von den größten körperlichen Geheimnissen, und diese Geheimnisse krochen wie Giftschlangen in den ersten Büchern herum, über die Heiligenbilder und in den ersten intimen Gesprächen in versteckten Ecken, hinter Wänden und Scheunen. Die Bischofskirche und ihre Schatten, die Stiftstürme und die Festtagsglocken, die Sakramentsspende und die Quatemberzeit, alles war in der eitrigen Ebene, in der schlammigen Ebene der Viehtreiber, in den Schnauzen der Tiere Gottes, im Geschrei der Jahrmärkte. Inmitten dieses Treibens bewegten sich die kleinen Gymnasiasten mit ihren heimlich entwendeten Blättern vom Abreißkalender und mit Seiten aus dem Gebetbuch: da die Darstellung des Teufels in sündiger Beziehung zu den Hexen, dort die goldhaarige Venus in der faustischen Retorte oder ein herrlicher Akt im Dreifarbendruck. Alles war gestohlen, entwendet aus irgendeinem Schrank, vor allem die nackte träumende Göttin mit dem Schwan und mit der unsagbar verführerischen Hand unter dem Nabel.

Im Überfluß der barbarischen ländlichen Ebene, zwischen all den Kohlköpfen, Kürbissen, Bohnen, Fischen, Fleischfetzen und Speckseiten, unter den Bergen von Kraut, Hammelfleisch, Schmalz, Butter, Eiern und Geflügel lebte ein kleiner Gymnasiast, der ganze Tage lang am Ufer des Flusses im Sand wühlte und untersuchte, ob ihm nicht das Glück beschieden sei, im Schwemmsand oder im Schlamm irgendeine kleine bronzene römische Statue zu finden, eine schlafende Aphrodite vielleicht, die die Hand über ihre üppige Frisur erhob. Ein Freund von ihm hatte eine solche nackte römische Aphrodite beim Baden gefunden, und das galt als das größte Ereignis des bischöflichen Gymnasiums in den letzten fünfzig Jahren.

Die ganze Atmosphäre in der Trafik war ungesund, besonders in körperlicher Hinsicht, und so mußte sich in dem

nervösen Kind, das schon von Natur aus zu körperlichen Extravaganzen neigte, eine gefährliche Unruhe entwickeln. Die Konfrontation mit den gewaltigen und dunklen Fragen des Körperlichen steigerte sich in ihm bis zur brennenden Unruhe. Schon allein die Grundfrage machte ihm zu schaffen, die so delikate Frage, die ihm das ganze Leben zur Qual machte und die zu stellen er nie die Kraft fand. Es war die Frage, die er auch heute noch nicht beantworten konnte, die ungelöste Frage: Wer war mein Vater? Die unangenehmen Rauchschwaden in der Trafik der Mönchsgasse, die all diese sonderbaren und unklaren Geschehnisse auf dem Diwan, hinter dem Vorhang und hinter dem Wandschirm zwischen der Mutter und den verschiedenen Männern umhüllten. Geschehnisse, die ihm unbegreiflich und unbekannt geblieben waren, wurden von Tag zu Tag mysteriöser. Die Augen der ganzen Stadt, diese unruhigen, kleinlichen Augen einer kleinen Stadt, die auf den dunklen grauen Laden, auf seine Mutter und vor allem auf ihn, auf dieses Kind der Sünde und der Unzucht, gerichtet waren, all das entwickelte in ihm sonderbare, krankhafte Neigungen in bezug auf das Unzüchtige und Sündige, so daß seine öffentliche Flucht ins Freudenhaus im Grunde der Durchbruch eines starken Charakters war, der sich aus Trotz mit Schmutz bewirft. Um die Kirche und die Bischofsstadt krochen die Schatten der Kleriker, der Patres, der Nonnen; dunkle Erscheinungen zeigten sich und verschwanden wieder vom bischöflichen Fußweg, und Regina, seine Mutter, saß hinter dem Ladentisch und trieb Handel mit Zigarren und Semmeln. Domherren traten ein, Offiziere, Kanzleibeamte, Fuhrmänner, sie sprachen mit seiner Mutter in einer Art, die ihn, Filip, unsagbar beleidigte, und er wußte nicht, ob all diese Gerüchte um seine Mutter teuflische Erfindungen waren oder reine Wahrheit.
Und später, in jenen mageren, hungrigen Tagen um das fünfte Jahr im Gymnasium, im bischöflichen Armenhaus, in der verwanzten Bettstelle, mit durstiger und trockener Kehle, vergingen ganze Nächte in Schlaflosigkeit, voller Zuckungen und Wahnvorstellungen. Da waren graugrüne Wände, schwere schmiedeeiserne Gitter an den Fenstern, das schwarzlackierte Kreuz mit der weiß-rosafarbenen Gestalt des Heilands und ganze Reihen von ungefügen hölzer-

nen Heiligen in hellblauen Togen und roten Talaren mit Papierblumen in den Händen. Filip aber lag wach, betrachtete gelangweilt das Zittern des heiligen Lichtes an der Decke und träumte von Rezika. Die einzige lichte Erscheinung in diesem ganzen übelriechenden Haus voller Qualen und verwanzter Betten war Rezika. Mit ihren starken, strotzenden, wie geschwollenen roten, fleischigen Beinen ging sie barfuß einher. Mit ihren rauschenden Unterröcken und mit den roten, bis über die Ellenbogen nackten, massigen Armen war sie der Traum des ganzen Armenhauses, und nach dem Abgang der Abiturienten hieß es, sie sei der Liebe nicht abgeneigt und keiner könne wissen, ob nicht auch ihn das Glück erwartete. Man müßte sich in den Speiseraum stehlen und sich von dort mit dem Aufzug hinunterlassen – nur auf diesem abenteuerlichen Wege könne man zum Zimmer Rezikas gelangen. So stand er auf und stahl sich barfuß, lautlos bis zum Speiseraum im Erdgeschoß. Am Eingang erteilte von einer goldenen Konsole herab der hölzerne heilige Joseph den Zöglingen des bischöflichen Armenhauses seinen Segen. In dem kalten Speiseraum standen Tische aus Nadelholz, auf denen schmutzige Tischdecken lagen. Schmierige gesprungene Salzstreuer und unendliche Reihen von Tellern standen schon für die Suppe des nächsten Tages bereit. Der Saal war leer und dunkel. Filip stieß einen Stuhl um; es polterte laut, als sei in einer Kirche eine Kniebank umgestürzt. Dann trat Stille ein. Von draußen, aus der Ferne, vernahm man das Zischen einer Lokomotive, die auf freier Strecke hielt. Da standen also die Reihen der langen Tische mit ihren weißen Decken, aber der Aufzug war verschlossen. Durch die Risse des hölzernen Kastens drang Licht: Die Nonnen waren bereits aufgestanden und kochten die Einbrennsuppe für die Schüler.

Es dämmerte schon. Was für eine dumme, fade Melancholie eines entflammten Kinderherzens, das in einem grauen, stinkenden Riesengebäude eingesperrt war! Sie aßen gekochtes Rindfleisch – auch Ratten fanden sie manchmal im Gemüse und alte Strümpfe –, die weiten Flächen der Hofwände waren vom Regen übergossen, die defekten Dachrinnen tropften ganze Nächte lang, die nassen Stellen und die Schimmelflecke krochen bis in die Klassenräume im Erdgeschoß weiter, wo die gelben, verrußten Petroleumlampen qualmten, und so wie er damals von Mädchenstimmen, von Bewegungen, Hüten, Zöpfen träumte, so dumm ist er im Grunde bis heute geblieben. Seine ganze körperliche Begeisterung blieb unwirklich und in der Hauptsache unrealisiert. In einsamen warmen Betten von Frauen träumen konnte jeder, aber nach jeder wirklichen körperlichen Berührung überkamen Filip unangenehme Erinnerungen: in einem kalten, übelriechenden Zimmer nackt und unausgeschlafen aufstehen, schläfrig und müde über den kalten Steinfußboden gehen, immer noch das Heulen des Windes in den Ohren, der nachts an den Mauern, Drähten und Blitzableitern rüttelte ... Im Dampf der Nudeln oder über dem Wasserzuber mit nasser Wäsche, unruhig wie ein Gespenst, nicht greifbar, aber lebend, durch den Schleier des Halbschlafes, da war er noch mit der warmen Rezi zusammen, aber dann kam die Realität: die langen Korridore, durchdrungen von dem Geruch der Einbrennsuppe, dieser verfluchten Einbrennsuppe mit dem trockenen schwarzen Brot darin ... Traurige Morgen und draußen der Frost, der die Felder überzog, Filip aber wurde zur Frühmesse in die kalte Kirche getrieben, wo der Atem zu dichten Bällen gefror und die Härchen in der Nase sich mit Reif bezogen und das heilige Wasser in den Weihkesseln vereiste ... Dort mußte er sich auf der kalten Kniebank niederlassen, und schlaftrunken, im Katzenjammer einer im Delirium verbrachten Nacht, schrieb er die Mathematikaufgaben ab, mit steifen Fingern, beim Licht der Altarkerze ... Das Geheimnis des Fleisches, das ungesunde Geheimnis des Fleisches an weichen Kinderkörpern ... Und draußen schneite es nassen Schnee, und in Mathematik erwartete ihn mit Sicherheit eine Nachprüfung ...

Der alte Liepach gab zu Ehren seiner lieben Freundin, der Gräfin Oreyval, einen Spätnachmittagsempfang, und zu diesem Ereignis war auch Kasimiera Latinovicz mit ihrem Sohn geladen, und Filip sagte zur größten Verwunderung seiner Mutter zu. Er wußte, daß zu diesem ungewöhnlich vornehmen Stelldichein der Kostanjevecer Elite auch die Frau Ksenia – die Kassiererin im Gasthaus „Zur Krone", die „Wirtschafterin", wie sie vom Besitzer des Gasthauses, von Steiner selbst, genannt wurde – erscheinen würde, die Bobočka Radajeva, von ihrem Ehemann, dem Minister Pavlinić, geschieden, die bei dem Gasthausbesitzer Steiner vor einigen Monaten die Stelle einer Kassiererin angenommen hatte. Diese Frau Ksenia mit dem Grauschimmer im Haar, dem heiseren Alt und den hellen, mädchenhaft-klaren aquamarinblauen Augen war der Hauptgrund dafür, daß Filip nicht gleich wieder Kostanjevec den Rücken kehrte. Er hatte über diese Frau schon so viel Böses gehört, über ihre zahllosen Skandale: daß sie mehrere Banken zugrunde gerichtet und ihren Mann, den Minister Pavlinić, vernichtet und überall unmöglich gemacht habe, daß nur sie allein daran schuld gewesen sei, daß ihr letzter Liebhaber, der Rechtsanwalt Baločanski, hinter Schloß und Riegel kam und dessen Frau sich dann aus dem zweiten Stock stürzte ... Er hatte also so viel über sie gehört, daß ihn diese geheimnisvolle schwarzgekleidete Person zu interessieren begann. Als er sie kennengelernt hatte, ging er oft in die „Krone", sprach gern mit ihr über die einfachsten, alltäglichen Dinge und atmete gern die Luft in ihrer Nähe. Ihr sanfter Aquamarinblick beruhigte ihn irgendwie, so daß ihm der Aufenthalt in der „Krone", das Sitzen am ersten Tisch neben der Kasse mit der „Daily Mail" in der Hand und der Zigarette im Mund zum täglichen Bedürfnis wurde. Auf diesen Liepachschen Empfang zu Ehren der alten Oreyval, einer entfernten Tante der Ksenia, machte Frau Bobočka ihn persönlich aufmerksam; sie bat ihn zu erscheinen und sagte, daß er ihr damit eine große Gefälligkeit erweisen würde. Sehr viele Fremde waren eingeladen, und am lautesten von allen benahmen sich Liepachs Neffe Tassilo von Pacak und die Tochter von Liepachs Schwester Eleonore, die Majorswitwe Medika. Diese Medika betonte mit jedem zweiten Wort überaus aufdringlich, daß sie zur Familie des Onkels von Liepach gehöre, und zwar durch ihre hochwohlgeborene Mutter. All dies war einerseits lächerlich, andererseits aber auch peinlich. Für sie war die Liepachsche Familie derart imposant, als garantiere ihr die Zugehörigkeit zu dieser „Organisation" eine über jeden Zweifel erhabene, gepanzerte Sicherheit, ein Leben unter dem Schutz des Liepachschen Namens im Schatten schwerer, beschlagener, doppelt isolierter eiserner Kassen, die voller Gold waren. Von der Natur nicht besonders begnadet, lebte sie immer noch im Schatten ihrer Mutter, der Frau Eleonore, die von der Liepachschen Realität ein Bild aus den achtziger Jahren hatte: Alle Verdauungen waren in Ordnung – die der Herrschaften, der Katzen und der Hunde –, irgendwelche besonderen Fragen gab es überhaupt nicht, die Weingärten hatten gut getragen, die Schornsteine waren sauber, und die Keller waren gefüllt. Der schwarze Kaffee kochte in der Maschine ganz normal. Dominik hatte das Dominospiel und die Karten auf dem schwarzen Tisch bereitgelegt, neue Kinder mit den blauen Augen der Liepachs kamen hinzu, bald würde es eine Hochzeit geben, und der junge Konzipient der Gespanschaft hatte alle Aussichten, Baron zu werden. Wo gab es eine schönere Perspektive?

Die Gräfin Oreyval, die unter dem Liepachschen Dach – man wußte nicht, warum – Cousine genannt wurde, eine geborene de la Fontaine-Oreyval et Doga-Ressza aus dem Zweig der de la Fontaine von Žabokrek, der Mittelpunkt dieses Kostanjevecer Kreises, eine alte Dame von siebzig Jahren, hielt sich noch sehr gut. Nie im Leben hätte man sie älter als fünfzig Jahre geschätzt! Die ehemalige Herrin auf den Majoraten Galgóczarján, Szöllösmonyoró-Kerek und Sárga-Somlovár, die Besitzerin der Schlösser und Güter Ža-

bokrek, Resniček und Grabar, die Erbin von Kisasszany-Fabarnjy und Unterwardein – diese hysterische Alte saß nun auf der Straße. Sie hatte kein eigenes Dach über dem Kopf, reiste von einer Einladung zur anderen, trieb mit dem Kaffeehausbesitzer Steiner und der Trafikantin Regina Konversation, aber im Grunde und innerlich war sie völlig isoliert von diesem schmutzigen Pöbel. Es war die Kisasszany-Fabarnjyer Isolierung des berühmten, jahrhundertealten Wappens de la Fontaine-Oreyval.
Filip waren unerwartet einige dringende Briefe aus New Orleans zugegangen. Dorthin hatte er vor Jahresfrist seine Entwürfe für die Fenster einer Kathedrale gesandt, und nun erreichte ihn die Nachricht, daß man seine Vorschläge akzeptiert habe. Er hielt es für geboten, gleich zu antworten, und erschien später als geplant zu der Veranstaltung. Als er kam, spielte sich gerade eine unwürdige und geschmacklose Szene ab.
Schon seit einiger Zeit kreiste unter den Leibeigenen von Kostanjevec das Gerücht, der alte Graf Uexhuell-Cranensteeg wandele in Kostanjevec umher; man habe ihn in der letzten Zeit des öfteren in der Nähe des Liepachschen Hauses gesehen. Jaga, ein neunzehnjähriges Mädchen, Arbeiterin in der Liepachschen Gärtnerei, die ihm nachts am Gewächshaus begegnet war, wurde deshalb auf Wunsch der Gräfin Oreyval herbeigerufen, um zu erzählen, wie sich das Ganze zugetragen habe. Die Gräfin interessierte sich sehr dafür, denn immerhin war dieser gräfliche Geist ihr Onkel, und es reizte sie, etwas über die jenseitigen Erlebnisse des lieben Verblichenen zu hören.
Als Filip kam, schlug ihm eine Lachsalve entgegen; man amüsierte sich über Jaga, die, umringt von den Herrschaften, rot übergossen dastand. Vor Scham war sie den Tränen nahe; sie schlug den Blick zu Boden, zerknüllte mit beiden Händen ihre Schürze und wiederholte nervös, sie wisse nichts Genaues, sei aber absolut sicher, den Grafen gesehen zu haben. Weiter könne sie nichts sagen.
„Man müßte sie fragen, wo sie ihn gesehen hat. Sie soll uns genau angeben, wo sie ihn gesehen hat“, sagte die greise Nichte des gräflichen Geistes mit ihrer hohen piepsenden Stimme, die an das Gackern einer krepierenden Henne erinnerte.
Und Tassilo von Pacak, der Neffe des Hausherrn, ein Ten-

nisspieler, Frauenheld, Tänzer und politisch Linker, übernahm in diesem lustigen Treiben gewissermaßen die Rolle des Dolmetschers; er stellte die Verbindung her zwischen dem verwirrten, stotternden Medium und der herrschaftlichen Gesellschaft. Er stand dicht neben Jaga, hielt sie an der Hand, um ihr das Verhör zu erleichtern, und fragte im Dialekt: „Ich bitte Sie, Jaga, werden Sie doch klug! Wir hätten gern gewußt, wo Sie die selige Exzellenz gesehen haben! Sie sollen uns wenigstens ungefähr sagen, wo das war! Am Glashaus, an der Kapelle, am Schloß, im Korridor? Oder wo sonst?"
Jaga war nicht imstande, etwas Genaues anzugeben. Sie blieb bei ihrer ersten Formulierung und antwortete im Dialekt: „Ich bitte Sie, gnädiger Herr, ich hab ihn mit meinen eigenen Augen gesehen – etwas anderes kann ich nicht sagen! Wie man Geister sehen muß, weiß ich nicht. Mit solchen Sachen befasse ich mich nicht, das verstehen andere viel besser . . ."
„Was sagt sie? Ich verstehe kein einziges Wort!" meldete sich wieder die Gräfin. Ihr Adamsapfel unter dem Halsband hüpfte auf und nieder, als bewege sich unter der Haut ein lebendes Wesen.
Tassilo von Pacak übersetzte Jagas Antwort.
„Vielleicht wäre es gut, wenn sie uns die Kleidung des Seligen beschriebe!" sagte die hundertundsieben Kilogramm schwere Gattin des Gemeindearztes, die ganz rot war vor Aufregung.
„Jaga, hören Sie, ich bitte Sie: Die Herrschaften möchten gern, daß Sie uns sagen, wie die selige Exzellenz angezogen war!" Tassilo von Pacak beugte sich zu Jaga vor und kniff sie mit zwei Fingern unter dem Kinn.
„Er hat einen langen Mantel angehabt, rot wie ein Granatapfel."
„Ich verstehe kein Wort!" piepste die Gräfin.
Die so offen zur Schau getragene Schwerhörigkeit der Gräfin erhöhte Jagas Nervosität nur noch mehr. Man sah ihr an, daß sie sich schuldig fühlte, weil sie nicht Deutsch verstand.
„Einen granatapfelroten Mantel soll er getragen haben. Mit Ärmeln!" Tassilo wandte sich mit der schleimigen Gebärde eines provinziellen Tanzlehrers der Gräfin zu. Filip hatte

die Szene bis zu diesem Augenblick ziemlich kaltblütig verfolgt, aber nun verspürte er das Bedürfnis, hinter dem Fliederbusch vorzutreten und diesen Maulaffen zu ohrfeigen. Auch der alte Liepach wurde ärgerlich.
„Na gut, Jaga, schon gut, das haben Sie uns also gesagt. Jetzt wollen wir nur noch wissen, wo Sie den seligen Herrn gesehen haben."
„Das weiß ich nicht, gnädiger Herr! Ich hab ihn mit eigenen Augen gesehen, aber das kam so plötzlich, als ob ein Engel oder ein Drache vorübergeflogen ist. Ich glaube, es war am vugorišće . . ."
„Wenn wir nur wüßten, was dieses unglückliche ‚vugorišće' bedeuten soll!" Medika Liepach Reketty de Retyezátova verdrehte ihre liebenswürdigen Augen. Sie tat, als habe sie dieses „unglückliche Wort" nie gehört und als sei sie nicht selbst auf einem vugorišće – einem Aschehaufen – aufgewachsen.
„Eine dumme Gans! Von der werden wir nicht gescheiter!" sagte Tassilo, der Hauptsprecher und Dolmetscher dieser spiritistischen Sitzung. „Ja, wissen Sie, was Sie sind? Sie sind eine komische, dumme Gans, der Teufel soll Sie holen! Das haben wir schon einmal gehört, daß er rot war und daß er geflogen ist, aber wo er geflogen ist, will die gnädige Frau Gräfin wissen, verstehen Sie?"
„Über dem Aschehaufen, gnädiger Herr!"
Filip konnte sich nicht mehr beherrschen. Er wußte, daß es höchst unangebracht war, sich unter diese bornierten Papageien zu mischen, aber seine Sympathie für das schamrote schwitzende Mädchen zwang ihn, temperamentvoll einzugreifen. Unvermittelt trat er hinter dem Fliederbusch hervor, und seine Worte fielen schärfer und entschiedener aus als beabsichtigt.
„Ich glaube, Herrschaften, es hat keinen Sinn, daß Sie dieses arme Mädchen weiter quälen! Schließlich ist nicht sie daran schuld, daß die Herrschaften noch immer an Geister glauben! Es ist schwer, Erscheinungen des Jenseits so zu beschreiben, daß man sie für ein Polizeiprotokoll verwenden kann. Was man hier mit ihr anstellt, ist ein unangenehmes Verhör!"
Überraschung, Bewegung, dann fröhliches Zuwinken, Verbeugen Bekanntmachen, Händeschütteln, und schließlich einigten sich alle mit dem alten Liepach, *„daß dieser Men-*

schenquälerei wirklich schon genug wäre und daß es das allerbeste wäre, das Mädel wegzuschicken".

„Es ist mir wirklich lieb, Maestro, daß Sie mich aus dieser Situation erlöst haben! Sie haben mir wirklich einen großen Dienst erwiesen!" Der alte Liepach streckte beide Arme aus, stellte Filip den Damen vor und führte ihn zu Frau Ksenia, seinem „Patenkind", seinem „Nesthäkchen", das er „mit eigenen Händen" bei der Taufe gehalten habe und das er liebe „wie sein eigenes Kind". So fand sich Filip plötzlich neben Ksenia, und all das war ihm ausgesprochen unangenehm.

„Jaga, meine Liebe, von Ihnen haben wir nichts dazugelernt! Dominik wird Sie hinausbegleiten. Danke schön, aber von Ihnen kann der Mensch nichts erfahren! Gehen Sie jetzt schön mit dem Dominik!"

„Vielen Dank, Erlaucht, küß die Hand untertänigst ... So ist es eben – ich hab gesagt, was ich gesehen hab und was ich weiß ... Küß die Hand untertänigst!"

Der alte Liepach sah ihr nach, bis sie in Dominiks Begleitung hinter dem Fliederbusch verschwand. Er dachte an die furchtbaren Oktobernächte, da er, nur mit Unterhosen und Hemd bekleidet, im Graben saß und mit ansehen mußte, wie ihm die „Leute" die Wohnung zerschlugen. Er hörte noch immer das Glas klirren und roch den Brandqualm, der unter dem Dach hervorquoll. Kein Tag verging, an dem er sich nicht an dieses Schauspiel erinnerte.

„Ja, ja, das ist unser ‚liebes', ‚gutmütiges' und ‚intelligentes' Volk! Aber wenn sie auf den Menschen mit Sensen und Äxten losgehen, dann heißt das Freiheit und Demokratie! *Zu blöd eigentlich, wo man leben muß!"*

Sein Neffe Tassilo Pacak fühlte sich nach Filips Auftritt in seinem Liberalismus bedroht. Er galt in diesem Kreis als sozialer Umstürzler und Linker, und deshalb hatte er das Bedürfnis, sich vor diesem Fremden „sozial" festzulegen. „Diese Dinge lassen sich akademisch nur schwer beurteilen, nicht wahr, lieber Onkel? Wenn man's genau nimmt, ist diese Jaga im Rahmen ihrer Weltanschauung gar nicht so dumm, wie es scheint. Eines muß man freilich verstehen: Sie hat mit uns gesprochen wie mit Ausländern. *Eigentlich zwei Welten und zwei Sprachen, die nebeneinanderher reden!"*

„So ist es, *das hast du sehr gut gesagt! Zwei Welten und zwei Spra-*

chen! Und das ist es, meine Herrschaften, was mir nicht in den Kopf will und was auch nicht hineingehen wird, solange ich lebe: daß ich zum Beispiel mit dieser Trampelbäuerin auf gleicher Stufe stehen soll! Gleichheit? Was für eine dumme Phrase! *Was für ein demagogischer Schwindel!*"
Auch die Gräfin Oreyval hielt es für notwendig, wieder etwas von sich zu geben: *„Ich meine, das über meinen seligen Onkel hat sie sich ausgedacht."*
„Aber ganz im Gegenteil, das Volk sieht Gespenster! Der Plebs lebt im fünfzehnten Jahrhundert! Damals lebten die Menschen noch sehr intim mit den Geistern. Ich glaube fest daran, daß sie überzeugt ist, den seligen Grafen gesehen zu haben – sie konnte sich nur nicht vor uns ausdrücken. Zwischen uns liegen mindestens vierhundert Jahre, und von einem Ufer zum anderen scheint es offensichtlich ziemlich weit zu sein!"
Filip hörte, wie dieser Snob neben ihm über das Volk sprach und wie er das Wort „Plebs" betonte. Das Blut stieg ihm zu Kopf. Aber im Grunde dachte er über diesen „Plebs" nicht anders; er pflegte die gleiche aristokratische Denkart, und was ihn selbst betraf, so empfand er zwischen sich und diesem „Plebs" eine Distanz, die noch viel größer war als vierhundert Jahre. Und dennoch fühlte er sich beschämt! Zum Teufel, wie war es möglich, daß er in diesen Fragen genauso dachte wie dieser Snob? In sozialer Hinsicht nämlich spürte er keine Distanz zwischen sich und dieser Jaga, und auch dem Wort „Plebs" gab er keinen sozialen Beiklang. Aber wahrscheinlich handelte es sich um zwei Arten von Snobismus, die einander sehr ähnlich waren. Leider . . .
Filip fühlte das gestaute Blut im Kopf und den Schweiß an den Fingern. Vor ihm taten sich Abgründe auf. Der Doktor, der stupide kurzsichtige Doktor, sagte mit seinem tiefen gutturalen Bariton, daß Jaga natürlich gar nichts gesehen habe. „Vorgestern war der Todestag des Grafen, und das Gesinde hat natürlich davon gesprochen – eine typische Assoziation also, weiter nichts! Immerhin war Jaga nicht imstande, konkrete Angaben zu machen. Wo hat sie ihn gesehen? Und wie hat er ausgesehen?"
Tassilo von Pacak war dagegen überzeugt, daß Jaga den Grafen wirklich gesehen hatte. Ob in einer Assoziation

oder materiell, das sei nebensächlich. Sie habe sich nur nicht getraut, dem Grafen ins Gesicht zu sehen! Er, Tassilo, könne sich das gut vorstellen, denn wenn ein gewöhnlicher Sterblicher einen toten Grafen sieht, der im Park spazierengeht, dann ist es ganz natürlich, daß er die Augen schließt und die Flucht ergreift. Mit toten Grafen könne man als gewöhnlicher Sterblicher keine Konversation führen. Um dazu imstande zu sein, müßte man zumindest auf den Gotha-Almanach abonniert sein . . .

„Sie machen immer dumme Witze, Herr von Patzag!“ Die Gräfin hatte das Wort „Gotha-Almanach“ verstanden.

„Das sind keine Witze, Gräfin! Mein heiliges Ehrenwort! Ich glaube, daß Jaga den seligen Grafen wirklich gesehen hat! Graf Uexhuell ist für Jaga keine bürgerliche Persönlichkeit, von der man siebzig Morgen Ackerland kaufen konnte! Wenn so eine wie Jaga einen Uexhuell erblickt, wirft sie sich vor Todesangst ein Tuch über den Kopf! Für die Jagas sind die Grafen Uexhuell kein Witz – leider nicht! Die Uexhuells haben den Jagas fünfhundert Jahre lang die Ohren abgeschnitten. *Das muß man verstehen, meine Herrschaften!“*

„Und deshalb bist ausgerechnet du dazu berufen, diese Jaga vor der Geschichte zu verteidigen, nicht wahr?“ Der erlauchte Großgespan, der Hausherr Liepach, regte sich so auf, daß ihm das Blut in den Kopf schoß. In seinen Schläfen schlugen Hämmer. „Stimmt's? Ausgerechnet dich hat die Geschichte zu Jagas Rechtsanwalt bestimmt, nicht wahr? *Du bist der einzige, der die Arme verstand!* Dabei hast du dich ihr gegenüber am überheblichsten benommen. Das Mädel hat ganz ruhig berichtet, bis du es vollends durcheinandergebracht hast! Hier in diesen Gesprächen brillierst du mit deiner verpißten Demokratie, und in der Praxis erniedrigst du die Menschen, daß es sogar mir peinlich wird. *Geh, ich bitte dich!* Dominik zum Beispiel beklagt sich schon längere Zeit, daß du ihn immer mit ‚Herr Doktor‘ anredest. Das ist wohl auch nach deinem demokratischen Rezept, was?“

Pardon, entschuldige, aber Dominik nennt mich auch Doktor, obwohl ich ihn bereits tausendmal gebeten habe, mich mit diesem dummen Titel zu verschonen. Ich bin kein ‚Doktor‘, mein bürgerliches Kennzeichen ist keinesfalls ein blödes ‚Doktorat‘! *Das hat Adolf Loos sehr gut bemerkt, daß diese ins achtzehnte Jahrhundert passende Doktortitulierererei gerade-*

so blöd ist, als ob man einen Schuster mit ‚Habe die Ehre, Herr Schuster!' begrüßen würde! Das gehört alles zum alten Kram, meine Herrschaften!"
„Der Loos, der ist ja ein verrückter Kerl", lehnte sich die Gräfin de la Fontaine auf. Sie war in diesem Kreis wahrscheinlich die einzige, die den Namen dieses „verrückten Kerls" kannte.
„Dominik hat recht, wenn er sich gegen dein Vorgehen empört, mein Lieber! Die Dienerschaft ist nicht dazu da, daß man sie verulkt!"
„Ich habe für Dominik gerade deshalb nichts übrig, weil er so ein vollendeter Knecht ist! Ich kann mir nicht helfen, verzeih mir, lieber Onkel, aber Knechte liebe ich nicht! Das verträgt sich nicht mit meinem Charakter!"
„Dominik ist kein Knecht – er ist mein guter Freund, und ich habe ihn sehr gern! Er ist ein netter, ehrlicher und sympathischer Mensch!" Die Gräfin Oreyval war fest entschlossen, Dominik zu verteidigen.
Tassilo von Pacak fühlte sich im Mittelpunkt dieses Wortgefechts vor der Kostanjevecer Elite wie ein Hidalgo im grellen Rampenlicht einer Opernbühne, der den scharfen Degen seines überlegenen Geistes in der Hand hält. Er begann der Gräfin mit lauter Stimme zu erklären, daß zwischen ihr und dem Kammerdiener Dominik der Panzer des Gotha-Almanachs stünde. Wenn sie, die Gräfin de la Fontaine-Oreyval, sich allerdings dazu herabließe, dem Dominik eine wohlgeneigte Freundin zu sein, so sei das für Dominik natürlich eine große Ehre. Wenn eine Gräfin Oreyval einem livrierten Diener ihre Hand zum freundschaftlichen Kuß darbiete, so sei das genauso symbolisch, als ob die heraldische Löwin auf dem blauen Feld des Oreyvalschen Wappens ihre Pranken einem gewöhnlichen Plebejer zum Kuß hinhielte. „Aber wir, die gewöhnlichen Sterblichen, haben leider nur Blut in den Adern und nicht Champagner wie die Grafen. Wir haben das Recht, uns von besonders unterwürfigen und lakaienhaften Naturen beleidigt zu fühlen, weil wir unserer Natur nach der Unterwürfigkeit näher stehen als die geborenen Grafen!"
Nachdem er der Gräfin diesen Hieb versetzt hatte, widmete er seine besondere Aufmerksamkeit Filip; er hob hervor, daß er ihn sehr gut kenne, und zwar aus einem Gespräch

mit einem seiner Freunde, einem Bildhauer, der von Filips ungewöhnlicher, überdurchschnittlicher, ja man könne sagen außergewöhnlicher Begabung begeistert sei. Solch seltene, außergewöhnliche und in jeder Beziehung europäische Persönlichkeiten wie Filip seien sehr wichtig für die allgemeine kulturelle Entwicklung unter besonderer Berücksichtigung der eigenen kulturellen Rückständigkeit, namentlich auf dem Gebiet der bildenden Kunst. Deshalb sei er sehr erfreut, daß ihm die Ehre zuteil werde, „unseren bedeutenden Maestro" persönlich kennenzulernen. In diese „wissenschaftliche", gekünstelte Beredsamkeit flocht Tassilo von Pacak eine Vielzahl von Namen, Zitaten, Angaben und Daten ein, um vor Filip seine außerordentliche Belesenheit und Bildung zur Schau zu stellen, wie ein Kaufmannsgehilfe in einem Textilwarengeschäft, der vor der Kundschaft seine Waren ausbreitet. Er erwähnte Plechanow und Rolland-Holst und bemerkte, daß er unlängst durch eine gute Bekannte aus Amerika die modernste Literatur über Psychoanalyse kennengelernt habe, vor allem im Hinblick auf die Probleme des Jenseits. Theosophie, Anthroposophie, Hodgson, Sir William Crookes, William James, Sir Oliver Lodge: The survival of man.

Filip betrachtete diesen Schwätzer, der in grauen Gamaschen und mit einem Monokel im Auge vor ihm stand, und wurde ein bestimmtes Gefühl nicht los: Vor ihm stand ein levantinischer Halbwilder, der ihn mit der Aufforderung quälte, billige Spielsachen und Spiegel zu kaufen. Er aber war nicht hergekommen, einem Wilden irgendwelche bunten Glasscherben abzukaufen, und er wollte auch keine Marktgespräche mit einem Handelsgehilfen führen, der ihm bis zum Halse stand und der gar nicht merkte, wie sehr ihn das langweilte. Filip blies nervös den Rauch seiner Zigarette vor sich hin, blickte Tassilo von Pacak an, bewegte weder Lippe noch Wimper. Der jedoch sprach von der inneren Logik der Form, von Negerplastiken, von der modernen Expressivität im Hinblick auf die aktuelle aktivistische Wirklichkeit und auf den Kollektivismus in der Kunst, und wiederum erwähnte er Rolland-Holst und Zamjatin, und so ging das weiter und nahm immer peinlichere Formen an. Alle Augen waren auf Filip gerichtet, und alle warteten auf eine Antwort von ihm. Filip aber sagte kein Wort; er rauchte und blickte von Zeit zu Zeit Frau Ksenia in die Augen. All diese Menschen erschienen ihm wie angemalte Fleischpuppen, nur Ksenias Augen hatten den hellen Glanz des Aquamarins, und ihre Wimpern waren so üppig, so schwarz, so stark, daß sie künstlich wirkten. Diese dunklen fettigen Wimpern öffneten sich, und hinter ihnen erstrahlte das Blau, als dämmere es im tiefen Innern. Die Augen der anderen dagegen waren wie verhüllt, sie waren blind wie Hühneraugen.

Die Menschen sind Puppen, die in den verschiedensten Zivilisationen dasitzen wie in Schaufenstern . . ., dachte Filip und betrachtete diese Elite auf der Liepachschen Terrasse. Wie Mannequins saßen diese Puppen da, und im Hintergrund entwarfen unsichtbare Arrangeure für diese Puppen immer wieder neue Schnittmuster und neue Gewohnheiten, und all das nannte man dann aus unerfindlichen Gründen „Fortschritt". Wenn eine dieser Alten hier in ihrem Vorkriegsnest aus Spitzen, Pappdeckeln, lackierten Kirschen, Obst, Weintrauben, Pfirsichen, Bändchen, Einlagen, Glockenschößen und Posamenten erschienen wäre – alle hätten gelacht. Und wenn sich nach zehn, fünfzehn Jahren wiederum eines dieser imitierten Kostanjevecer Girls irgendwo auf einem Empfang zeigen würde und so angezogen wäre, wie die neueste Hollywoodhutmode es zur Zeit vorschrieb, würden wiederum alle lachen. Diese Menschenaffen lachten nur über sich selbst, wenn sie fünfzehn Jahre zurückblickten. Unfaßbar. Aber unter Tausenden von Puppen fand sich von Zeit zu Zeit eine, die sonderbarerweise keine war.

Diese Frau dort in Schwarz zum Beispiel, mit dem angegrauten Haar und den aquamarinblauen Augen war keine Puppe, sie war bestimmt ein lebendiger, blutvoller Mensch. Sie rauchte wie ein Mann, und ihre Bewegungen waren männlich. Sie war die Frau eines Ministers und hatte einige Banken ruiniert. Es hieß, sie sei mannstoll und sie habe einen Menschen hinter Schloß und Riegel gebracht. Wenn eine Frau keine Schaufensterpuppe war, dann haten die anderen Puppen keine gute Meinung von ihr. Gefängnis, Mord, Unzucht, erbrochene Kassen, Selbstmord, Ehebruch, Mißtrauen – was für dumme, kleinbürgerliche Vorurteile! Diese Frau war so kühn, in dieses muffige Provinznest zu

ziehen, um in einem dunklen Gasthaus an der Kasse zu sitzen. Ein entlassener Sträfling – ein pflegebedürftiger Paralytiker, ein „gewesener Mensch" – verfolgte sie wie ein Schatten. Wäre sie dereinst nicht „die Frau eines Ministers" gewesen, keine dieser Kostanjevecer Beamtenfrauen hätte das Kassenfräulein eines Blickes gewürdigt. So aber hatten sie von ihr zwar ihre eigene, höhere Meinung, aber sie setzten sich doch mit ihr unter ein Dach, denn sie war die Frau eines Ministers.
Filip betrachtete den alten Dominik, der seine Plattfüße nachzog wie ein Pinguin; er sah, wie die Doktorsfrau einen großen Löffel voller Schlagsahne ableckte und wie die alte Banusrätin Eleonore der Gattin des Tierarztes ihren unglaublich lästigen Krebs schilderte. All das wurde ihm immer unerträglicher, er wollte sich entfernen. Die Kinder des Landvermessers jagten vor der Terrasse den Pfau. Filip gab sich zum Schein ein wenig mit ihnen ab und benützte die Gelegenheit, hinter dem dichten Fliederstrauch zu verschwinden. Er durchquerte den Park und tauchte oberhalb des Schlosses im Eichenwald unter.
An einer Lichtung ließ er sich auf einem gefällten Stamm nieder und verharrte lange in dieser Stellung. Zu seinen Füßen entdeckte er einen von Rinderhufen zertretenen Waldameisenbau, er lag unter dem angefaulten Eichenstamm, der von einem Blitz versengt war. Der tote, morsche, poröse Haufen und die Grabesruhe ringsumher stimmten Filip melancholisch. An dieser Stelle hatte sich einst Cranensteegs Obstgarten ausgebreitet, an den nur noch ein alter knorriger Apfelbaum erinnerte, der ganz allein auf der Lichtung stand, wurmstichig, grau, aber reich an roten Äpfeln im satten Grün der Krone. Ein Symbol des frühen Herbstes. Im alten Brombeerstrauch spann eine Spinne ihr Netz, sie ließ sich in gleichmäßigen Abständen hinab wie das Schiffchen einer unsichtbaren Nähmaschine. Alles war still. Von weit her, jenseits des Waldes, war der Sopran einer Hirtin zu hören, und Viehglocken ertönten. Unterhalb der Lichtung, im Tal, schlängelte sich die Blatnja zwischen Weingärten und Wiesen in ihrem tiefen Bett dahin, und in der Ferne, im feinen Nebel der spätsommerlichen Dämmerung, wuchsen immer deutlicher die Konturen der Berge, bläulich und durchsichtig wie auf einer japanischen Zeichnung. Im

Flimmern der vorabendlichen Farben reihten sich die Weiden aneinander, wie mit Kohle gezeichnet, und die Farben vereinigten sich zu einer einförmigen horizontalen Linie über den Heuschobern und der dunkelgrünen Saat. Bittere, dämmerige Schönheit der Einsamkeit.
Filip atmete die feuchte Walddämmerung ein und dachte an nichts. Er fühlte, wie gut es ihm tat und wie klug es war, an nichts zu denken. Nur das eine wollte er tun, nur das eine: den Körper immer tiefer in diese Abendstimmung, in dieses Dämmern eintauchen lassen, ringsumher das Glucksen der Quelle hören und den Duft des Heidekrauts riechen. An nichts denken. Atmen. Über den toten Ameisenbau gebeugt, den Kopf in beide Hände gestützt, empfand er auf seiner Haut einen warmen Hauch: Neben ihm stand, ganz in Schwarz und graumeliert, Ksenia. Und als sei es das Natürlichste der Welt, setzte sie sich neben ihn, und so verweilten sie lange, ohne ein Wort zu sprechen.

Als Filip Ksenia Radajeva kennenlernte, hatte diese Frau schon alles hinter sich, zwei unglückliche, verrückte Ehen und auch die Tragödie mit Vladimir Baločanski, für den sie eigentlich nie etwas empfunden hatte. Diesem Baločanski gegenüber verhielt sie sich sozusagen vollendet unbestimmt, auf der Linie eines auch ihr selbst unklaren Mitleids, und auf der Linie dieses Mitleids spielte sie im Leben dieses verwirrten, unglücklichen Menschen eine zerstörende Rolle. Ihren ersten Mann, den Doktor Pavlinić, Rechtsanwalt und Minister, hatte sie ohne innere Anteilnahme geheiratet, ohne Interesse, mit Berechnung, so wie viele bürgerliche Mädchen zu heiraten pflegten. Aber in ihrem wilden Temperament konnte sie dieses Leben – im Gegensatz zu vielen ihrer Altersgenossinnen, die sich genauso mit den Lügen in ihren Ehebetten abfanden – und diesen verlogenen Kompromiß nicht ertragen. Sie zerriß den Ehevertrag, und sie tat dies ohne einen besonderen Anlaß; es war weniger ein echtes Bedürfnis als eine Augenblickslaune. Da die Scheidung mit dem Konkurs der Kreditgenossenschaft zusammenfiel, die von ihrem Gatten, dem Hauptkreditgeber, geleitet wurde, sprach man später davon, sie selbst habe den Zusammenbruch dieses Instituts verursacht und sie habe sich rechtzeitig zurückgezogen, als sie die Katastrophe herannahen sah. Konkret konnte man in dieser Sache nichts gegen sie anführen, und so blieb es bei den Gerüchten, die an Teenachmittagen kursierten und schließlich verschwanden wie Flecke aus alten Tuchen.
Der Rechtsanwalt Vladimir Baločanski, Sohn des Abteilungsvorstehers Baločanski, verliebte sich in diese Frau jungenhaft – naiv und völlig unschuldig. Er langweilte sie vom ersten Tage an, und die Art, in der sie ihn abwies – oft un-

glaublich hart –, schmetterte ihn völlig nieder und „vernichtete" ihn, wie man damals zu sagen pflegte. Ihretwegen geriet Baločanski in schwere Geldnöte; er beging Unterschlagungen, fälschte Unterschriften auf Wechseln, und als er dann ins Gefängnis kam, sprang zu allem Überfluß auch noch seine Frau, feige und posenhaft, aus dem Fenster, so daß er der Ksenia Radajeva als Hinterlassenschaft eines Dramas verblieb: Sie erbte ihn eines Tages als Sendung aus dem Gefängnis. An ihrer Tür klingelte ein kranker, gebrochener Mensch, kurzsichtig, ohne Brille, mit ergrautem Bart, gichtgelähmt, in zerknülltem Herrenrock und schmierigem Zylinder. Sie wußte nicht, was sie mit ihm anfangen sollte. War es angebracht, ihn in Kost und Logis aufzunehmen? Sollte sie fliehen, sich verleugnen lassen, ihn auf die Straße werfen? So siedelte Baločanski zu ihr über, und später, als ihnen das Geld ausging, zogen sie sich nach Kostanjevec zurück, wo sie noch einen Weinberg und ein bescheidenes Haus besaß. Als dann auch dieser Weinberg samt dem Haus in Steiners Besitz überging, pachtete sie von Steiner das Gasthaus am Markt und saß seitdem hinter der Kasse. Zusammen mit dem gichtbrüchigen Baločanski hauste sie dort, angewiesen auf das Mitleid und die Gnade des Kostanjevecer Gasthausbesitzers Steiner. Während der drei Zuchthausjahre Baločanskis hatte Ksenia Radajeva ein flottes Leben geführt; sie ließ sich mit einem Politikanten und Kriegsgewinnler trauen, warf mit dem Geld dieses Großindustriellen um sich wie mit Luftschlangen, und vielleicht erwachte schon damals in ihr dieser selbstmörderische, beunruhigende, verrückte Hang zu todbringenden Genüssen, der schließlich zu ihrem traurigen Ende führte.
Als Baločanski in dieser Frau sein Schicksal sah, stand Ksenia, die man damals Bobočka nannte, im siebenundzwanzigsten Lebensjahr. Sie hatte den länglichen, rassigen Kopf eines russischen Windhundes und einen ungewöhnlich zarten Körper, einen Körper von filigranhaftem Wuchs. Die blonde Frau mit den tiefen glänzenden Augen bewegte ihre dünnen scharfen Lippen klug und nervös, Lüsternheit war ihnen damals noch nicht abzulesen. Dem schwachen, krankhaften Rot ihrer feuchten Schleimhäute entrangen sich schwere, giftige Lügen wie reinste Lyrik. Der Körper der Bobočka, ein Gefäß trüber und tiefer Leidenschaften,

war zwitterhaft, er war der reine Körper eines Mädchens an der Schwelle des ersten Frühlings. Sie war wie eine kranke Blume, ein wenig angefault. Ihr Parfüm, das nach schimmligem nassem Heu roch, ihre mit Opium präparierten Zigaretten, ihr in dichten Rauch gehüllter brüchiger Alt, all das umnebelte die Köpfe der in erster oder zweiter Generation herrgewordenen Herren wie geheimnisvoller Weihrauch. Häßliche und kranke Dinge in den Charme des Liebeserlebnisses zu verwandeln, finstere und trübe Erscheinungen mit dem Zauber des blauen Blutes zu umhüllen, mit Hilfe dieser blaublütigen Magie die Bankiers und Parvenüs täuschen und gleichzeitig deren Tresore plündern – das war das Geheimnis der Bobočka.

Sie war eine Adlige. In ihrem zerbrechlichen Porzellankörper rauschte der blaue Blutstrom, der so durchsichtig war wie die Aquamarine ihres Halsschmucks. Dieses üppige Blut, lilafarben wie Tinte, mit der sie ihre fatalen Briefe schrieb, dieses wunderliche Temperament und die Unruhe des Fleisches, all das war wie ein goldgerahmtes Bild. Auf der Straße ging das Gerücht um, daß zwei Banken, die Kreditgenossenschaft des Ministers Pavlinić und die Jugo-Holländische Diskont-Gesellschaft, ihre Geschäfte mit der Konkursvereinbarung unter dreißig Prozent der eingezahlten Summe liquidiert hätten, alles wegen der Bobočka und ihrer blaublütigen Forderungen.

Im ersten Stadium der Scheidung von dem Minister Pavlinić bewohnte die Bobočka im ersten Stock eines Hauses im Zentrum neun Zimmer. Auf den Vorhängen spielte der grüne Widerschein der Baumreihen im Stadtpark, und vom Balkon aus waren das Rauschen des Wasserfalls und das Stimmengewirr vom abendlichen Korso zu hören. Die neun Zimmer waren in unaufdringlichem Empirestil eingerichtet. Von den Möbeln erzählte die Bobočka, sie stammten aus dem Herrenhaus ihres Großvaters Raday; in Wirklichkeit hatte der Minister Pavlinić sie in Wien bei einer Versteigerung erstanden. Schon seit Verböczys Zeiten hätten die Radays „der Familientradition gemäß“ für die „Rechte des Königreiches“ gestritten, und ihr Patriotismus habe sich erst recht gezeigt, als der Urgroßvater der Bobočka, Ambroz Raday, mit den Turopoljern den Csárdás und den Rakoczy-Marsch spielte, aus Freude über die illyrische Niederlage während der Restauration Anno siebenundvierzig. Die Radays waren „der Familientradition gemäß“ stets gegen ihr eigenes Volk gewesen, und angefangen von Rauch, dem ersten Vertreter des Ausgleiches, über den Grafen Khuen bis zu den Czuvajs, Tomassichs, Rakodzays und Szkerleczs hatte ein Raday stets die Rolle eines Vorkämpfers gespielt. Blut wurde abgezapft und den Fremdlingen en detail verkauft, die Radays aber waren immer gute Patrioten, Vorkämpfer und Höflinge der fremden Machthaber. „Der Familientradition gemäß“ sprach man davon, „daß sie die Interessen und Rechte der Königreiche Kroatien, Slawonien und Dalmatien verteidigen ...“.

Die Bobočka hatte in ihrer Wohnung einen vergoldeten Barockaltar aufstellen lassen, „aus der Hofkapelle des Großvaters Raday“. Man hatte ihn in eine Kredenz verwandelt, und auf dieser Altarkredenz schenkte sie ihren Gästen Whisky und Sekt aus. Über ihrem Bett hing das Porträt eines Raday im festlichen Gewand eines Stolni-Biograder Bischofs, und im Salon dominierte das Porträt der geheimnisvollen Frau in gelber Seide, angeblich einer Wiener Tänzerin, deretwegen sich einer der Radays erschossen hatte. All dies war in der Wohnung der Bobočka aufgebaut, effektvoll wie in einem Theater. Das Licht der Dubrovniker Öllampen spiegelte sich auf der Empirepolitur, viele Einrichtungsgegenstände waren mit indischen Schals verhangen. Im dekorativen Halbdunkel wurde geraucht, getrunken und gelogen, ganze Tage und Nächte lang. Über die Musik log man; von Schumann bis Honegger und Milhaud vulgarisierte man bei Tee oder Champagner alles bis zur leeren und blöden Konversation. Man log über Bücher, über die Lyrik, über Geschmack und Mode; man sprach von der Schönheit wie über die Titelseite eines Frauenmodeblattes im Dreifarbendruck. Und so log man und plapperte, so verbrauchte man monatlich an die achtzigtausend, so zerbrachen drei Ehen und gingen zwei Banken zugrunde, begleitet von unschuldigen Gesprächen über Schönheit, Geschmack, Ewigkeit und Gott.

Schon in Buda, als sie noch nicht einmal dreizehn war und sich mit Jungen balgte, die krauses Haar hatten und gesunde Zähne, schon damals offenbarte sich ihr das körperliche Geheimnis. Es war gewaltig wie alle Geheimnisse des Körpers.

Es waren Ferien, und die Bobočka verbrachte sie bei ihrer Tante. Sonntag. Die Fichten dufteten, die Glocken von Buda läuteten, und die Bobočka, zart, blond, leicht, mit nackten Beinen und harten Buckeln auf den Knien, lag in den Armen des Barons Remény, des Onkels ihrer Tante, der Baronin Remény, die mit einem Raday, einem höheren Präsidialbeamten, verheiratet war und in Buda lebte. Es war ein herrlicher sonniger Morgen nach einer schweren Gewitternacht; die Luft war durchsichtig und seidig. Schatten, Tauben, Glockengeläut. Niemand war zu Hause. Alle waren zur Messe gegangen, außer dem Onkel und der Bobočka. Sie saß auf der Schaukel im Garten, und der Baron, ein alter Abenteurer und Kartenspieler, las die Zeitung. Wie es geschah, daß der Ring der Schaukel sprang und die Bobočka herunterfiel und das Glas zerbrach, das jemand unter der Schaukel vergessen hatte, an dem sie sich schnitt – das blieb unklar. Sie hatte alle Einzelheiten vergessen: Sie fiel jedenfalls, schnitt sich das Knie auf und verlor viel Blut. Der alte Baron trug sie in die Wohnung hinauf, legte sie auf den Diwan, wischte ihr mit Watte und Alkohol das Blut ab, und die Bobočka ließ alles im Zustand einer sonderbaren Betäubung über sich ergehen, von der sie schon gelesen hatte. Daß aber diese Betäubung den Körper hochtrug wie einen Drachen, daß sie ihn über alles hinweghob, was wirklich und körperlich war, davon hatte sie bis zu diesem intensiven Erlebnis nichts gewußt. Später, in der ungesunden

Verblendung des Körpers, im Taumel der Triebe und im geheimnisvollen Rausch kindlicher Gelüste, blieb dieser sonnige Morgen als intensivste Erinnerung aus ihrer frühen Jugend in ihrem Gedächtnis haften: heruntergelassene Rollos, Halbdunkel, fernes Glockengeläut, der Geruch von Alkohol und das warme Kinderblut am Knie, schweißige Hände, ein Brennen im Hirn und in den Gelenken, jene süße Ohnmacht, während sie weinte und sich an den Onkel schmiegte, der sie aufnahm, zum Diwan trug und ihr blutiges Knie mit seinen dünnen, nach Tabak und Alkohol riechenden Fingern streichelte ...

In der siebenten Lyzeumsklasse bekam sie eine starke Bronchitis und fuhr mit ihrer Mutter zur Kur nach Taormina. Über dem Schiff lag eine warme Frühlingsnacht, und irgendein Berliner Schöngeist, der Sohn eines kaiserlichen Bankiers, ein Müßiggänger und großstädtischer Sachverständiger in Liebesdingen, erklärte der Bobočka die Gotik, das Porzellan. Er erzählte ihr von seiner Gläsersammlung und von den Sternen, und zwischen Tauen, hoch oben auf dem weißen Schiff, in einer warmen, sternigen Nacht, gab sich die Bobočka diesem unbekannten Burschen hin und entbrannte in wilder, tropischer, tuberkulös erhitzter Raserei. Dieser Berliner Jüngling war ein Doktor, ein großstädtischer, dekadenter Typ, der sich die Augenbrauen färbte und auf Deck mit ledergebundenen, goldverzierten Büchern herumstolzierte. Er sprach sehr klug und erfahren zu der Bobočka, schon in Genua, er dozierte über die besondere Technik des Goldschnitts, über kostbare Gläser und über die Tatsache, daß das Leben langweilig sei, wenn der Mensch sich nicht frei entfalten könne wie die Affen in den tropischen Wäldern. So fanden sich zwei verwandte Seelen, die über das Symposion und über die Liebe in den Novellen von Bangs diskutierten. Alles Trübe, Verlogene, Verborgene und Intensive, das in der Bobočka seit drei, vier Jahren rumorte, brach in dieser Nacht mit elementarer Gewalt hervor. Der falsche, dekadente Schatten der Geheimnisse und der geschmacklosen Scham, der in den Gedanken der Bobočka kreiste wie ein Schleier von Angst und Unruhe, verschwand in jener Nacht aus ihrem Kopf. Sie kehrte in die Kabine zurück als Mensch, der den „letzten Ballast der dummen, mittelalterlichen Erziehung“ abgeworfen hatte.

Als sie das hellerleuchtete Quadrat des Salons durchquerte, wo ihre Mutter Bridge spielte, kam ihr der verrückte Gedanke, zur Mutter zu gehen und ihr alles zu gestehen. Aber ihre Beine waren wie aus Blei, und der Gedanke erschien ihr so bizarr, so ungesund, daß sie ihren Weg fortsetzte und in ihrer Kabine verschwand.

Alles krankhaft! Aber was ist überhaupt gesund im Leben? Alles Phrasen! Dieser junge Berliner Bonvivant kann recht haben. Am intelligentesten leben die Affen in den tropischen Wäldern ...

Auf den Schiffstauen spielte der Südwind ein Lied. Das Schiff begann sich leicht hin und her zu wiegen, einförmig, langweilig, lustlos. Der Bobočka wurde schlecht. Die Qualen der Seekrankheit hielten bis Taormina an. Die Mutter spielte bis zum Morgengrauen Karten, und als sie zurückkehrte, stellte sich die Bobočka schlafend, den Mund voller Bitterkeit, mit geröteten trüben Augen. Durch das offene, mit gelbem Messing eingefaßte Bullauge der Kabine spürte man den salzigen Geruch der Wellen, und man hörte das Rauschen des Meeres. Ein Junimorgen. Im Oval des gelben Messings entschwanden die aschfarbenen Eilande, und die Lichter der Leuchttürme gingen aus.

Vladimir Baločanski – oder Ballocsanszky, wie sein Vater unterschrieb – war ein anständiges, ordentliches, gut erzogenes Muttersöhnchen. Seine Mutter, Frau Patricija Baločanska, Gattin eines Abteilungsvorstehers, hatte ihr ganzes Leben der Erziehung ihres Einzigen gewidmet. Ihr Einziger war stets der Erste in der Klasse, seine Zeugnisse enthielten mindestens in fünf Fächern die Note „vorzüglich". Von Natur aus war er begabt, sein Charakter war klar, offen, gutmütig, anständig – mit einem Wort: er war als Kind eines Erlauchten aus lauter erlauchten Superlativen zusammengesetzt. Sein Interesse für die Malerei erhob sich weit über den durchschnittlichen Dilettantismus, seine vollendete englische Aussprache, seine immer gut gebügelten Hosen, seine glatte Krawatte, seine Handschrift, die Ordnung auf dem Schreibtisch und in den Schränken, sein Studium im Ausland und seine Prüfungen, die er mit übernatürlicher Leichtigkeit hinter sich brachte – all das deutete darauf hin, daß der junge Herr mit der adligen Herkunft und dem offenen Charakter eine vielversprechende Karriere vor sich hatte.
Vladimir Baločanski war vierundzwanzig Jahre alt, als er sich als Stellvertreter des Kreisvorstehers in Križanovac mit dem Fräulein Vanda Dvoržak-Agramer verlobte, der Tochter des bekannten Chirurgen Dr. Dvoržak-Agramer. Im Jahre einundachtzig geboren, setzte er sich neunzehnhundertvierzehn als Regierungsrat im Amt für Innere Angelegenheiten sofort nach der Mobilmachung zu seinem Viroviticer Kavallerieregiment in Marsch. Als Vater von drei Kindern verbrachte er den Krieg in Galizien und kehrte dann als Rittmeister in den Zivildienst zurück. Die Protektion durch seine Mutter Patricija, die ihn volle dreißig Jahre

lang behütete, das vollkommene Glück seiner Ehe mit Vanda Agramer, die Beamtenlaufbahn und die scharfe Trennung zwischen Familie und Gesellschaft, all das waren Elemente, die Vladimir Baločanski vom wirklichen Leben abgrenzten wie Wände aus Karton. Wie in einem frankierten Karton reiste er durch die Welt, ausgestattet mit einer ausgezeichneten Erziehung und mit dem Weltbild des Beamten. Er hatte seine Nerven, seine Neigungen und sein Temperament in der Gewalt, er war das Muster eines königlichen Beamten, der sich bewegte wie ein aufgezogenes Uhrwerk, der Vertrauen genoß und danach handelte.

Nach Kriegsende eröffnete er ein Rechtsanwaltsbüro, investierte das Kapital seiner Frau in der Industrie, setzte sich an die grünen Tische der Aufsichtsräte und lebte auf diese Weise weiter in angenehmen, ordentlichen und klaren Verhältnissen. Vladimir Baločanski und seine Gattin Vanda waren glückliche Menschen. Ihre Kinder Vladimir, Dagmar und Alice, ihre Elfzimmerwohnung mit drei Dienstmädchen und einem Diener, die Besuche der erlauchten Patricija, die vorgeschriebenen Sommererholungen in Lorran und auf dem Bohinj, die zur Gewohnheit gewordenen Reisen nach Wien, „um sich ein bißchen von der Provinz zu erholen“, solide industrielle Klienten und der eingespielte Haushalt – „nur achtzehntausend monatlich“ –, all das bewegte sich tagaus, tagein, jahraus, jahrein programmgemäß und pünktlich wie ein Eisenbahnfahrplan. In dieser polierten, dezent eingerichteten Schachtel befanden sich alle Spielsachen an ihrem Platz. Man wußte, wo die Noten mit Beethovens Sonaten lagen, wo sich die saldierten Rechnungen befanden, was die Gouvernante sagte, als sich Mama Patricija mit einer Ansichtskarte aus Salzburg meldete; man wußte, womit die Hausapotheke und womit die Kindergarderobe zu komplettieren war, wie es um die Eckzähne von Alice und um die Griechischaufgabe von Vladimir stand, der nicht nur Vaters Namensvetter war, sondern auch sein Liebling. Man kannte die Klassiker, die diesen lieben Menschen langweilig erschienen, erhaben wie Gipsfiguren, wie Goldschnitte unter Glas; man wußte, daß es ein Musikleben gab, ein Musikleben, das sich im Konzertabonnement widerspiegelte. Man kaufte Bilder nach Vandas Geschmack,

mit den Motiven der wogenden stürmischen See, und das war der einzige Sturm, in den sich diese kluge und vorsichtige Frau nach dem abendlichen Klavierspiel vertiefen konnte, wenn es schon elf geschlagen hatte und wenn sie auf ihren Gatten wartete, der von einer späten abendlichen Konferenz heimkehrte.
Dann aber verwandelte sich diese Stille in einen Sturm. In das polierte Leben der gleichmäßig tickenden Uhren, der warmen Teppiche und der verschlossenen Zimmer schlichen sich, anfangs unbedeutend und kaum sichtbar, die ersten Lügen ein, die mit gefährlicher, geradezu termitenhafter Beharrlichkeit an dem idyllischen Gebäude aus Karton und Lack zu nagen begannen: Vladimir Baločanski hatte die Bobočka kennengelernt; zum erstenmal im Leben hatte er sich einer Frau nach dem Gesetz des Körpers hingegeben, ohne Verstand und Logik, einfach nach dem Gesetz des Körpers, wie es die Siebzehnjährigen tun – auf Gnade oder Ungnade.
Die unglückselige Ksenia Radajeva hatte sich schon seit längerer Zeit bemerkbar gemacht, anfangs als konventionelle Erscheinung, als Klientin und später als geladener Gast, als Partner beim Kartenspiel, als Besucherin in der Loge, als intime Vertraute bei Abendveranstaltungen, als Motiv, das alle Telefonleitungen in Vladimirs privatem und geschäftlichem Leben zu beherrschen begann. Baločanski kümmerte sich als Rechtsanwalt um die verworrene Scheidungsaffäre der Bobočka, zumal der Herr Minister mit einigen Briefen drohte, die er als Beweisstücke für den Ehebruch ausgab. Später erwiesen sich diese Machenschaften als gewöhnliche Advokatentricks.
„Heute, gegen halb fünf, hat Frau Boba angerufen!"
„Ja, danke . . . Ich hab schon im Büro mit ihr telefoniert."
„Hast du ihre Angelegenheit denn immer noch nicht ins reine gebracht? Tekla meint, die Sache sei längst erledigt!"
„Ja, aber es handelt sich jetzt um die übergeordnete Instanz. Weißt du, diese kirchlichen und eherechtlichen Fragen sind sehr kompliziert, und das Gesetzbuch ist altmodisch, es scheint einzig dazu geschaffen zu sein, den Leuten Schwierigkeiten zu bereiten. Sachen, die im Grunde längst erledigt sind, werden plötzlich wieder ausgegraben. Komplizierte Geschichten!"

„Ich weiß nicht, aber diese Frau geht mir auf die Nerven! Sie ist kein guter Mensch!"
Schweigen. Zigarettenrauch. Stummes Hin- und Hergehen vom Fenster bis zum Klavier. Pause. Schumann: Träumerei.
Oder: „Wohin gehst du?"
„Zu 'ner Konferenz. Jugo-Holländische Gesellschaft. Vorbesprechung."
„Hat dieser Dr. Klanfar nicht angerufen, daß er heute abend einen Empfang gibt? Gehst du nicht hin?"
„Das ist ein Mißverständnis! Heute abend findet die Konferenz wegen Amsterdam statt! Im übrigen sind das geschäftliche Dinge, die diesen Klanfar nichts angehen. Klanfar tritt nur als Firma in Erscheinung ... Also auf Wiedersehen, Bibi, ich gehe! Gute Nacht! Leg dich nur hin, du brauchst nicht auf mich zu warten!"
„Kommst du denn nach der Konferenz nicht gleich nach Hause?"
„Ich weiß nicht, Kind! Wenn die Herren es verlangen, muß ich noch ein wenig bleiben. Gute Nacht!"
So folgte eine Lüge der anderen.
„Ich habe ein Auto bestellt, und du gehst über dieses einzige Kindervergnügen hinweg, als handele es sich um eine Kleinigkeit! Die Kinder bekommen dich in letzter Zeit gar nicht mehr zu Gesicht! Diese Geschäftigkeit ist doch gemacht! Ich kann es mir nicht verkneifen, dir das zu sagen!"
„Pardon, aber ich habe meine Einwilligung zu diesem Ausflug von vornherein nur mit Vorbehalt gegeben! Bin ich vielleicht schuld daran, daß ich arbeiten muß? Übertreibe doch nicht so schrecklich! Deine Beredsamkeit ist absolut überflüssig, meine Liebe!"
„Ich beherrsche mich ja schon, so gut ich kann, aber wenn es um die Kinder ..."
„Adieu!"
So häuften sich die Mißverständnisse und Reibereien. Hatte man Loge bestellt oder nicht? Sei es nicht völlig gleichgültig, ob er gleich nach der „Tosca" zu Vanda und den Kindern kam und ob er während der „Tosca" gähnte oder nicht gähnte? Er habe sich nur verabredet, weil er nicht wußte, weil er vergessen hatte, weil er annahm ... Immerhin sei er ein vielbeschäftigter Mensch, der den ganzen Tag wie ein Hund für andere arbeite ... Schließlich habe auch er ein

Recht auf seine Empfänge und seinen schwarzen Kaffee, das sei doch das mindeste ...! Spitze Eifersucht zwischen den Worten, Mißtrauen, Rauch und Alkohol. Viel Qualm, viel Kognak, viel Whisky, und was es bisher nicht gab: Trunkenheit und grobe Heftigkeit im Rausch. Gerüchte in der Stadt, Gerüchte um die Bobočka, Gerüchte um Vladimir. Daß er bei der Bobočka zur Soiree erschienen sei, daß er im Kostüm einer spanischen Tänzerin auf dem Tisch getanzt habe, daß man ihn mit der Bobočka und ihren Freunden im Kabarett gesehen habe – ausgerechnet an jenem Abend, als er „keine Zeit" hatte, mit Vanda das Konzert eines französischen Pianisten zu besuchen. Daß er nicht nach Wien gereist sei, sondern nach Abazzia, wo die Bobočka eine luxuriös eingerichtete Villa erworben habe. Daß er sich an Glücksspielen beteilige und das Geld zum Fenster hinauswerfe. Daß er sich mit seinen Ausgaben und finanziellen Verpflichtungen übernommen habe. Daß dies nicht gut sei und nicht ganz geheuer ... Unruhe und Mißtrauen. Wachsende Unruhe, wachsendes Mißtrauen. Völlig neue und unbekannte Denkkategorien, logische und unlogische, die es bis dahin nicht gegeben hatte.
Vanda stellte unzählige Kombinationen an und entdeckte in ihrem Gatten einen neuen, völlig fremden Menschen. Daß er lustlos war und verlogen, daß er im Grunde nur auf den äußeren Schein achtete, papageienhaft, daß alles leer war, eigensüchtig, grausam – alles an ihm, versteht sich. Sie aber war Mutter, sie lebte für ihre Kinder, für höhere Reinheit ihrer Familie und in letzter Konsequenz auch für ihn selbst. Sie war eine Märtyrerin, und über sie ging man hinweg, als sei sie kein Mensch, sondern eine Sache. Einfach hinweg.

In Vladimir meldete sich immer mehr der Körper und das Körperliche. Bisher hatte er gelebt wie in einem Sanatorium für Nervenkranke, in dem, im Interesse des Kranken, nichts erlaubt war. Man durfte nicht rauchen, nicht trinken, nicht Karten spielen, nicht lieben, nicht über die Stränge schlagen, nicht genießen, nicht denken! Alles war verboten, alles war nach einem genau festgelegten Plan vorgeschrieben, wie in einem privaten Irrenhaus. Was hatte er eigentlich erlebt außer dieser krankhaft-eintönigen Beschäftigung nach vorgeschriebenem Programm, außer dieser verzweifelten, unmündigen Unterordnung unter die Gewohnheit, unter die Vorschrift, unter das Prinzip? Sein Wille war eingeschläfert worden, tägliche, jahrelange Resignation hatte ihn befallen, und ihn umgab der Schein eines unbestimmten, imaginären Glücks, das in Wirklichkeit kein Glück war, sondern das verderbliche, philisterhafte Dahinsterben aller positiven Anlagen.
Was hatte er, genau betrachtet, alles in allem erlebt? Als Kind hatte er Bronchitis und Angina und mußte Malventee trinken. Zu Pfingsten, als Quintaner, kugelte er sich ein Bein aus und mußte vier Wochen lang Gips tragen – das war alles. Die einzige wirkliche und nie wiederkehrende Sensation seiner Kindheit war eine erregende nächtliche Fahrt – er durfte seinen Vater im Kutschwagen zum Bozjakover Weingarten begleiten. Das geheimnisvolle Schaukeln der Wagenlaterne und ihr Lichtschein, der sich auf den runden Schenkeln der Pferde widerspiegelte, das war das einzige Erlebnis seiner Kindheit. Die Bobočka hatte recht, wenn sie behauptete, der größte Fluch des gegenwärtigen Lebens bestehe in der Vernichtung alles dessen, was unmittelbar, tief und phantastisch sei: „Man müßte frei leben kön-

nen – so wie die Affen in den tropischen Wäldern!“ Unabhängig von dem intellektuellen europäischen Ballast, jawohl! So ungefähr müßte man leben, wahrhaftig! Es war schändlich, aber wahr, daß seine erste ungesetzliche Frau ein Freudenmädchen war, in Galizien war das gewesen, im Jahre sechzehn. Damals war er ein dreißigjähriger Kavallerieoffizier und führte seit zwei Jahren Krieg.
Und da kam nun diese ungewöhnliche Frau, diese Bobočka – sie war für ihn eine Offenbarung! Endlich konnte er der Langeweile, der Gewohnheit, dem Alltag entfliehen, endlich konnte er neue, helle Farben entdecken, und eine nie gekannte Intensivität des Erlebnisses!
Und wozu tischte man ihm diese dummen Phrasen von den Pflichten des Gatten und Familienvaters auf? Die hatte er sein ganzes Leben lang gehört, von der Gouvernante zum Beispiel mit ihrer unerträglichen „occupation quotidienne“ und von der Mutter, die ihn dreißig Jahre lang mit ihrer pathetischen Liebe tyrannisiert hatte. Und dann die Schule, die Prüfungen und der Beruf – alles nur Schranken! Der Mensch läuft eingespannt daher wie ein Droschkengaul, und obendrein ruft man ihm noch aus der Kutsche zu, daß dies „die Pflichten des Gatten, des Familienvaters und des gut erzogenen einzigen Sohnes“ seien und daß er so weitertraben müsse bis zu seinem Begräbnis erster Klasse, das bereits bezahlt und reserviert sei . . . Er wollte ja gar nichts gegen dieses ganze Arrangement unternehmen, man sollte ihm nur erlauben, ein einziges Mal innezuhalten und auszuspannen! Er wollte lediglich eine kleine Pause in dieser aussichtslosen Quälerei einlegen, weiter nichts!
„Er ist aus Wachs“, tönte es, „er hat keinen Willen, er ist ein Hasardeur, der das Glück seiner Kinder aufs Spiel setzt!“
Was für eine Dummheit! Was heißt Wille? Eine Affenimitation von gewohnheitsmäßigen Bewegungen! Er hat den Willen, einmal etwas Ungewöhnliches zu „wollen“! Ja, er hatte bisher keinen Willen, und nun offenbarte sich ihm zum erstenmal im Leben die Quintessenz dieser bürgerlichen Phrase vom „Wollen“! Und das, was er „wollte“, richtete sich gegen niemandes Interesse! Er wollte nur ein lichtes Intervall in dieser grauen Langeweile, für sich allein, er wollte einen einzigen Ausflug ohne Quälerei und ohne Aufsicht. Natürlich würde er zurückkehren – was hatten

die Leute nur! Warum diese übertriebene Aufmerksamkeit für seine Person? Das waren seine persönlichen Dinge, die niemanden etwas angingen! Die Menschen waren wirklich übertrieben aufdringlich und rücksichtslos, besonders die Damen der Gesellschaft und vor allem diejenigen, die Kinder hatten! Er arbeitete, er verdiente, er versorgte diese Aufdringlichen und Rücksichtslosen an seinem eigenen Tisch mit Speisen und Getränken – wozu also diese überflüssige Unruhe und Nervosität?

So saß Vladimir Baločanski in der Bar und betrachtete das Spiel der Farben, die Stoffe und das frauliche Fleisch. Es bewegten sich die nackten Frauenschultern, die Röcke, Draperien und Gesichter, es wogte das vielfältige Bunt im groben Jazzrhythmus, und Baločanski saß in der Loge, trank einen Cocktail nach dem anderen und verfolgte mit den Blicken die Bobočka, die sich, umringt von irgendwelchen Bekannten, über das Parkett bewegte.
Wer waren diese unsympathischen Typen mit den betont brutal geschneiderten Smokingschultern, die den Anschein erweckten, als schlummere unter dem schwarzen Tuch und den Vorhemden athletische Kraft? Wer waren diese Leute mit den dichten, borstigen Pomadefrisuren, den groben Kinnladen und dem englischen Händedruck? Irgendwelche Sportler, die über dumme Romane sprachen, über Winter in die Berner Alpen fuhren, literweise Tee tranken und so durch die Blume, im Halbdunkel, von Büchern und Musik sprachen und mit der Bobočka flirteten. Sie tanzten mit ihr ganze Nächte lang, er aber saß in der Loge, trank einen Cocktail nach dem anderen und wartete, bis die Stunde der Dämmerung und der Müdigkeit anbrach, um sich mit ihr ins Auto zu setzen und sie nach Hause zu begleiten. All dies war sündhaft und unwürdig und abenteuerlich, es war garstig, sinnlos und teuer. Sich hoffnungslos quälen, ganze Nächte lang warten, sich erniedrigen, sich körperlich verausgaben, einen Frauenkörper fühlen, sich von diesem Körper quälen lassen und glücklich sein. Da walzte die Meute mit der Boba übers Parkett, da kreischten und lachten die billigen Mädchen, da klimperten die betrunkenen Musikanten, da drängten sich die Kaufmannsgehilfen mit geschwollenen, verschwitzten Händen und Bleiringen an den Fingern, da

balancierte man zwischen Strafgesetzbuch und Skandal, und über all dies hinweg tanzte die Bobočka, fröhlich und unschuldig wie ein Mädchen. Da wurde die Luft ekelhaft stickig und roch nach gewöhnlicher Seife und Kakaobutter, da liefen die befrackten Kellner wie Puppen umher, und der Oberkellner trug ein goldenes Armband und einen Topasring, der durchsichtig war wie Wein. In Lackschuhen und gepudert bedienten die Kellner beim Klang der Gitarren betrunkene Lebemänner, und jede dieser feudalen Nächte mit Boba kostete Vladimir mindestens einen Tausender.

„Die Boba war eigentlich ein nymphomanes Weib."

Nein, sie war die ehrlichste und unschuldigste Frau der Welt. Sie verheimlichte ihm nicht ein einziges Detail aus ihrem Leben, auch nicht jenen jungen ungarischen Husarenoffizier, diesen Frauenheld und Sünder, dem sie mit achtzehn in die Hände fiel. Er war ein adliger Taugenichts, ein Abenteurer, ein Liebhaber und Dompteur, der sie schließlich in der Reihe seiner Geliebten stehenließ, um eine andere zu heiraten. Er hieß Nemeth, von Nemeth. Dann folgten ihre Ehe mit dem unsympathischen Karrieristen Pavlinić und all die moralischen Wunden, die nicht verheilt waren. Sie verheimlichte ihm kein Detail, auch nicht die unzähligen Flirts, die durchzechten Nächte in schmierigen Kaschemmen, die tierischen Augen der betrunkenen Schundkerle, die nach Schmutz und Schweiß stanken und die noch die Strohhalme der Scheunen im krausen Haar trugen, in der sie in der Nacht zuvor geschlafen hatten. Mit einem solchen Kerl, der seine Hosen mit einem Bindfaden festgebunden hatte und der anstelle von Schuhen zerrissene Galoschen trug, hatte sie im Rausch eine Nacht verbracht, auf einem Wagen in einer geschlossenen Scheune, irgendwo in einem Vorort. Aber das war die Verzweiflung der Einsamkeit, das war verständlich.

Es gab da noch unsympathischere Erscheinungen. Den altmodischen Zwerg Mucki zum Beispiel, der mit Bobas Affen herumsprang wie ein Hofnarr: siebenundneunzig Zentimeter hoch, im Smoking, mit winzigen faltigen Händen, deren Haut an einen Embryo in Spiritus erinnerte. Er hopste durch Bobas Wohnung wie ein bizarres Haustier, schellte mit Glöckchen, spielte mit Bobas Chamäleon, trug eine rote

Harlekinkappe und betrank sich mit Champagner. Vladimir gelang es, diesen Mucki zu entfernen, aber bei der kleinen buckligen Cellistin Eleonora, diesem mageren, blassen, kranken Mädchen, gelang ihm das nicht; sie genoß die dauernde und unaufhörliche Gunst Bobas. All das war so unendlich trübe und unfaßbar.
Und dann diese Leute, die zu den Abendessen und Tees der Bobočka kamen – allesamt dunkle und zwielichtige Erscheinungen. Exzentriker die aus menschlichen Schädelknochen Wein tranken, Hochstapler, die sich nur um Krebs und Spargel sorgten, vor allem dann, wenn weder Spargel- noch Krebszeit war, und Menschen, die tagelang über Krawatten und Pomaden sprachen. In letzter Konsequenz war das alles sehr teuer, denn diese ganzen Spargelmengen, Artischocken und Enten gingen auf Vladimirs Rechnung. Der siamesische Abend, den Boba zu Ehren ihres intimen Jugendfreundes und Kammersängers Lari gab, der mit seinem eigenen RR angereist kam, dieser siamesische Abend hatte es besonders in sich: chinesische Kerzen, malaiische Majolika, stinkende Eier, faule Fische, faule Zuckermelonen und Mayonnaise, schwere, berauschende Gewürze, Rauch . . . Alles bezahlte Baločanski, und alles war langweilig und überflüssig.
Zu niemandem aus Bobas Gesellschaft faßte er Zuneigung, niemanden schätzte er. Diese verrückte Gräfin Oreyval, die dauernd um Boba herumstreunte – warum kam sie so oft aus Sankt Miklos herüber, um dann wochenlang zu bleiben? Und dann die Frau Angelika Benito-Bonitzka, diese Frau mit dem Körper eines Jungen, Gattin eines notorischen Falschspielers . . . War sie nicht zu sehr kompromittiert, als daß eine distinguierte Dame sich öffentlich mit ihr zeigen konnte? Ausgerechnet mit dieser Angelika zeigte sich Boba Abend für Abend demonstrativ in der Loge! In ihrem Salon verkehrten geheimnisvolle Handelsreisende für kosmetische Erzeugnisse, sie kamen aus Paris und London und spielten nächtlelang Poker und Chemin de fer.
Nur unsympathische Menschen! Wer war dieser dunkle Grusinier, dieser Hochstapler, dieser Dr. Kyriales? Wer war dieser unaufrichtige Typ, der sich von Križovec nannte und der Klanfars Rechtsanwalt war? Er hatte nichts anderes im Sinn, als ihn aus der Amsterdamer Kombination zu verdrän-

gen. Und dann Urban, ihr Cousin mütterlicherseits, ein Petersburger Gesandtschaftsrat, der so tief gesunken war, daß er unter eigenem Namen in Zeitungen schrieb. Zu einem der letzten Abendessen erschien ein Kairoer Chiromant namens Harem-Ali-Bey, und in diesem Zusammenhang ereignete sich etwas, was ihm rätselhaft blieb: Bobas Perlenkette verschwand. Am anderen Morgen, als man dies feststellte – der Verdacht fiel auf den Gast aus Kairo –, ließ Boba nicht einmal in Gedanken diese logische Folgerung zu. Sie begann hysterisch zu winseln, als er, Baločanski, erklärte, er wolle die Polizei anrufen. Und siehe da, tags darauf fand er auf ihrem Toilettentisch zufällig den Schein einer Wiener Pfandleihe, der auf diese Perlenhalskette ausgestellt war. Was waren das für Geheimnisse? Diesen Halsschmuck hatte er ihr zum vergangenen Osterfest in Mailand gekauft. Zweiunddreißigtausend! Für die Villa in Abbazia achthundertzweiundvierzigtausend! Allein im letzten Monat für Sekt, Kaviar und andere Kleinigkeiten siebenundzwanzigtausend! Und die elftausend, die das zweite Viertel des Abonnements für ihn und Boba kostete, hatte er gar nicht mitgerechnet! Auch zu Hause war er mit etwa achtzehn- bis zwanzigtausend im Rückstand, und für den laufenden Monat hatte er noch gar nichts zurückgelegt. Vanda sagte ihm kein Wort! Und die Reise nach Wien, die neue Ausstattung, das Schulgeld für die kleine Eleonora, die nach Bobas Überzeugung ein großes Talent war, ein Wunder von einem Kind, ein Phänomen an musikalischer Begabung . . .
Boba war kein guter Mensch! Sie sprach manche Dinge mit einer Grimasse aus, als schauspielere sie. Ihr fehlten manchmal die elementarsten Begriffe der Bildung. Menschen, mit denen sie sich aus irgendwelchen Gründen entzweit hatte, begegnete sie mit Kälte, und die Entfernung zwischen ihr und körperlich indifferenten Leuten war nicht nur unmenschlich groß, sondern nachgerade interplanetarisch! Eines Abends weilten sie gemeinsam in der Oper, und Doktor Pavlinić, der im Parkett saß, betrachtete mit Interesse seine ehemalige Frau, die sich mit einem ihrer neuen Trabanten in der Öffentlichkeit zeigte. Das war seinerseits indiskret und ein Beweis seiner schlechten Erziehung, aber der Haß, mit dem Boba reagierte, war geradezu tierisch.
„Wie kommt diese obskure Person dazu, so unverfroren

herzuschauen?“ Das klang wie mit dem Messer geschnitten, und dabei hatte der Mann dort unten wahrscheinlich gar nichts Schlechtes im Sinn gehabt. Nein, Boba litt nicht an einem übergroßen Herzen!

Aber was trieb sie denn im Fall der mageren Eleonora, wenn nicht Mitleid? Die bucklige Kleine lag manchmal tagelang darnieder, und Boba betreute sie wie ein höheres Wesen; sie wachte ganze Nächte an ihrer Seite, bereitete ihr Zitronade, musizierte mit ihr, begleitete sie auf dem Klavier und kümmerte sich um sie wie eine leibliche Mutter. Was war das, wenn nicht Herzensgüte?

So saß Herr Dr. Baločanski in der Bar und beobachtete Boba beim Tanzen. Es bewegten sich die entblößten Frauenschultern, es bewegten sich die Röcke, die nackten Beine, die Gesichter, es wogte das Fleisch im Rhythmus des Jazz, und Vladimir von Baločanski saß in der Loge, trank einen Cocktail nach dem anderen und verfolgte mit den Blicken seine Boba, die über das Parkett glitt.

Wie eine Wachsblüte schmolz Vladimir Baločanski zwischen Bobas Fingern dahin, und von der krankhaften und fauligen Lösung blieben zwei, drei Gerichtssiegel übrig, mit denen man seine Sachen beschlagnahmte: die Kasse, den Schreibtisch, das Anwaltsbüro und seine ganze rühmliche Karriere, um die ihn so viele beneidet hatten. Als es schon ziemlich finster aussah, versuchte Vladimirs Gattin Vanda, mit der alten Baločanska, ihrer hochgestellten und kaltblütigen Schwiegermutter, zu sprechen, und zwar über Boba, diesen „kriminellen Typ von Frau, die an ihrer und ihrer Kinder Existenz rüttelte". Man müsse etwas Konkretes unternehmen, denn sie, Vanda, sei der Meinung, „das sei die Pflicht der erlauchten Mutter Vladimirs".
Zwischen Vanda und der alten Baločanska bestand eine unüberbrückbare Kluft, und die alte Dame, die niemanden liebte und die ihre Schwiegertochter vom ersten Tage an nicht ausstehen konnte, blieb in diesen Gesprächen, da noch allerlei im Interesse ihres Sohnes hätte unternommen werden können, unbeschreiblich kalt, konsequent passiv und par distance. Während Vanda mit vollem Recht Baločanski anklagte, spielte die Alte die Rolle der würdigen Schwiegermutter, die das Ansehen ihres Sohnes schützen mußte – schützen vor einer Frau, die ihr, dem Blute und der Erziehung nach, völlig fremd war.
„Da helfen alle Tränen nichts, mein liebes Kind! Das sind dieselben Jahre, in denen sich auch sein Vater plötzlich zu minderwertigen Frauen hingezogen fühlte, was ich bei dem Seligen bis dahin nie bemerkt hatte. Man muß abwarten, das ist das einzige Heilmittel in dieser Sache!"
„Aber um Gottes willen, das dauert doch schon zu lange, Mutter! Ich dachte auch, daß man diese Sache der Zeit

überlassen sollte, aber das geht nun schon das zweite Jahr! Wenn ich nicht Dagmar hätte, ich wüßte schon, was ich machen sollte! So aber bin ich gebunden, und ich glaube, daß du berufen bist, die Initiative zu übernehmen. Gestern war Tereza hier, und sie versicherte mir ernstlich, daß man schon in der ganzen Stadt von Vladimirs Affäre spricht. Und mit mir will er darüber prinzipiell nicht reden!"

„*Die Männer sind eben so.* Da kann man nichts machen! *Schön ruhig weiter Tee trinken und warten.*"

„Und wenn diese Stimmen über seinen Ruin wahr sind, dann richtet er mich und die Kinder materiell zugrunde!"

So glommen diese stillen Tragödien weiter, zwischen halb acht und acht, bei kaltem Tee und wenigen Worten.

Er kam wieder nicht. Er rief an, er sei geschäftlich verhindert. Am Morgen war er so zerstreut, daß er einfach nicht in der Lage war, seine Fliege zu knoten. Als ihr die Tränen kamen, fuhr er ihr mit der Hand übers Haar und nannte sie „seine langweilige alte Gouvernante".

Baločanski spürte im Fieber jener letzten Tage keinen Boden mehr unter den Füßen, er hatte das unbestimmte, aber zugleich intensive Gefühl des Verlorenseins. Die Bobočka hatte ihm die unaussprechlich mächtige Erkenntnis vermittelt, daß er ein dummes, nachgeahmtes, falsch gestelltes Leben lebte, ein Leben der blöden Täuschungen und Kulissen, das ihn daran hinderte, zu sich selbst zu finden. Diese Frau erschien ihm wie ein unbegreiflicher, elementarer Vorstoß zu seinem eigenen Ich mit all den wesentlichen Verstecken. Sein ganzes Leben lang war er zwischen den Dingen und Erscheinungen wie ein scheues, unruhiges, zitterndes Kind dahingegangen, und nun, da er zum erstenmal sich selbst besiegt hatte und neu anfangen wollte, prallte er mit der Materie zusammen, mit dem Strafgesetz. Nie hatte er es gewagt, sich die Verlogenheit seines intimsten körperlichen Lebens einzugestehen, und nun, da er – halblaut und halbwach – diese hilflosen Irrtümer zu erkennen begann, nun rollten schon die Lawinen und Katastrophen. Er hatte die letzte Zeit mit Trinkgelagen verbracht, mit Zwergen, buckligen Mädchen, warmen Frauenhänden, mit berauschten Männern, die goldene Frauenschuhe küßten, faule Fische aßen und stinkende Eier, die Opium rauchten und Kokain schlürften . . . Und dieses schleimige, aufgeblasene, angefaulte, monströse Tier in ihm hatte das Bedürfnis, sich auszubreiten wie ein gewaltiges vorsintflutliches Untier, zu leben, zu vergessen, jemandem die Gurgel durchzubeißen . . .

Nichts dergleichen war geschehen, und doch war alles schon zu Ende. Der Haftbefehl war bereits erlassen, er aber erklärte seiner Frau mit einem höheren, übernatürlichen Lächeln, es handele sich um eine nebensächliche Kleinigkeit. Er bereite sich auf eine eilige Geschäftsreise nach Holland vor, und all diese Kleinigkeiten würde er rechtzeitig regeln. So trafen ihn die Geheimpolizisten inmitten der Unordnung seines Zimmers an, zwischen Akten, zerrissenen Briefen und halb gepackten Koffern. Er öffnete die Tür eines riesigen altertümlichen Schrankes, setzte sich in das Möbelstück und blieb dort hocken, als habe er sich auf der Schwelle seines Hauses niedergelassen. Leeren Blickes stierte er auf den Fußboden, hielt Bobas Silberband in der Hand und lächelte ein stilles, höheres Lächeln. Der Schrank, in den er gekrochen war, war derselbe, in dem sich seine Großmutter erschossen hatte: sie war hineingeschlüpft, hatte die Tür hinter sich zugezogen, und so fand man sie am anderen Morgen. Niemand hatte den Schuß gehört. Schon als Kind hatte sich Baločanski von diesem Schrank angezogen gefühlt, als handele es sich um einen stillen, verschlossenen Friedhof.

Man zerrte ihn durch Gerichtssäle, Krankenhäuser, Irrenanstalten und Gefängnisse, und eines Tages kehrte er zur Bobočka zurück und saß nun Abend für Abend in der „Krone“ neben der Kasse. Er las Zeitungen, spielte Schach, schrieb Gedichte und sprach mit Filip über die Malerei und über das künstlerische Schaffen.

Ein sonniger heißer August neigte sich seinem Ende zu. Müde und unausgeschlafen saß Filip unter dem Nußbaum in der Dämmerung und konnte sich nicht der unangenehmen Leere entziehen, die in den letzten Tagen in ihm wuchs. Der Sommer war im Entschwinden, der Herbst kam, die reifen Birnen fielen von den Bäumen ... Wieder fiel eine herab, prallte auf das Dach der Laube und kullerte in den Johannisbeerstrauch. Zwei, drei Stengel knackten, und das trockene Rascheln des Laubes gellte in seinen Ohren. Hinter dem Zaun grunzten die Schweine, und schon den ganzen Nachmittag weinte die kleine Hirtin Anica halblaut vor sich hin: Eine Wespe hatte sie gestochen; das Bein war angeschwollen, und niemand war da, der ihr helfen konnte.
Auf den Wellen des Windes drangen von Zeit zu Zeit Menschenstimmen und das Zischen einer Dampfmaschine an sein Ohr: In Kostanjevec drosch man den Weizen. Durch das Gezweig der Obstbäume sah man im Hitzeschleier die wogenden Ackerflächen unterhalb der Weinberge, taubstummes, gewaltiges Land im aschfarbenen Gewebe der Dämmerung. Erschrecken unter den Küken hinter dem Haus, Gackern, Piepsen, nervöser Flügelschlag, dann wieder Stille. Der Geruch von Qualm unter den moosbewachsenen Dächern zog zwischen den Obstbäumen unter der Riesenschwere der warmen, schweren Augustwolken dahin, und in dem penetranten, rohen, scharfen Geruch des feuchten Rauchs spürte man die gewaltige Unbeweglichkeit des Dorfes und der dunklen Dächer. Filip lehnte sich zurück, ließ den Kopf tief nach hinten fallen und preßte in der Hand eine kleine bronzene Europa auf einem schnaubenden Stier: Kinderspielzeug oder Grabschmuck aus toten pannonischen Zeiten. Der taubstumme Kuhhirte Miško hat

sie auf der Weide gefunden, diese außergewöhnlich kostbare Filigranarbeit im raffiniert-dekadenten Stil der Kleinplastik. Und dennoch: In der Komposition war sie einfach und monumental.
Auf diesen Äckern lag einst das Pannonien der Cäsaren mit den Städten aus Marmor, mit den Gießereien und Kunstateliers, in denen die Hände begabter Männer solch herrliche Plastiken schufen. Das Leben brodelte in den Städten, in den Theatern loderten die Fackeln, Beifall gab es, Wein, Jubel, Begeisterung ... Plautus wurde gespielt, man führte griechische Tragödien auf, und nun weinte die kleine Anica über diesen Gräbern, und es grunzten die Schweine. Nur die Schweine grunzten, und es dunkelte, und alles lag in der Dämmerung so wie jener Ameisenbau oben, auf der Lichtung: die Bogen, die Bauten, die Wasserleitungen, die Wegweiser, die Figuren und die dunkle Gegenwart, in der niemand von den Lebenden imstande war, ein so vollkommenes Spielzeug zu schaffen.
Filip, der alte Romantiker, der Anhänger der Idee von der Kontinuität der europäischen Kultur, wurde unter dem Eindruck dieser kleinen Bronzefigur, die er schon den ganzen Nachmittag über spielend zwischen den Fingern hielt, ein wenig melancholisch: Hier schimmerten einst warme Meere, und goldene Apfelsinen reiften – glückliche Stille eines klaren Himmels, Windstille einer goldenen, in sich abgeschlossenen Zeit. Schiffe in reichen Häfen, Schiffe mit geblähten Segeln auf den blauen Wassern in allen Winden. Sie knarrten unter der Last von Zement, Weizen, Bananen, Ananas und Weintrauben. Ein außergewöhnlich gut gemaltes, stilles Leben auf der Handfläche der römischen Europa, die in den ruhigen Meerbusen badete und auf dem bronzenen Stier durch die Welt ritt, und alle Farben leuchteten frisch wie auf pompejanischen Fresken.
Nun stand auf diesen Gräbern das schlummernde Kostanjevec der Hirten und Viehtreiber. Alles, was sich in den letzten dreißig Jahren in diesem verfluchten Ort ereignete, erschöpfte sich darin, daß der Glöckner einen Birnbaum pflanzte. Zu Martini bohrte man einen neuen Brunnen, und auf dem Markt kaufte man sich eine Waschschüssel und eine Petroleumlampe. Neben diesem Kostanjevec gab es hohe rote Eisengießereien; Europas schwarze Schmieden

mit ihren Ambossen und Hämmern dröhnten, es existierten Traversen, Schienen, feurige Räder, brennende Spindeln, Abendfeuer – Kostanjevec aber versank im Dunkel. Nur das Borstenvieh grunzte, und alles verweste wie der zertretene Ameisenhaufen ...

Schon seit längerer Zeit fühlte er sich magisch angezogen, wenn er an schmutzige Städte dachte. Sein Geruchssinn vermißte den Duft des Metalls, sein Gehör das Donnern der Maschinen. In den dunklen Straßen des Westens bewegte sich alles intensiv, alles war gleich einem Laboratorium vom grünlichen Halbglanz des gegenwärtigen Steines des Weisen erleuchtet. Viel Leder war in diesen Städten aufgehäuft, Wild, Gewebe, Gewänder, Seide, Seife – die goldenen Hufeisen der samtenen Theater leuchteten im Glanz begeisternder Stille, ein menschliches Wort hallte wider wie ein Musikinstrument, und über allem donnerten die verrußten Schmieden, zuckten die schwarzen Treibriemen ... Wozu verharrte er in diesem pannonischen Schmutz? Worauf wartete er? Warum rührte er sich nicht vom Fleck?

Unruhe überkam ihn, sie wurde immer intensiver. Schon immer hatte er sich im Kreise seiner Emotionen einsam gefühlt, und er wußte aus vieljähriger Erfahrung sehr gut, wie schwer es war, die Menschen zur Intensivität seiner eigenen Erlebnisse zu führen. Der Mensch lebte in seinen eigenen, verschlossenen Welten, er hatte seine eigenen Schönheiten und seine eigene Erregung – intensiv, außergewöhnlich begeisternd und aufrichtig schön –, aber diese Schönheit, diese Wahrhaftigkeit seiner eigenen Begeisterung auf andere zu übertragen, das war schwer, undurchführbar, unmöglich.

Die Menschen waren warme, dickköpfige, selbstsüchtige Tiere ... Sie lebten im Geruch ihrer eigenen Ausdünstungen, und während sie in ihrer eigenen Fäulnis Genuß fanden, empfanden sie alles, was bei ihrem Nächsten faulte, als Gestank ...

Unaufhörlich sich selbst abtasten, nähertreten, besuchen, tragen, verschenken und dennoch glücklich sein, daß es jemanden gab, der geneigt war, die Wahrhaftigkeit der eigenen Schönheit zur Kenntnis zu nehmen – darin bestand die Geschichte von Filips Frauenfreundschaften. Wieviel närrischen, kurzsichtigen Puppen und unpersönlichen Passantinnen hatte er sich von Zeit zu Zeit im Überschwang genähert! Danach war ihm nichts anderes übriggeblieben, als die unangenehme Erinnerung an traurige körperliche Ausdünstungen zu vergessen, zu überhören wie das Zischen des Kesselchens hinter der verschlossenen Tür. Zwischen dieser Unnahbarkeit, diesem Mißtrauen und dieser Gleichgültigkeit schwamm Filip als intellektueller Abenteurer dahin, ohne besondere Richtung, ausschließlich von den eigenen aufrichtigen Neigungen für verborgene Schönheiten getrieben. Er wurde müde, denn all das langweilte ihn schon hinlänglich. Und als er Ksenia kennenlernte, verstand sie wie keine einzige der vielen Frauen vor ihr, daß diese vergänglichen, unscheinbaren, schreckhaften, winzigen inneren Erlebnisse im Grunde die wertvollsten Erscheinungen im Leben sind. Sie konnte das intensiv, aufrichtig, unnachahmlich und unmittelbar empfinden, und gerade dieses Mitempfinden seiner eigenen gereizten, nervösen Zustände war das Geheimnis, das ihn so anzog. Selbst verwundet, zerschunden, von innen angefault und verkrustet, fühlte sie, welche Katharsis sich in der Schönheit verbarg, und sie lebte mit seinen Schönheiten außergewöhnlich stark und hingebungsvoll auf, vom ersten Tage an.

Filips Idee zum Beispiel, daß in uns, so wie in alten Gräbern, auch andere wohnen und daß wir gewissermaßen Häuser voller unbekannter toter Bewohner sind – diese Idee war der Bobočka ungewöhnlich angenehm. Sie empfand selbst sehr oft, wie durch das trübe Glas ihrer Augen andere, unbekannte Individuen hindurchsahen, und wenn sie morgens vor dem Hellwerden erwachte, wenn die Fußbodenbretter knarrten und über den Straßen schwere, herbstliche Regenwolken schwammen, erschien es ihr immer wieder aufs neue, als träume sie einen häßlichen Traum, den Traum eines Fremden. Da schnarchte neben ihr Baločanski, blaß, mit eingefallenen Wangen, mit seinem starken, borstigen, gestutzten Bürstenbart. Zwei Vorderzähne fehlten ihm, er wirkte wie ein zahnloser Toter. Und mit diesem zahnlosen Toten lebte sie in einem niedrigen Zimmer zu ebener Erde, und vor dem Fenster war ein Geländer mit schimmligen Weintrauben und krankem Laub. Der Regen peitschte gegen die Scheiben. Auf der Straße

trottete ein Bauer dahin, er hatte sich eine Decke umgeworfen und trieb seine Kuh vor sich her – früher Morgen, aufstehen mußte man! Aufstehen mußte man, in die grüne, mit roten Ziegelsteinen gepflasterte Küche gehen, Feuer anzünden, Kaffee kochen, in laufwarmen fettigem Wasser die Teller waschen, und zu Steiner ins Gasthaus mußte man gehen, hinter die Marmorkasse und dort die weißen Würfelzuckerstücke zählen für die ersten nachmittäglichen schwarzen Kaffees . . .
Von der Ungewißheit seiner Herkunft außergewöhnlich beunruhigt, verlor sich Filip in unermeßlichen, geheimnisvollen Anfängen. Für ihn waren alle Berührungen mit der Wirklichkeit von Anfang an geheimnisvoll geblieben: das halblaute Schlagen der Uhren, der schwüle Duft des Jasmins, die grauen Flächen der Wände im Widerschein der nebligen Morgendämmerung, das kalte Glas an der fiebrigen Lippe, der bittere Geschmack des Wassers, das in lauen Bällen durch die kranke Gurgel floß, die feuchten Klinken und der müde Körper – all das war Gegenstand ständiger Untersuchungen.
Als Kind lag er fiebernd im Bett und sann darüber nach, weshalb die Reihen der toten Diener, Bischöfe, Domherren und Passanten aus der Trafik durch ihn hindurchwanderten wie durch einen Tunnel. Von diesen ersten Fiebererscheinungen erzählte er Ksenia gleich bei der ersten Unterhaltung vor der Gasthauskasse, und sie hörte ihm mit ungewöhnlichem Interesse zu. Von den Düften in den warmen Nasenflügeln sprach er, von scheuen Berührungen und Beziehungen, von erstorbenen Klängen, die verwest sind wie Käse unter der Glasglocke, und sie lauschte einem Fremden, der über bizarre, verborgene Räume, über Weiten, über sonderbare Morgendämmerungen sprach, und in ihr öffneten sich ihre eigenen Räume, ihre eigenen Weiten und ihre sonderbaren Dämmerungen. Wahrhaftig! Die Porträts ihrer Groß- und Urgroßmütter in den Budimer Zimmern betrachtend, überlegte sie oft, daß sie nun selbst eines dieses vielen Radayschen Porträts sei. Zwar sei sie am Leben – leider! – und könne sich bewegen, aber im Grunde sei ihr Platz dort über der Kommode im goldenen Rahmen.
Die Toten, die Unbekannten, hypothetischen Toten in Filip, sie waren aus endlosen Komplexen der unwahrschein-

lichsten Ideen zusammengesetzt. Bischöfe, Diener, alte Frauen mit Raben in dunklen Zimmern, Personen aus dem Samtalbum, polnische Beamte in Pelzmänteln, sie alle schrien in ihm und bewegten sich um sein Kinderbett, als lebten sie. Auch später, als Erwachsener, hatte er das Gefühl, seine Fingernägel wüchsen von selbst weiter wie bei Toten, und diese Nägel gehörten jenen unbekannten Toten in ihm, und die Haare waren ihre Haare. Der Mensch erschien ihm wie ein Gefäß voller fremder Geschmäcke und Genüsse. Es gab Augenblicke in seinem Leben, da er überzeugt war, er persönlich habe das, was er gesehen hatte, gar nicht erschaut, sondern der Unbekannte, der in ihm war. Wenn er dem Glockengeläut lauschte, das über dem weiten Land in immer flacheren Kreisen erstarb wie die Kreise auf dem Wasserspiegel nach der Berührung eines Vogels, dann dachte er an das unbekannte, fremde, wächserne Ohr, das durch sein eigenes Ohr dem Geläut lauschte. Ohne einen Grund überkam ihn dann Trauer, und ihm war, als trauere jemand in ihm, der einsam war. Ihn, Filip, hatte niemand verlassen, aber er trauerte und lauschte dem Summen der Telefondrähte über den Dächern, und er sann darüber nach, weshalb alles ein trüber Raum war, ein Raum, in dem sich die Baumkronen bewegten und in dem der nächtliche Donner grollte.

Die Bobočka war ihrer Natur nach keine Trinkerin, sie empfand sogar Widerwillen, wenn sie an Alkohol dachte. Und dennoch: Sie hatte in ihrem Leben schon so viel getrunken, daß sie imstande war, drei Nächte lang Alkohol zu sich zu nehmen, ohne zu wanken. In solchen Situationen spürte sie das tiefe, unwiderstehliche Bedürfnis, sich bis zur Bewußtlosigkeit zu betrinken und dann irgendwo im Schlammgraben am Kostanjevecer Weg zu sterben.

Wer wußte schon, ob nicht schon vor ihr irgendein Raday in einem Graben liegengeblieben und verendet ist. Seine heiße, blutige Zunge beleckte nun ihre Gläser, und so ist ihr ganzes Leben trunken ausgefallen . . .

Filip dachte über sich und sein Dauern nach, über die Anfänge und die Grenzen seiner Persönlichkeit. Er verlor sich in trüben Bildern und fand sich nicht mehr zurecht.

Wahrhaftig, es sah so aus, als pulsiere im warmen Tastsinn der eigenen Hände ein fremdes Leben, und all die Flächen der alten Spielsachen, die Henkel des gesprungenen Porzellans, die Risse an den Rändern alter Gläser, die Briefe, das Niederknien und die Zeichnungen, all das wird nichts anderes gewesen sein als die Antwort auf alte, längst gelesene Briefe, der Widerhall vergessener Worte, die Erinnerung an alte Schuld und die Quälerei um fremde Ausweglosigkeiten.

Filip hatte in der mehr als zwanzigjährigen Jagd auf Frauen, auf Schönheiten, auf Fiktionen all seine Neigungen gegenüber den Frauen und der Weiblichkeit in fremde Komplexe eingeordnet: Die vergessene Ritterlichkeit in krankhafter Einsamkeit gab ihm das Gefühl, als stünde immer ein anderer vor diesen Frauen und er persönlich sei gegenüber diesem Geschehen völlig machtlos gewesen. Die Gebärmutter, die für ihn Weiblichkeit und Mutterschaft bedeutete, erwies sich hinterher gewöhnlich als warmes Eingeweide, von dem man nicht zu träumen brauchte. Filip hatte überhaupt keinen Sinn für die Lebenswirklichkeit. Er hatte auch keinen Tastsinn für Dinge und Gegenstände und auch kein Gleichgewichtsempfinden zwischen den Dingen. Wankend wie eine Lilie im Winde, fürchtete er sich im Traum vor Fischen, vor den Gebissen der Toten, und seine besondere Angst galt dem listigen Glanz des Hasenhaars auf den Zylindern. Andere Menschen hatten diese Dinge und Gegenstände mit Handschuhen berührt, und seinen Fingern war der Tastsinn für die Lebenswirklichkeit abhanden gekommen. Die Furcht vor den glänzenden schwarzen Zylindern enträtselte er einmal zufällig in sich selbst: Die Mutter erzählte ihm, daß den Valentis in Polen alles unter den Hammer geraten war, und die Gerichtsvollzieher, die ihr Vater beim Verkauf des elterlichen Heimes beobachtet hatte, trugen hohe schwarze Haarzylinder.

Im Umgang mit der Bobočka trat dieses Gefühl der Unsicherheit – bezogen auf die Identität seines eigenen Subjekts – anfangs nur schwach in Erscheinung. Es war eine stille grüne Mondnacht, als er zum erstenmal das Bedürfnis empfand, seine eigenen Mißverhältnisse und seine Zerrissenheit im Schoß dieser Frau zu vergessen. Dichter grüner Mondenschein herrschte, und alle Stimmen klangen gedämpft, wie in Lappen gewickelt. Aus dem Halbdunkel drang das Quaken der Frösche, und Filip erwartete sie am

Ende der Baumreihe, an dem kleinen Springbrunnen vor der Apotheke. Auf dem Wege dahin, er wußte selbst nicht, wo und wann, riß er die Glocke einer Ackerwinde ab, und diese verwelkte Blüte zerknüllte er in seinen schwitzenden Händen, und sie kam und duftete nach Heu und war so erhitzt wie ein Mädchen. In dieser Nacht erzählte sie ihm ausführlich von ihrer Kindheit. Daß sie sich mit dichten Kämmen kämmte, daß sie fest geflochtene Zöpfe hatte und daß sie in den Internaten zu den Frühmessen knien mußte. Sie spielte im Mondenschein im Schatten der Kastanien und fürchtete sich vor den Wachsheiligen auf den Altären, vor allem vor einem Budaer Heiligen in golddurchwirktem Brokat, an deren Händen und Füßen fettes, dickflüssiges schwarzes Blut gerann.

In der Ekstase der stürmischen, närrischen Rochusnacht entflammte ihr Traum wie ein phantastisches Feuerwerk. Der heilige Rochus von Kostanjevec war schon seit mehreren hundert Jahren der Schutzpatron aller Aussätzigen und Fallsüchtigen, aller Verwundeten, aller Irren und aller Krüppel zwischen Bikovo und Kravoder, von Jama und Turčin bis zur Blatnja und jenseits der Blatnja bis zu den Žabokreker Weinbergen. An diesem Tage setzten sich die Massen auf Wagen und zu Fuß in Bewegung, durch Wälder und über Gräben, um auf den Knien vor dem hölzernen Wundertäter zu beten, von dem man wußte, daß er zweiundzwanzig Jahre zuvor ein Mädchen aus dem Vidovečer Jalžabet zum Leben erweckt hatte, das an einem Schlangenbiß gestorben war. Dieser heilige Rochus war in jeder Hinsicht ein sonderbarer Heiliger: Von Zeit zu Zeit schlug er die Augen auf, und die Blumen auf seinem Opferaltar welkten nicht. Die Quelle auf dem Hügel an der Kapelle versiegte nie; auch die Ältesten konnten sich nicht entsinnen, daß dieser Born jemals versiegt wäre. Ihr Wasser heilte die schlimmsten Wunden, es wirkte sogar bei Rheuma und bei den schwersten Lähmungen. An der Quelle ragten drei Stäbe aus der Erde, zu Ehren des heiligen Wundertäters.
Der Tag des heiligen Rochus war voller Sonne und Heiterkeit; Mohnblüten leuchteten, und reife Kornfelder wogten im Wind. Die lichte Palette der Farben überflutete Eichenwälder und Weingärten. Alles flimmerte reich und begeisternd, und die Bobočka und Filip beschlossen, zum Fest des heiligen Rochus zu gehen. Das waren zwei gute Wegstunden durch einen grünen, ruhigen Buchenwald. Die alten Stämme in der grünlichen Dämmerung schwiegen, der leichte sommerliche Wind trug den Samen über die Baum-

kronen. Der Specht klopfte an den Stämmen, mal da, mal dort, als begleite er die Wanderer diskret von Buche zu Buche und als gäbe er jedem Baum ein geheimnisvolles Zeichen. Erst spät machten sie sich vom Kostanjevecer Weingarten aus auf den Weg und erreichten kurz vor dem Abend den heiligen Rochus.

Vom Feuer unter dem Spieß stieg schon dichter Qualm auf, und das Schweinefleisch brutzelte in den Pfannen. Die ersten Zeichen der Abenddämmerung meldeten sich. Die Schatten wurden immer länger und dunkler, und die Gesichter der kropfigen Pferdeknechte und Kuhhirten wirkten wie rote Masken. Die Leute waren mit ihren trächtigen, satten, fetten Stuten gekommen, sie hantierten mit Eimern, Deichseln und Achsen und trugen ganze Bündel von Heu zu den Tieren. Eine betrunkene Frau mit einem blutroten entzündeten Gesicht schrie und weinte mit einer brennenden Kerze in der Hand. Die Pauken, die Kontrabässe, die Klarinetten, die Blechmusik der Kostanjevecer Feuerwehr, die Drehorgeln – all das steigerte sich im feurigen Abendlicht zu einem höllischen Furioso. Unter dem Segeltuch der Verkaufsbuden und in den Schankzelten floß der Wein und der eisgekühlte Met in Strömen. Immer wieder wurden neue Fässer mit frischem Bier angezapft, und im Gewirr der Bratwürste und Rosenkränze, in dem ganzen betrunkenen heidnischen Lärm rings um die Kirche brüllte das wilde Urelement, behaart wie ein Gorilla, mit Kutscherpranken und dem dreifarbigen Bild des heiligen Rochus am Hut. Es war eine dumpfe, diluviale Kraft in den Betrunkenen, und in dem verrückten, teuflischen Spektakel der Trompeten, Böllerschüsse und Litaneien blökte die Stimme des heidnischen Jahrmarkts. Rings um die kleine barocke Kapelle des armen verwundeten Heiligen stampften zentaurische Hufe und das behaarte Bein des Leibhaftigen. Im Drehorgelspiel des Blinden, im Geschrei der Kinder, im Knallen der Peitschen, in den Bewegungen der Mädchen war so viel Fröhlichkeit, so viel Lachen, so eine wilde Sieghaftigkeit, daß die Altarbilder dagegen Bitternis und Resignation ausstrahlten. Um eine betrunkene alte Bettlerin kicherten junge, angetrunkene Burschen und traktierten sie mit ihren beschlagenen Stiefeln; sie wälzte sich am Boden und schwor bei Gott dem Allmächtigen, es sei nicht wahr, daß sie in der

vergangenen Nacht auf Šimuns Weide mit dem Schwarzen geschlafen habe. „Doch, Alte, es stimmt, du hast dich mit dem Teufel abgegeben!“ schrien die dicken jungen Christen, diese gottesfürchtigen Wallfahrer in den gefetteten Stiefeln und zinnoberroten Westen, und sie stießen die Alte mit den Füßen und bespuckten sie wie Auswurf. In der Kirche hatte sich ein shakespearescher Gestank ausgebreitet; über einer dichten grauen Wolke von Weihrauch segnete vom Hauptaltar herab ein kümmerlicher, dilettantischer Christusakt mit einer durchsichtigen blaßlila Standarte in der Hand alle Bettler und alle geistig Armen. Zu seinen Füßen kniete ein lockiges weißes Lamm.
Auf dem Heimweg, schon im dichten Dunkel des Waldes, erzählte Filip der Bobočka von seinen Plänen, er sagte, daß er sich schon seit langem darauf vorbereite, Christus zu malen, dessen Bild er bereits jahrelang in sich trage. Im lärmenden Gewirr der erhitzten Körper und des stinkenden Schweinefleisches, in den fetten Wolken des Spießbratenqualms und des Weihrauchs, im schwitzenden Gedränge unter den Bögen der Kirche, zwischen gestärkten Unterröcken und satten Därmen, in all dem Trubel hatte Filip eine Vision: Noch nie hatte sich ihm eine künstlerische Erkenntnis so klar und unwiderstehlich aufgedrängt, und noch nie hatte er seine künstlerischen Ansichten so begeistert dargelegt wie in jener Dämmerung, als er Hand in Hand mit der Bobočka durch den Wald ging, in dem es immer finsterer wurde.
In seinen Worten schwanden die Nebel, als habe jemand die Schleier in ihm beiseite geschoben, und ihm wurde immer klarer, wie er dieses Thema konkret lösen mußte, damit unter dem Pinsel der erste Erkenntnisgrund zu fühlen war. Der Gestank der betrunkenen Kuhhirten und der haarigen fetten Hinterteile ihrer dicken Stuten, die Ströme von Schnaps und Bier, die Berge von Fleisch, das hysterische Brausen der Stimmen, die Bewegung der Hinterbacken, Wadenbeine und Schenkel der fetten Weiber, die Knöchel, Gelenke, Röcke, das Wiehern der Pferde, das lüsterne Bewegen der Nabel, der Därme und des Fleisches im Fleisch – all das mußte zu einer furiosen Orchestration dieser närrischen pannonischen Hochzeit werden, die trunken einen verwundeten römischen Wundertäter angrölt...

Eine Masse von Posaunen, eine Masse Glanzes, eine Masse von Farben wie an der Sixtinischen Wand ... Eine Fülle nackter Leiber, schmutziger Schienbeine, zertretener Brüste, betrunkener Hexen ... Diese Orchestration des Satanischen, Hinkenden, Verdorbenen und Brabantischen müßte in Brueghelschem Braun gestaltet werden, riesengroß wie eine troglodytische Überschwemmung, die unter dem Thema dahinfließt wie die Gewitterbegleitung im Hintergrund einer Musik. Dieses Teuflische, Naturhafte, Drachenhafte, Uranfängliche, Diluviale im trüben Schlamm würde die Hauptgrundlage im Gewebe des Bildes werden, das man wie einen gewaltigen, monumentalen Gobelinvorhang ausbreiten müßte ... Was für ein trauriger Christus stand dort auf dem Altar; seine lila Fahne hatte die Menge der buckligen alten Weiber, Fuhrmänner und Viehzüchter überragt ... Christus, der wirklich in das lärmende pannonische Gedränge eingetreten war, in diesen stinkenden Tumult der Kirchweihfeste, er müßte sich turmhoch über allem Körperlichen, Buhlerischen, Fleischlichen und Heidnischen wähnen ...
Dieser Christus müßte wirken wie ein Fels, der von den Sternengipfeln herniederstürzt, er dürfte nicht schwach koloriert werden in provinzieller, dilettantischer Temperatechnik ...
Filip stand mitten im trunkenen Gedränge und sah Christus über dem Altar als einen gepanzerten, marmornen, nackten Michelangelo-Titanen mit Beinen, die an riesige, dunkle, basaltene Säulen erinnerten, und der weit ausholende Schwung seiner Faust glomm über dem schmutzigen Haufen auf wie ein nackter Blitz, begleitet vom messerscharfen Pfeifen des Windes. Diese Arme und die göttlichen, überirdischen Fäuste müßten sich allem Irdischen entheben, geschwungen in zornigem Furioso! Er müßte erscheinen, wie er inmitten dunkler Wolkenhaufen an Sommerabenden erscheint, wenn fernes Donnergrollen einsetzt, wenn unter unseren Füßen der Boden erzittert und wenn dieser titanische, astrale, marmorne, nackte Körper Christi zur einzigen Brücke wird, über die sich der Mensch aus Schlamm und Gestank retten kann ... Als ein Tag des Zornes in glänzenden Fanfarentönen müßte er erscheinen, als Kampfsignal vor der Schlacht, wenn im Kugelregen die Fahnen flat-

tern ... Viel graue Farbe, viel schwarze Tinte wäre vonnöten, um jenen weißen, marmornen Körper in seiner übernatürlichen Erscheinung hervorzuheben, und nicht ein steirischer Dreifarbendruck für das Gebetbuch dummer Dienstmägde!
Christus darf kein blonder Biedermeierträumer der achtziger Jahre sein, mit Löckchen und Bart à la Alfred de Musset – Christus war kein raffaelisierter Zwitter, von dem alte Jungfern auf Kirchenbänken träumen! Schon deshalb müßte man einen wirklichen Christus auf die Leinwand bannen, auf daß ein für allemal die Lügenhaftigkeit des pseudoreligiösen Malereikitsches und die Verdrehung großer Gedanken auf dem Ölfarbenmarkt zerschlagen würden! Gerade dieser Zusammenprall der schmutzigen pannonischen Zustände mit diesem blassen Menschen, den man wie einen Dieb gekreuzigt hat und der bis zum heutigen Tag ein zeitgenössisches Symbol des Gehenkten geblieben ist, gerade dieser Zusammenprall der Zustände mit dem Mann, der von seiner Höhe, aus der uns alle Gehenkten betrachten, erkannt hatte, daß dieser Schlamm unter unseren Füßen nur durch granitene Zusammenstöße überwunden werden kann – gerade das müßte endlich einmal gemalt werden! Jene völlig leere Bilanz dieser zweitausendjährigen Anstrengungen, aus diesen Barbaren Menschen zu machen, während ihre römischen Pfarrer mehr Weingärtner und Rinderzüchter waren und ihren stinkenden alten Weibern unter den karierten Federbetten näherstanden als ihm, der am Galgen hängenblieb. Über diesen betrunkenen Hexen, über diesen schlammigen Straßen, wo heute noch die Leibhaftigen blöken ... Zwischen all diesen Los- und Röstbuden und den roten Schirmen müßte man auf der Leinwand alle Skelette aus den Gräbern zum Leben erwecken, sie aus diesen Aborten, aus diesen Gruben des Gestanks emporsteigen lassen! Die Wasserfälle dieser Gifte, die erregten, entzündeten Fleischmassen mit den hölzernen und dummen Gesichtern, diese trunkene, satanische Verschwendung, Zerrissenheit und Dunkelheit, die jenes Kirchlein auf dem Berg einhüllten, müßte man mit einem schwungvollen, sausenden Pinselstrich hinwegfegen – ein Tanz über den Wolken, über offenen Gräbern! Das Heulen betrunkener Hochzeitsgäste, das Wehen der Bänder, das Stampfen der verängstigten

Pferde, das Zerschlagen der Gläser, das Hüpfen am Rande des grauenvollen, blutigen Verbrechens, all das müßte man als dynamisch wogende See über das Bild gießen und darüber Massen von nackten Frauenbäuchen malen, rohe, weiße Frauenbäuche, groß wie Mühlsteine, die wie aufgeblasene Teufelskadaver wirkten, wie tote Körper, wie Wolken altrömischer Saturnalien, die ihr eigenes Fleisch auffraßen und ihr stinkendes Hinterteil allem zudrehten, was sternenhaft war. Und alles müßte rauchen und qualmen und in den Abgrund stürzen . . .
Aus dem schmutzigen, nach geschmolzenen Wachskerzen stinkenden Halbdunkel, aus dem dunkel-orangefarbenen Zittern der Lichter auf den Altären, aus der betäubenden Dämmerung vor der Kirche, wo über den nackten Schenkeln eines Mädchens, das sich im Graben erbrach, geschmacklos trübe der Eros rauchte, aus jenen grindigen, eiterblutigen und mistigen Wunden vor dem heiligen Rochus bestürmten Filip würgende Eindrücke und leckten nach ihm wie die schmutzige Flamme einer gewöhnlichen Kerze. Diese Eindrücke wuchsen in Filips Worten an und wanden sich wie Gespenster über ihm und über dieser Frau im finsteren Wald. Filip sprach darüber, daß man unten, auf dem Boden dieses Bildes, wie auf den alten biblischen Bildern die Zwiebel einer kleinen Kirche mit Linden und Weiden im Hintergrund als Szenarium belassen müßte. Darüber, im offenen Gewitterraum, in feurigen Spiralen, müßte man das trunkene Knäuel der Kropfhalsigen und Irrsinnigen gestalten, all die betrunkenen Affen mit ihren Eimern und Tonkrügen voller Hammelfleisch, Schweinefleisch und Würste . . .
Wie aber sollte man diesen Geruch des gebratenen Schweinefleisches malen, das lärmende Gedränge des Kirchweihmarktes, das Wiehern der Pferde, das Knallen der Peitschen, wie jenen barbarischen, pannonischen, skythischen, illyrischen Trieb zur Dynamik, der die betrunkenen Kutscher drängte, Pferd und Wagen über die morsche Brücke zu jagen, so daß sie mit blutigen Köpfen und zerschlagenen Knochen in den Dreck stürzten . . .? Gerade dieser selbstzerstörende Trieb hat noch keinen Maler gefunden . . . Das Ganze war eine Frage der offenen Inspiration. Man sollte sich entschließen, man sollte mitten in diese offene Frage hineinspringen und etwas riskieren!

Um Filips Worte wurde es immer dunkler. Ferner Donner ertönte, und über den Schluchten und Tälern begann das Laub in den Kronen der Bäume beängstigend zu rascheln. Er sprach vom spiralenförmig geschwungenen, unruhigen, wilden, teuflischen Gekicher, das über dem hölzernen Heiligen anheben müßte als Negation jahrhundertealter Zurückgebliebenheit, und rings um ihn im finsteren Wald, zwischen den alten, riesigen Stämmen, begann das Sommergewitter zu heulen, das durch die Wolken brach wie ein schweres Gewicht, das die himmlische Leinwand zerriß und die Vorhänge beiseite schob.
Filip sprach von dem brodelnden Kessel der Leidenschaften und des Fleisches, er sprach davon, wie stark der angefaulte Hauch des Fleisches darauf wartete, daß man seinen Puls berühre, und er sagte, daß in jedem Menschen ungesehene, ungemalte Bilder lebten, die man nur erkennen müsse. All das verlaufe in grotesker Weise simultan, so wie alles unüberbrückbar verstreut sei und gleichzeitig, denn es gäbe kein Dauern im kausalen Sinne und keine geklärten Ursachen, sondern alles geschähe in einer unbegreiflichen Bewegung, in einem gleichzeitigen, krampfhaften, reinen Zusammenprall von Trieben und Leidenschaften, die durch die Körper bestätigt würden . . . Dann begann um Filip, um seine Worte und um die Bluse der Bobočka der Sturm zu heulen, und es schien, als wolle er den ganzen Wald entwurzeln und in die Schlucht schleudern, wo der Bach wie ein riesiger dunkler Strom rauschte. In diesem von allen bösen Geistern besessenen Wolkenbruch, in den schwarzen dichten Wasserströmen, die abgebrochene Zweige, fliegendes Laub und Moosfetzen mit sich führten, in diesen Gewalten, die im gleißenden Licht der Blitze mit einem Getöse herniederschlugen, als stürzten dunkle Felswände ein, erschien es in der Tat, als hätten sich dunkle, basaltene Titanen erhoben, die Stämme entwurzeln, Eichen knicken und diese beiden kleinen Menschen zertreten wollten, die unter einer kleinen Buche Schutz suchten.
„Suche die Buche!" hatte tags zuvor der alte Liepach zu Filip gesagt, als er ihn beim Abendessen mit seinen Jagdabenteuern quälte. Irgendwo im Gebirge habe ihn einmal ein Nachtgewitter überrascht, und dem Rat seines Großvaters folgend, eines erfahrenen Bergsteigers und Jägers, habe er

unter einer Buche Schutz gesucht. „Die Blitze schlagen in Eichen und Fichten ein, aber nicht ein einziger traf bisher eine Buche. – *Weiche der Eiche, suche die Buche!*" hatte dereinst der alte Liepach, der Preßburger Rat und erste Adlige der Kostanjevecer Linie, seinem Enkel Silvije geraten.
Eng aneinandergeschmiegt, bis auf die Haut durchnäßt, Wange an Wange, so standen sie unter der Buche und warteten. Filip erzählte von der Vielzahl der Götter, die vom Kongo bis zu jener Temperaversion auf den Altären alle mit denselben Requisiten wirkten: mit Donnergetöse und Blitzen, die den Gläubigen Angst einjagen sollten. Und so starben ganze Göttergattungen aus wie Tiergattungen in der Naturgeschichte, aber der Mensch, fallsüchtig, krätzig, aussätzig, tanzte behaart und betrunken umher, er trank aus dem Eimer, taumelte, verblutete, und niemand bisher vermochte ihn zu malen. All das würde die Nacht verschlingen, ohne daß jemand imstande war, es auf der Leinwand zu gestalten.
Ruhig und gefaßt stand die Bobočka im Wolkenbruch und im Donnergetöse. Ohne mit der Wimper zu zucken, verharrte sie neben Filip und hörte ihm mit größtem Interesse zu, als säßen sie beim Tee im warmen Zimmer. Fürwahr, man spürte, daß sie die Wahrheit sagte, als sie erklärte, einige Schritte von ihnen sei ein Blitz in einen Stamm geschlagen, aber ihr sei es völlig gleichgültig, ob sie heute stürbe oder erst morgen.
Und gerade dies war das Herrliche: in der Katastrophe neben einem mutigen Menschen zu stehen, der alles hinter sich abgebrochen und der mit allem abgerechnet hatte. Mit einer solchen Kraft, die sich an der eigenen Stärke begeisterte, wäre es möglich, etwas Großes zu schaffen!

In jener Nacht war alles voller Fieber gewesen, verrückt, buchstäblich katastrophal, und die Spannung des Erlebnisses kehrte nicht mehr zurück. Alles graute allmählich dahin und welkte wie ein Blatt in der Schwüle. Filip malte nichts, er skizzierte einige Entwürfe für Kupferstiche, und diese Entwürfe ruhten unvollendet, ja unangefangen in der Mappe auf dem Schrank. Er tat nichts und las nichts, er lag nur da und fühlte allmählich, wie sich in ihm die fade Langeweile ausbreitete.

So würde man ihn zum Abendessen rufen, er würde sich mit dem alten Liepach herumquälen, dann würde er zum Gasthaus gehen, die Zeitung lesen, auf Boba warten – alles ohne Sinn, alles ohne Zweck. Er würde die staubige Straße entlangschlendern bis zum Weinberg, müde, mit dem Schlaf in den Augen, und vor sich das schwere und abgründige Wachbleiben . . .

In Šimuneks Kneipe brannte noch Licht. Der orangefarbene Schein fiel durch zwei Vierecke in das dichte Dunkel. An der hellgrünen Wand im gelben Schein der Petroleumlampe sah man durch die Gitter in den tiefer liegenden Räumen eine goldgerahmte Szene aus Rossinis „Barbier“: Figaro mit Don Basilio. Die schweinfurtergrünen Wände waren zu erkennen und auf dem Tisch das rote saftige Fleisch einer aufgeschnittenen Wassermelone, mehrere Bierflaschen, Speck und schmutzige Teller. Aus der Küche drang Tellergeklapper, und der krumme Šimunek kauerte über der Schublade und zählte Geld: am Abend feierte man bei ihm. Flügelschlag im Hühnerstall, von fernher aus dem Wald die Stimme des Uhus, der Wind in den Baumkronen . . . Lange, ungemütliche Stille. In Kostanjevec, gleich unten an der Mühle, fiel ein heimtückischer Schuß, und dann trat wieder

Stille ein. Die alten Strohdächer, die Scheunen, die Enten – alles schlief. Der feuchte Duft des Maisbrotes aus den warmen Backöfen vermischte sich mit dem Geruch der Kühe und des Dunges. Das Maislaub raschelte im Wind, da und dort ein schwerer Regentropfen, der Herbst rückte näher, und er, Filip, verbummelte seine Zeit mit einer sonderbaren, verdorbenen Frau.
Weshalb war sie am Abend so nervös gewesen? Sie wich ständig zurück und hielt unbegreiflicherweise auf Abstand, vom ersten Tage an, seit dieser problematische Mensch auftrat. Wer war überhaupt dieser Kyriales? Woher kam er? Er kaute an seiner englischen Pfeife, saß in einer Wolke süßen Qualms und sah sich so sonderbar um, als wisse er mehr als gewöhnliche Sterbliche. Er war ein alter, langjähriger Freund von Boba, aber wo hatte die krankhafte Frau diesen Grusinier kennengelernt? Ein Grieche aus dem Kaukasus, Doktor der Medizin, Abenteurer, was war dieser Mensch mit den langen, gelben, dünnen, kalten Fingern eigentlich noch? Weshalb kam er hierher, was machte er hier, und wohin wollte er? In welche Richtung bewegten sich all die Dinge?

Sergije Kirillowitsch Kyriales, ein Grieche aus dem Kaukasus, Student der Pariser Sorbonne, zweifacher Doktor, Arzt für Hautkrankheiten und Doktor der Philosophie, der in diesem Kostanjevecer Drama eine solch entscheidende Rolle spielte, war ein russischer Emigrant, und als er in der Ära Boločanskis in Bobas Kreis erschien, kam er gerade aus Riga, wo er im „Rigaer Tagblatt" Feuilletons veröffentlichte. Seine Mutter war – so hieß es jedenfalls – eine griechische Jüdin, die von einer Insel in Kleinasien stammte, und sein Vater, Kiril Pavlović, hatte als russischer Stabsleutnant gedient.
Dieser ältliche Mann, der in jeder Hinsicht kalt und verschlossen war, hatte schon die Fünfzig überschritten, aber das Gesicht dieses fünfzigjährigen Lebens war vollendet zeitlos und leer geblieben. Finster und kalt, dunkelhäutig, mit üppigem blauschwarzem welligem Haar, war dieser Serge, wie ihn Bobas Trabanten nannten, in der Lage, sich in allen europäischen und levantinischen Sprachen fließend zu verständigen. Er durchstreifte alle Kontinente und hielt zu allen irdischen Ereignissen und Problemen eine unglaublich kalte Distanz, als betrachte er das Leben aus der Entfernung gläserner Sterne. Dieser Kyriales war Filip in einer unbegreiflich gehobenen Art überlegen, er verfügte über eine sonderbare, äußerst gefährliche Eigenschaft: Er besaß die Fähigkeit, Filips Gedanken zu zerstören, seine Wahrheiten und seine Begeisterung zu zerpflücken, seine geistigen und körperlichen Kräfte in nutzlose Asche zu verwandeln.
Seit frühester Kindheit trug Filip in Hinblick auf bestimmte Personen gewisse Komplexe mit sich herum: Krankhafte Naturen, die ihrer Anlage nach eigentlich min-

derwertig waren, hysterische, geistig angefaulte, moralisch unausgeglichene Menschen übten auf ihn einen hemmenden Einfluß aus. Von Phantomen, Papageien und Erscheinungen, von denen er wußte, daß sie eben nur Erscheinungen und Phantome waren, fühlte er sich krankhaft angezogen; er spürte, daß von diesen Menschen etwas Besonderes, etwas körperlich Unangenehmes ausging, das oft ans Unerträgliche grenzte, und er spürte darüber hinaus, daß aus diesen Erscheinungen eiskalter Haß und höllische, böse Antipathie gegen alles erwuchs, was zu ihm gehörte, zu ihm persönlich. Dem unklaren Einfluß dieser zerstörenden Einwirkungen vermochte er sich nicht zu entziehen; er nahm ihre geheimnisvollen Gifte in sich auf wie ein Schwamm.
Ein solcher Mensch war Sergije Kirillowitsch Kyriales. Sein Vater war ein wasserköpfiger, schwachsinniger, stiernackiger Stabsleutnant, der Sohn eines Kiewer Stoffhändlers, aufgedunsen wie ein Ertrunkener, blaß wie Hefe aus der Bierbrauerei. Er döste auf seinen dicken Gardeschimmelstuten wie verdorbene Hefe, und sein Großvater hatte sein ganzes Leben in einem dunklen verborgenen Gäßchen in Kiew verbracht, im trüben Licht der Karbidlampe, zwischen Konfektionsanzügen, die wie Gehenkte wirkten, in einer fürchterlichen grünlichen Beleuchtung. Alle Menschen in jenem stinkigen Stoffladen waren schleimig wie das Fleisch von Ertrunkenen.
Aus diesem stumpfen, glatzköpfigen,verschimmelten, unbeweglichen Stammbaum entzündete sich in dem jungen Sergije Kyriales plötzlich das jüdische, levantinische Blut, und wer weiß, ob nicht auch er irgendwo als Stabsleutnant oder als schwachsinniger Kaufmann zugrunde gegangen wäre, hätten ihn nicht die Ereignisse einer Petersburger Nacht bis nach Tibet geschleudert und von dort über alle Kontinente bis zur Bobočka und bis nach Kostanjevec, wo er in einer Regennacht genauso furios im Nebel verschwand, wie er erschienen war. Schwer zu sagen, ob seine Eigenschaften, die eine so zerstörende Wirkung auf Filip ausübten, wirklich magisch waren oder ob dieses Verhältnis in den unklaren und schwachen Neigungen Filips begründet lag, der sich im Leben oft minderwertigen und kranken Menschen untergeordnet hatte. In solchen unselbständigen, untergeordneten

Situationen erlebte er gewöhnlich seine schwersten Zusammenstöße und Krisen.
Im Umgang mit Kyriales hatte Filip stets das Gefühl, als leide er an einer tiefen organischen Störung, ja an einem Angstkomplex. Schon als Gymnasiast hatte er sich unsagbar vor bestimmten Erscheinungen und Gegenständen gefürchtet, die auf ihn einen unangenehmen, ja schlangenhaften Eindruck machten. Vor dem Hut des Mathematiklehrers zum Beispiel fürchtete er sich mehr noch als vor der Mathematik selbst oder vor jenem alten grauen Narren mit den Virginias in der Tasche. Einer seiner Freunde, er hieß Andjelko, besaß ein Paar Schuhe, vor denen Filip eine unglaubliche Angst hatte; noch viele Jahre nach den Bubenstreichen im Armenhaus konnte er vor Angst zusammenzucken, wenn er an Andjelkos Schuhe dachte, an jene beschlagenen, groben, schmutzigen Schuhe ohne Zunge, aus denen grüne Socken hervorlugten. Genauso fürchtete er sich vom ersten Tage an vor dem finsteren, gebräunten Gesicht des Kyriales, vor dem aschgrauen Blick seiner trüben, blutunterlaufenen Augen, vor der Berührung seiner feuchten, kalten, schweißigen Hand. In seiner Gegenwart begann er zu stottern, er fand nicht die richtigen Worte, vergaß das Wichtigste, das er anführen wollte, und zweifelte an seinen eigenen Beweisen. Und Kyriales verbarg seine Überlegenheit und seine gehobene Stellung nicht im geringsten, er äußerte indirekt oder direkt seine intellektuelle Verachtung, in verschiedenen scharfen Varianten, oft auf sehr rohe, ja ungeschliffene Art und Weise.
Kyriales glaubte an keine besondere menschliche Fähigkeit und Anlage, und von Filip, dem Maler, hatte er eine niederschmetternde Meinung. Nicht nur, daß er glaubte, Filip sei kein Talent, sondern ein gewöhnlicher Schwätzer, der mit großen Worten darüber hinwegtäuschte, daß er nie etwas schaffen würde – er überraschte Filip auch durch seine vielseitig ausgebildete, unheimliche, ungekünstelte Gelehrsamkeit und machte diesen Neurotiker, der da vor ihm saß, auf die unübersichtlichen leeren Komplexe aufmerksam, die in seinem traurigen Künstlerkopf wucherten. Der Begriff „Künstler“ klang aus dem Munde dieses wunderlichen Griechen wie eine Beleidigung schwerster Kategorie. Als Fachmann ließ er sich schon am ersten Abend ihrer Bekannt-

schaft über Filips Nervenkostüm aus, über seine schwache innere Sekretion, und er tat dies mit der kalten Sicherheit des Arztes, der seinem Patienten eine düstere, in jeder Hinsicht niederschmetternde Unterhautdiagnose stellt. Er sagte ihm nach einigen Sätzen, die sie vor Bobas Kasse in Steiners Gasthaus wechselten, daß er, Filip, eine passive Natur sei, in jeder Hinsicht geneigt, seine eigenen Reize zu überschätzen, eine unbeständige Natur, nervlich in jedem Sinne unterwühlt, mit keinerlei Aussicht auf Besserung. Filip müsse sich auf ein völlig steriles Leiden gefaßt machen, auf viele Worte, auf Selbsttäuschungen, getragen von geschlechtlichen Reizen, und sogar ein Selbstmord sei nicht ausgeschlossen. Aber diese letzte Variante sei nicht sehr wahrscheinlich, da Filip von Natur aus schwach und feige sei, und schwache und feige Arten im Tierreich vernichteten sich gewöhnlich nicht selbst. Sein künftiges Leben bestünde in einem „verwanzten Vegetieren" ohne Aussicht auf Erfolg . . .
Über all diese blutwarmen Fragen äußerte er sich so scharf wie ein Geier, der das menschliche Eingeweide aufschlitzt und fremdes Gedärm in den Dreck zerrt. Und was am furchtbarsten war: Dieser Mensch sprach mit einer eisernen Logik; jedes seiner Worte war einfach, lapidar und klar wie ein Gesetzestext. Wie es hieß, hatte er jahrelang mit einem bekannten japanischen Histologen an bedeutenden Querschnitten des Gewebes gearbeitet, und ein solcher Schnitt des Mäusehaares trug in der Wissenschaft die weibliche Bezeichnung Kyrialica. In den Gesprächen mit Filip konnte er nicht umhin, an irgendeiner nebensächlichen Kleinigkeit Anstoß zu nehmen; er spielte mit ihm in seiner Sprache wie mit einer verwirrten, hysterischen, nervenzerrütteten Frühgeburt und zeigte die sonderbare, außergewöhnliche Fähigkeit, in zwei, drei Minuten Filips Gedanken bloßzulegen, als ginge es darum, ein Glas Wasser zu leeren. Filip fühlte dann plötzlich, daß er völlig ausgelaufen war und leer.
Nach solchen nächtlichen Gesprächen fand Filip keinen Schlaf, keinen Gedanken; er vermochte weder zu lesen noch zu sprechen, und wie ein taubstummer Stammler fühlte er noch lange danach, daß er in der Gewalt dieses Menschen war. Um sich von dieser unklaren und trüben Hypnose zu befreien, mußte er alle Kräfte seines Gehirns anspannen

und sich unter schweren Anstrengungen von diesen termitenhaften, durchdringenden Komponenten losreißen, die seinen angeborenen Hang zur Negation so gefährlich vergrößerten, daß er unter dem Einfluß Kyriales zu den verrücktesten, ja somnambulen Konsequenzen neigte.
Die Gespräche über die Malerei zum Beispiel! Filip war nach eigenen Beobachtungen und langjährigen Erfahrungen bereit, nicht mehr an die übertriebene Bedeutung der Malerei zu glauben, aber Kyriales' Worte über die Malerei im allgemeinen waren Salzsäure für alle seine Bilder. Nach solchen Bemerkungen blieb nur noch stinkende verbrannte Leinwand übrig, weiter nichts als der Gestank alter Fetzen.
„Worüber diskutiert man heute in der Malerei? Über halbgebildete, halbnatürliche, ziemlich begrenzte und völlig unerhebliche Fragen: ob jemand zur rechten Zeit Fauvist geworden ist, ob jemand im Verhältnis zu anderen um acht Jahre zu spät die Palette von Matisse übernommen hat, ob er für die Courbet-Manet-Richtung ist oder mehr für den Neoklassizismus . . . Das Ganze kommt einer Einteilung in die Klassen A, B, C, D, E, F, G gleich, in die Schulen Alpha, Beta, Gamma, Delta. Schule Gamma, Klasse C, pannonische Variante des dritten Jahrzehnts des zwanzigsten Jahrhunderts mit fünfjähriger Verspätung zur Schule Delta, Klasse F, mitteleuropäische Variante mit diesen und jenen Einflußsphären . . . Cézanne, van Gogh: ja! Aber Cézannismus, Vangoghismus? Was ist das für eine Malerei? Die biologische Gestaltlehre lehrt uns, daß es in der Natur Eigenarten und modische Wiederholungen gibt, es ist aber nicht wichtig, ob eine Leinwand zwischen Hieronymus Boschs oder Toulouse-Lautrecs, zwischen Callots oder Dufys Namen stand, sondern ob derjenige, der malt, ein inneres Gesicht hat! Die Malerschädel sehen heute aus wie Wassermelonen ohne Fleisch: Die innere Gesichtslosigkeit ordnet sich ganz natürlich äußeren Einflüssen unter! Daher dieses dümmliche Nachäffen ohne jeden Sinn und Zweck!"
Zu diesem Gespräch über die Malerei kam es, weil Filip erwähnte, daß ihn schon lange die Idee quäle, eine Straße in Bewegung zu malen, all die faulen, traurigen Menschen, die auf und ab gingen, mit ihren kranken Zähnen und ihren Schulden, diese zähen, wunden, müden Menschen, die sich auf der Straße dahinschleppten.

„Aber ich bitte Sie, lieber Herr! Sie betrachten die auf der Straße vorübergehenden Menschen und häufen dann aus dem Leeren Ihre bizarren Beobachtungen auf, und diese Beobachtungen sind übrigens nicht Ihre Betrachtungen, sondern Kleinigkeiten, die Sie da und dort ganz zufällig gelesen haben. Sie glauben, daß Sie mit dem Wortspiel die Materie beherrschen, aber nichts beherrschen Sie, und davon, daß mit solchen Methoden irgend etwas im Leben zu erreichen sei, kann gar keine Rede sein. Am allerwenigsten läßt sich damit ein gutes Bild malen. Was sind das für dumme Gedanken, daß jemand Menschen malen könne, die zahnkrank und von Schulden gedrückt durch die Straßen gehen! Das ist ein pseudoliterarisches Gefasel, aber keine Malerei! Welche Bedeutung hat heute überhaupt die Malerei? Zur Zeit Philipps des Zweiten oder irgendeiner ähnlichen Puppe war die Malerei noch als Hofdekoration denkbar, als Gobelin. Aber heute? Eine angemessene kosmopolitische Zivilisation wird ihre Glasrahmen der Wirklichkeit öffnen, sie wird richtige und wirkliche Parks und Springbrunnen als richtige, wirkliche Springbrunnen darstellen, und der zivilisierte Mensch von morgen wird keine barokken Kulissen benötigen! Die Malerei ist von Anfang an nur eine Art Ersatz für die Wirklichkeit! Und wozu brauche ich heute Bilder von Menschen, die kranke Zähne und Schulden haben? Was sollen diese Bilder? Sie sind völlig überflüssig! Auch wenn Sie wirklich ein Maler wären, wenn Sie wirklich malen könnten! Schulden und kranke Zähne sind langweilige und überflüssige Erscheinungen in der Wirklichkeit, besonders als Ersatzmittel . . .“
Filip lauschte diesen Ausführungen, und ihm war, als höre er seine verborgenste Stimme. Er spürte, daß dieser unsympathische Mensch die Wahrheit sagte und daß es töricht war, Bilder zu malen, vor allem, wenn man unfähig war und darauf bestand, Ersatzmittel schaffen zu wollen. Lauter Widersprüche und Nebel, und plötzlich meldete sich eine unangenehme Stimme und kleidete die ureigensten und blutigsten Wahrheiten in Worte. Filip fühlte, wie sich in ihm erneut ein schicksalhafter Verfall anbahnte und wie er sich in Hilflosigkeit auflöste, als träume er von seinem Untergang in schmutzigem Wasser. Dieser Mann hatte ihn ausgezogen, er hatte ihm systematisch alles genommen, auch

seine Beobachtungen, seine Reize, seine Schönheiten und sein Empfinden für die Lebensfülle. Er hatte das Leben so dargestellt, wie es in Wirklichkeit war und wie es Filip selbst sah. Wie eine Puppe war er entkleidet, und er blieb leer wie ein Zimmer, aus dem man einen Einrichtungsgegenstand nach dem anderen entfernt hat und in dem nichts zurückgeblieben ist außer einer kleinen Wahrheit, die leise auf dem Tisch knisterte wie eine Kerze kurz vor dem Verlöschen.

Der Mensch war für Kyriales eine der niedrigsten Tiergattungen.

„Der Mensch ist ein Tier, das in seiner Vereinsamung und Zurückgezogenheit eine traurige Erscheinung ist, man könnte sogar den Ausdruck ‚deplaciert' gebrauchen. Schon seit langem in Herden lebend, ist der Mensch dem Menschen Mensch geblieben, das heißt, daß er grausamer ist als alle anderen Lebewesen, daß er ein schamloses, verlogenes, dummes, bösartiges Affenraubtier ist. Die lächerlichste unter den Tiergattungen ist bestimmt die Gattung Affe, aber um wieviel ist der Affe dem unmittelbaren und logischen Leben näher als der Mensch! Nach dem Affen aber, der in jeder Hinsicht hinter den anderen Tieren zurückbleibt, ist der Mensch das affigste Tier. Er ist gefräßiger als die Hyäne, denn die vollgefressene Hyäne ist imstande, neben dem stinkenden Aas einzuschlafen, während der satte Mensch, dem sich beinahe der Magen hebt, eifrig weiterfrißt, seine hungrigen Artgenossen betrachtet und sich zufrieden beleckt. In meinem Innern ist es völlig dunkel. Es gab einmal Lichter in mir, aber sie sind erloschen. Ich glaube nicht an Krapotkins sozialen Instinkt in uns, und ich glaube genausowenig an das Gute im Menschen, denn dazu offenbart es sich zu langsam. Ich glaube auch nicht daran, daß der Mensch zur Zucht einer edleren Gattung geeignet ist. Aber vielleicht geht das nur zu langsam vonstatten, so daß ich die Geduld verloren habe ... Mit einem Wort: Ich bin ein Misanthrop, und zwar ein sehr nervöser!"

Was waren das für Lichter, von denen er sagte, sie seien in ihm erloschen, aber einst hätten sie in ihm gebrannt? Wo und wann hatte sich dieser Fremde, dieser Flüchtling und Auswanderer, in diesen finsteren, logischen Haß verrannt, der ihn immer dazu trieb, alle Bestrebungen der Menschen, sich über das Tier zu erheben, zu verspotten. Entsprang dieser Haß auf alles Menschliche seiner Natur, oder war er so etwas wie ein Ressentiment wegen alter Wunden? Hatte man diesen ältlichen Menschen so schwer verwundet, daß er nur noch zu zähneknirschendem Haß fähig war?

Die Bobočka hatte ihm von einer weit zurückliegenden Jugendtragödie erzählt: Kyriales war noch nicht zwanzig Jahre alt, als Kosaken in Petersburg sein Mädchen erschossen. Er hatte vor einer Litfaßsäule auf sie gewartet, und sie erschien zu diesem Rendezvous und brach vor seinen Augen blutüberströmt zusammen. Noch in derselben Nacht starb sie an inneren Blutungen im Krankenhaus. Von diesem ganzen Traum sei ihm nur ein Kimono mit Schwalben und Glyzinien geblieben, und über diesem Kimono habe er nächtelang gewacht. Wie von Sinnen habe er dagesessen und mit dem Zeigefinger die Tischplatte bearbeitet.

Das war eine Anekdote, wie geschaffen für Bobas Phantasie – ein blutüberströmtes Mädchen und ein Kimono mit Schwalben! Aber sollte das wirklich diesen zerstörenden Menschenhaß in ihm ausgelöst haben, in ihm, der das Leben so gut wie hinter sich hatte? Wie dem auch sei – Kyriales schloß sich noch als Student der Bewegung an. Dreiundzwanzigjährig wurde er aus Semipalatinsk ausgewiesen und in die Taiga verbannt. Danach kehrte er nie wieder nach Rußland zurück. Über Tibet schlug er sich nach Westeuropa durch, und irgendwo in Belgien oder im Elsaß wurde er erneut zu einigen Jahren Festung verurteilt.

Eines Abends – Baločanski, Filip und er tranken fast einen ganzen Liter Schnaps – erzählte der Grieche sehr lebendig und anschaulich von jener Nacht in Belgien, als er auf seine Festnahme wartete. In jener Nacht wandte er sich endgültig von dem Begriff „Mensch“ ab. Ein für allemal.

Von der Schlaflosigkeit irritiert, wälzte er sich von einer Seite auf die andere, quälte sich lange, fand aber keine Ruhe. Er zündete eine Kerze an, nahm einen Schluck Wasser und hörte die Uhr auf dem Tisch ticken. Die Zeit ging dahin, Minute für Minute. Das unabwendbare Schicksal nahte. Hinter ihm würde sich die schwere, eisenbeschlagene Festungstür schließen, und man würde zur Tagesordnung übergehen, als sei nichts geschehen. Die kleinbürgerlichen

Beamten der Revolution würden sich weiterhin in den Vorstadtkneipen treffen, in den gelben, verräucherten Räumen, in denen die mit Wein übergossenen Tischdecken aussahen, als seien sie blutbefleckt. Das blutige Fleischerantlitz der verqualmten Kneipe, die düstere gelbliche Beleuchtung, diese Physiognomien ... Die vorstehende ovale Kinnlade des einen, die nadelspitzen Zähne des anderen Nagetieres, das trübe, umnebelte Auge des dritten Dummkopfes, diese roten, lilafarbenen, blutigen Lippen des vierten, das furchtbare, zahnlose Maul des fünften, eines tückischen Buckligen – all das würde hinter ihm zurückbleiben. Das Meckern der faden Stimmen an den roten Tischdecken unter der Petroleumlampe würde er hinter sich lassen, und einer von ihnen hieß Blum, er hatte einen Schnauzer und die Gesten eines Kellners ... Immer hieß einer dieser Leute Blum ... Auch sie würden über ihn hinweg zur Tagesordnung übergehen, und er würde im Keller der Festung liegen und den Ratten zuhören, die in den Mauern kratzten. Gerade diese Trennung der Idee von der Wirklichkeit war für ihn schicksalhaft. Es gab irgendwelche Ideen von Nächstenliebe, und es hieß, man solle den Nächsten so lieben wie sich selbst, und viele Resolutionen der letzten zweitausend Jahre wurden auf der Grundlage dieser Hauptidee beschlossen, und die Physiognomie des Menschen hatte sich nicht um einen Deut verändert: ovale Unterkiefer, Nadelzähne, buhlerische, blutige Lippen von Buckligen, zitternde Finger magerer Maulaffen ... All diese Lebenserscheinungen blökten, sie kauten mit ihren Kiefern langweilige Resolutionen und gingen zu ihrer Tagesordnung über, und unter dieser Tagesordnung lagen die Schicksale lebender Individuen begraben. Er, Kyriales, hatte viele Jahre unter den Grabplatten einer solchen langweiligen Resolution verbracht und ließ sich nicht täuschen, schon gar nicht durch mittelalterlich-scholastische Zwickmühlen. Er beschäftigte sich schon lange mit dem Gedanken, eine Jesuitenkomödie des siebzehnten Jahrhunderts zu schreiben, in der er alle Ideen seiner individuellen Weltanschauung darlegen würde, aber er war klug und ehrlich genug, um einzusehen, daß dieser Gedanke zu groß war und seine Fähigkeiten überstieg. Aber auch so sah er ungewöhnlich klar diese Jesuiten vor sich, die von gestern und die heutigen Jesuiten im Sozialismus, welch höllischer Unsinn! Jemand verkauft Hosenträger und Spiegel, und als ihn das eines Tages zu langweilen beginnt, wird er ein Beamter der Revolution. Er sitzt in verräucherten Kneipen, stimmt der Tagesordnung zu, arbeitet in einem neuen Geschäft mit politischen Dividenden und steht auf dem Standpunkt, man solle seinen Nächsten so lieben wie sich selbst . . .

„Die Menschen sind Menschen, und alles Menschliche ist menschlich, leider! Wenn diese letzte Bewegung zu nichts führte, dann bliebe nichts anderes übrig. Sie sind also für die allgemeine und unaufschiebbare Ablehnung aller Normen!" Filip widersprach diesem Misanthropen, der sich jeder sozialen Bewegung gegenüber völlig passiv verhielt.

„Nein, ich rede nicht dem Nihilismus das Wort! Im Gegenteil! Ich trenne bloß das Glaubhafte vom Unglaubhaften! Der Grad des Glaubhaften ist der dem menschlichen Denken nächste Grad, er steht dem Tierreich näher, als Sie annehmen. Und all diese großen Phrasen vom Menschen bewegen sich noch immer in den Komplexen des Glaubens der Glaubenden! Die Angestellten der Gewerkschaft mit ihrer Tagesordnung und die Jesuiten auf den Kanzeln der Provinzkirchen, das ist ein und dieselbe Sache! Und die Sache besteht darin, daß das menschliche Eingeweide unverändert bleibt, und über diesem zweibeinigen, unersättlichen Eingeweide wiederkäuen die Menschen wie Papageien irgendwelche Resolutionen! Der Mensch wird nur ein einziges Mal persönlich geboren, und wenn auch die Realität außerhalb unseres Bewußtseins objektiv und dauerhaft ist und diese Dauerhaftigkeit als Ewigkeit erscheint, so erleben wir in uns dennoch, mein Lieber, alles nur einmal! Und wer das nicht einsehen will, für den wäre es besser, er wäre überhaupt nicht geboren. Ihn beleidigt nicht der einzelne, der sich mit einer selbstmörderischen, selbstverleugnenden Geste irgendwelcher Wahrheiten wegen der Selbstvernichtung anheimgibt, sondern ihn beleidigen jene kleinen Papageien auf den Altären, auf den Rednertribünen, in den Leitartikeln, die da an einer idiotischen Resolution herumkauen! Dieses blöde, vogelhafte Nachäffen fremder Stimmen widert mich an! Dreißigtausend Revolutionen gehen täglich in der Natur vonstatten. Als der Affe Feuer entzündete, war das auf Erden sicherlich eine große Revolu-

tion: Ursache und Wirkung wurden geboren. Das erste Samenkorn säen, das Pferd zäumen, den Felsen mit Hebelkraft emporheben, all das waren große Revolutionen im Komplex der Unwissenheit und des Leidens! Vom Orang-Utan zu einem impressionistischen Maler zu werden, vom Fischkiemen zum Lurch, vom Sklaven zum Christen, all das waren Revolutionen. Sie dauerten nur ein wenig zu lange. Was gibt es also zu glauben?
Die Erde ist rund, kein Zweifel, und dreht sich um die Sonne, aber deswegen drei Jahre in der Kasematte absitzen, das wäre zu blöde! Und ich, sehen Sie, habe meine ganze Jugend wegen solcher Sachen verloren, wegen solcher kopernikanischen Dummheiten, die sich auf irgendwelche evidenten und uninteressanten Wahrheiten bezogen!"
Filip hörte diesen Plaudereien zu; er hörte Kyriales von den schwierigsten und ernstesten Dingen mit einer derart ungezwungenen Gelassenheit sprechen, als handele es sich um die Dominosteine, die der Kaplan, der hinter ihnen saß, über die marmorne Tischplatte rollen ließ. Dieser Sergije Kirillowitsch Kyriales sprach im Grunde alte und bekannte Dinge aus, aber seine Sprache war andererseits sehr suggestiv. Obschon seine Worte nicht mit den letzten Wahrheiten übereinstimmten, so waren sie doch im Wesen richtig. Boba lauschte ihm mit größtem Interesse. Man sah ihr an, daß ihr jedes seiner Worte wohltat; er war ja nicht nur ein alter Bekannter, sondern nach Lage der Dinge auch ihr Liebhaber. Auch die betont negative Haltung, die der Fremde Filips Malerei gegenüber einnahm, trug in sich den Keim der versteckten Eifersucht. Was er über die Malerei sagte, war richtig, aber seine Auslassungen über die sozialen Probleme waren ziemlich verworren. Sie hatten zwar schon einen ganzen Liter Schnaps getrunken, und soeben wurde ein weiterer halber Liter auf den Tisch gestellt, und jeder paffte an die dreißig Zigaretten, und zwischen den Fingern qualmte bereits wieder eine neue – aber das, was er über seine Halbwüchsigenpsychose mit verspäteter Pubertät sagte, das war einfach herausfordernd! Daß Filips Ansichten im Grunde nur auf eine verspätete jungenhafte Unruhe mit dem letzten Aufflackern des Sexus zurückzuführen seien, daß sein Körper bereits die ersten Merkmale des Alters aufweise und daß dadurch der Kontrast noch grotes-

ker wirke ...! Weshalb mußte eigentlich alles, was dieser Grieche erzählte, hyperintelligent sein? Vielleicht deswegen, weil er Dermatologe war oder Doktor der Philosophie? Weil er drei Jahre in einer Festung verbracht hatte? Wer wollte übrigens wissen, ob das mit der Festung überhaupt der Wahrheit entsprach und woher dieser Mann überhaupt stammte? Da pflichtete dieser Baločanski jedem seiner Worte bei und benahm sich vor diesem Paralytiker wie ein Schwächling und Phantast! Kyriales sprang mit ihm um wie mit einem Spielzeug; er sprach von Kunst, obwohl er nichts davon verstand, er drosch die allgemeinen Phrasen und benahm sich eigentlich genauso wie seine Jesuiten! War er nicht selbst ein solch geheimnisvoller jesuitischer Schatten? Woher ist er gekommen, wie hat es ihn in diese Kneipe verschlagen?

Dichter Qualm stand in der Kneipe, er umhüllte in grauen Wolken Gegenstände und Gesichter. Das schimmlig-grüne Zimmer mit den Biedermeierfenstern unter den niedrigen Deckenbalken, mit den Petroleumlampen, Papierblumen und Bildern in Goldrahmen, die Carmens Tod darstellten, schwamm in gelblichem stinkendem Nebel. Auf dem grünen Tisch knallten die Billardkugeln aufeinander, und der Klang der reinen Knochen vermengte sich mit Gläsergeklirr, mit dem Geräusch der Karten und der knöchernen Täfelchen auf den Marmortischen. Altes graues, betrunkenes Lied der Gasthäuser in der Provinz ... Der Kaplan, der Secundarius des Gemeindekrankenhauses, der Doktor Mitternacht und der Landvermesser spielten Domino. Jemand sprach laut von einer „verrufenen Kraft“ des Kaplans; er habe erst kürzlich eines Nachts drei bekannte feurige Liebhaberinnen abgekühlt und zur Ruhe gebracht: des Doktors Gattin, die Gattin des Oberingenieurs und die Gattin des Postamtmannes. Selbst Rezika, die Haushälterin des hochwürdigen Pfarrers, sei nicht leer ausgegangen bei diesem nächtlichen Abenteuer. Durch den Rauch und den Gestank des sauren Weins drang das gespenstische Mekkern, das barbarische Gelächter, das in allen Kneipen diesen sumpfigen Wäldern widerhallte, und dort, gleich am Tisch neben der Kasse, sprach Filip über die „Vergeistigung der Materie“.

Filip war nicht völlig betrunken, aber der Schnaps beschwingte ihn. Er war erregt. Sein inneres Zittern beunruhigte ihn; er spürte seine Nerven und erkannte, daß die Unruhe seine Kraft übertraf, daß sie wuchs und ihn immer stärker ergriff, je mehr er sich gegen sie zu wehren versuchte. Man sah es an der Art, wie er den Rauch ausstieß,

und an der Tatsache, daß er sich immer wieder neue Zigaretten drehte. Er trank ein Glas nach dem anderen aus, immer hastiger und leidenschaftlicher, seine Finger wanderten vom Etui zur Zigarettenspitze, von der Marmorplatte zur Flasche, vom Jackenknopf zu den Brauen, sie berührten die Dinge und Gegenstände, krampften sich zusammen, schwirrten zerfahren umher ... Diese Erregung entsprang der Leidenschaft eines Menschen, der sich durch den anmaßenden und herausfordernden Ton eines Fremden beleidigt fühlte, eines Dahergelaufenen, der ihn in diesem intimen Kreis schon seit Tagen kränkte und quälte.
Die Bobočka saß an der Kasse; sie goß Vanille in die Punschgläser, teilte die weißen Zuckerwürfel aus, schenkte jemandem Boonekamp ein, lauschte dem Gespräch und trat dann an den Tisch. Von Zeit zu Zeit stand sie auf, gab dem Kellner Gläser und Aufträge, kehrte dann wieder zum Tisch zurück und gesellte sich zu den Diskutierenden, die schon die dritte Halbliterflasche mit Zwetschgenschnaps zu leeren begannen. An diesem Abend fühlte sie sich besonders erschöpft. Es war jene Müdigkeit, die sich vor dem Zusammenbruch aller Kräfte einstellt und die langsam in Schwindel und hilflose Ohnmacht übergeht. Sie hatte genug von all diesem Qualm und Gestank, auch von diesen Gesprächen und diesem Zwetschgenschnaps, auch von diesem Kranken mit dem Kautschukkragen, der schwachsinnig mit dem Kopf nickte und sich über jede Phrase des Griechen freute, weil ihm dieser Maler unsympathisch war und weil sich endlich jemand fand, der ihm den Kopf zurechtrückte. Kyriales war klüger, seine Nerven waren stärker, aber auch er spürte den Zwetschgenschnaps, dem er sich immer hemmungsloser hingab. Auch er war müde, zerrissen, auch er hatte das Bedürfnis, sich vollaufen zu lassen und irgendwo im schlammigen Graben liegenzubleiben. Er hatte sich satt gereist. Und nun quälte ihn so ein Neurastheniker mit der „Vergeistigung der Materie"! Was für eine verfluchte „Vergeistigung der Materie"?
„Zum Teufel, lassen Sie mich in Ruhe mit Ihren Phrasen, ich bitte Sie!"
„Sie lassen mich meine Sätze nicht zu Ende führen, Sie mischen sich in jedes meiner Worte ein, das ist unerträglich! Ich bitte Sie, gestatten Sie mir, daß ich erkläre, daß ich sage,

was ich meine! Ich habe gesagt, im schöpferischen Prozeß gibt es einen beseelten Zustand, ohne den es unvorstellbar ist ..."

„Aber, ich bitte Sie! Die Seele ist das Zeichen für einen bestimmten Zustand des Körpers! Die Seele ist an das Körperliche gebunden, das ist evident, das ist selbstverständlich."

„Da sehen Sie, wie Sie mir systematisch das Wort entziehen. Haben Sie etwa während Ihrer tibetanischen Studien die ganze Weisheit mit Löffeln gefressen? Sie werden mir dennoch – das wage ich zu hoffen – gnädigst gestatten, folgendes zu behaupten: Wenn man ein Bild malt, sich hinsetzt, sich selbst vergißt, wenn man ein Bild malt, wie Rembrandt seine ‚Nachtwache' oder die ‚Begegnung in Emaus' gemalt hat, so ist das, zum Teufel, doch nicht ausschließlich körperlich, nicht ausschließlich ein ‚bestimmter körperlicher Zustand', sondern eine außergewöhnliche und in der Natur sehr seltene Erscheinung! Rembrandt ist ein im Gegensatz zur Natur stehendes Phänomen und hat mit Ihrem Körperlichen nichts gemein!"

„Ja, das haben Sie gut gesagt. Im Gegensatz zur Natur! Rembrandt steht der Natur gegensätzlich gegenüber, damit erkläre ich mich einverstanden. Eine der Natur gegensätzliche Erscheinung auf jeden Fall, aber keine übernatürliche! Ich sehe in der Malerei insgesamt – gestatten Sie, daß ich auch Ihre Bilder einbeziehe – nichts Übernatürliches! Es ist nichts Unnatürliches daran, auf den Hinterbeinen zu gehen – das heißt, pardon, das Gegenteil meine ich: auf den Hinterbeinen zu gehen ist genauso gegen die Natur, wie ein Rembrandt zu sein. Im Grunde noch unnatürlicher! Und eineinhalb Milliarden Zweibeiner laufen auf den Hinterbeinen. Finden Sie in dieser Erscheinung eine übernatürliche Offenbarung? Ich persönlich nicht im geringsten! Und unsere sogenannte Zivilisation ist nichts anderes als die Entfernung vom Natürlichen, weil alles, was sich ‚unsere Zivilisation' nennt, nichts anderes ist als eine Begleiterscheinung der Tatsache, daß sich einige Vierbeiner entgegen der Natur auf die Hinterbeine gestellt und aufgerichtet haben! Das war nur insofern gegen die Natur, als dies in der Natur der einzig bekannte Fall war, aber übernatürlich war und ist dies keinesfalls. Ich wenigstens sehe darin gar keine überkörperlichen Elemente. Alles in uns ist körperlich, und so eine ‚Begegnung in Emaus' von Rembrandt – übrigens heißt das Bild gar nicht so – kann nichts anderes sein als der Ausdruck des Körperlichen in uns!"

„Aber, ich bitte Sie, lesen Sie doch bitte mal, was schöpferische Menschen selbst über dieses Problem geschrieben haben. Alle Dichter und Philosophen sind sich darin einig: Aus einem wirklichen Kunstwerk strahlt eine für unseren Verstand unfaßbare suggestive Kraft. Diese Kraft, diese höhere Überzeugungskraft der künstlerischen Materie ist nicht materieller Natur, jedenfalls nicht ausschließlich, und sie läßt sich nicht so vulgär erklären, wie die Materialisten annehmen!"

„Pardon, ich bitte Sie: Verstehen Sie unter einem ‚wirklichen künstlerischen Werk', dem irgendwelche, wie Sie sagen, unbegreiflichen suggestiven Kräfte ‚übernatürlichen Ursprungs' entströmen, auch Ihre eigenen künstlerischen Produkte?"

Filip empfand die freche Anmaßung in dieser Frage wie einen Nadelstich. Als sei einer seiner empfindlichsten Nervenknoten von einem Giftstachel getroffen worden, so spürte er in seinem Gehirn die Strömung einer bestimmten, unbegreiflich dunklen Unruhe, wie sie bei Schlangen auftritt, wenn die Zauberflöte erklingt. Im Grunde hätte er sich nun unerschütterlich zur Verteidigung seiner eigenen Sache aufschwingen und mit diesem Analphabeten auf Leben und Tod kämpfen sollen. Aber er faßte in einem nebelhaften und trüben Kreis sein eigenes Schaffen ins Auge, streifte mit müdem Blick kreuz und quer über diese fruchtlosen Mühen und fragte den Griechen mit verkrampfter Zunge und glasigen Augen überaus leise, höflich, zahm, ja servil, wie er das meine.

„Glauben Sie denn, Ihre eigenen Bilder seien der Beweis, daß künstlerischen Produkten übernatürliche Kräfte entströmen? Halten Sie sich für den Eingeweihten, der mit höheren Welten in Verbindung steht, während uns, den alltäglichen Materialisten und gewöhnlichen Sterblichen, so etwas nicht gegeben ist?"

Das war grob über die Schultern gesagt, als unterhalte sich mit Filip irgendein vereidigter Dolmetscher vor dem grünen Gerichtstisch, ein Dolmetscher, der ihm einige Begriffe

in seinen unverständlichen „idealistischen" Jargon übersetzte.
Er, Filip, sprach ja gar nicht von sich, sondern von Rembrandt, und das tat er auch noch sehr delikat! Diese Type hier stellte das Ganze in ziemlich undelikater Weise auf den Kopf. Über neurasthenische Gefühlswerte kann man nicht mit juristischer Logik oder mit der Logik der Mittelschule sprechen. Daß ästhetische Gefühlserregungen metalogischer Natur sind, ist die erste Voraussetzung jeder Ästhetik. Wie wäre es sonst zu erklären, daß oft ein einziger Farbfleck vonnöten ist, ein Pinselstrich oder ein Wort, um den Menschen Genuß, Schönheit, Trauer, Kraft, Zeit, Raum und – Freude empfinden zu lassen! Die Intensität dieser metalogischen Blüte sollte ihm Kyriales einmal mit der Logik dieser „körperlichen" Ursachen zu erklären versuchen!
„Logik! Sie sprechen dieses Wort so trocken aus, mein Herr, wie ein geborener Künstler! Was meinen Sie, bitte sehr, was das ist? Sie meinen wohl, das ist ein fest gebundenes Buch, eine langweilige Stunde vor der schwarzen Tafel unter dem Kruzifix bei geöffnetem Fenster, wenn draußen in der Baumkrone die Spatzen zwitschern und sich der Maisonne erfreuen? Die Logik ist ein Zyklus heller, durchsichtiger, glasklarer Systeme, die, wenn sie nicht noch kostbarer sind, bestimmt wenigstens milliardenmal wertvoller sind als Ihre verschiedensten Malereiwelten und Konstruktionen! Und warum, bitte sehr, könnten die Komplexe zwischen den Eleaten und Platon bis zu der genialen Frage Kants ‚Was ist wahr?' nicht wertvoller sein als die untergeordnet blöden Naivitäten eines Benvenuto Cellini? Ich bitte Sie, die gewaltigen Räume zwischen reiner und empirischer Erkenntnis, der riesige und ohne die Logik unbegreifliche Zusammenstoß der Apriorität und Posteriorität, die trübe Masse des Kantschen Grundstoffs bis zur mathematischen Transzendenz Gottes, das sind keine Lektionen für die Mittelschule, mein Lieber! Dantes Disziplin ist dort am durchsichtigsten, wo sie reine thomistische Logik ist! Weder die Albigenser noch die Lutheraner noch die jakobinischen Mediokritäten hätten ohne fremde Logik (als lächerliche Epigonen) auch nur einen einzigen Schritt in ihren sogenannten Bewegungen vorwärts machen können! Haben Sie mal ein menschliches Gehirn in Ihrer Hand gehalten? Haben Sie mal das Ge-

wicht jener tausendvierhundert Gramm grauer Substanz auf Ihren Fingern gespürt? Wissen Sie denn, was ein menschliches Zerebrum ist?. Wenn Sie siebenundzwanzigtausendmal mit Ihrer Hand dieses menschliche Gewebe durchschnitten hätten wie ich, würden Sie auch über andere Funktionen unseres Gehirns nachgedacht haben und nicht nur über die intuitiven!"
Filip fühlte, daß aus dem Munde dieses unsympathischen Menschen schwerwiegende Worte hervorkrochen, irgendwelche übergroßen Begriffe, unendliche Bandwürmer, die sich auf ihn zubewegten, über ihn hinwegschwebten, ihm wie bleierne Umschläge den Kopf einhüllten. Ihm wurde schlecht, als habe er Bleidampf eingeatmet. Und dieser dunkle Mensch vor ihm saß in der dichten Rauchwolke, seine entzündeten, blutigen Lippen bewegten sich wie Blutegel, und durch die Zähne preßte er Begriffe wie „transzendentale Deduktion" und Namen wie Euler, Newton und Huyghens. Er spielte mit den altmodischen Bildern Kants „Auf den Flügeln der Ideen", als sei Kant sein Lehrling gewesen und als habe er mit ihm zusammen Feuilletons im „Rigaer Tagblatt" geschrieben. Er sprach von der Analytik der Begriffe, von der Transzendenz des Raumes und von der Zeit im Widerstreit mit den physiologischen Eventualitäten. Er sprach von den barocken philosophischen Schemata Ende des achtzehnten Jahrhunderts, die einerseits intelligente Formen des Denkens darstellten und andererseits nicht. Ein interessanter, mehr orchesterhaft barocker, musikalischer Gedanke, ein infinitesimales musisches Motiv, das zwischen zwei Sphären schwebte, zwischen allen Empfindungen und Gedanken, und alles, was aus der Sphäre einer logischen Kategorie in die andere überging, bewegte sich durch dieses Klangmedium der „logischen" barocken Schematik, so wie der Klang eines Musikinstruments im Raum schwebt und damit schon sein materielles Volumen verliert. Noch immer mit den Eigenschaften dieses Volumens schwebend, erstirbt und vergeht das Ganze. „Natürlich muß man dafür ein Ohr haben, die Herren Künstler aber glauben gewöhnlich, daß diese Komplexe gar nicht existieren. Sie glauben dies, weil sie für diese Klangkomplexe von Geburt an taub sind!"
Ein Schwall von Worten drang auf Filip ein, und er ver-

spürte das tiefe, nachgerade organische Bedürfnis, sich dieser geschwätzigen Aufdringlichkeit zu widersetzen, die sichtbar war und die jeder realen Grundlage entbehrte. Aber er fühlte sich dieser Aufgabe nicht gewachsen, er vermochte diese unklaren Mengen ihm unverständlicher, wenig bekannter, aber doch wieder einleuchtender Begriffe nicht zu bewältigen, die sich in seinem Hirn wie Klebemasse festsetzten. Er kam sich vor wie eine Fliege am Fliegenfänger.
Und dieser russisch-levantinische Mystifikator sprach davon, daß der Mensch schon so weit vorgestoßen sei und so gewachsen, daß er in seiner Wirbelsäule die Entwicklungslinie aller Wirbelgattungen fühle, und er behauptete, in seinem Innern den Prozeß zu spüren, der ihn vom stummen Vierbeiner zum aufrecht gehenden, sprechenden Zweibeiner erhoben habe und der ihn das menschliche Zerebrum als kosmische Dominante empfinden lasse, da er in der Metamorphose seines eigenen Embryos die Perioden spüre, die alle Organismen durchlaufen hätten, von der ersten Zelle bis zum Kiemen, vom Kiemen bis zum Schwanzlurch und bis zu seinem eigenen zerebralen Gewebe. Ein solcher Mensch habe dann das Recht, sich durch nichts täuschen zu lassen, auch nicht von künstlerischen Mysterien! Daß die Kunst noch immer – leider! – als metaphysischer Faktor existiere, sei nur ein Zeichen der Rückständigkeit. Wenn man heute, im Zeitalter des Behaviorismus, Lebensdaten mit primitiven Symbolen der Bildhaftigkeit auf mythologische Art verzeichnet, so sei das so rückständig, als vergleiche man die ägyptischen Hieroglyphen mit einer modernen Infinitesimalformel. Und da komme ein durchschnittlich begabter, eingebildeter Maler daher und verlange von ihm, mit der „Logik der körperlichen Ursachen" das Mysterium der ästhetischen Gefühlserregungen zu erklären! Gedichte und Bilder könne man überhaupt nur in furchtbarer kultureller Zurückgebliebenheit genießen, und wenn schon jemand so rückständig sei, noch immer an solchen Dingen Genuß zu finden, so sei es sehr schwer zu definieren, was auf ihn persönlich wirke, falls es überhaupt eine Wirkung ausübe. Auf jeden Fall sei dies nicht „überkörperlich und übernatürlich", das sei sicher!
„Vor allem: In uns gibt es unermeßlich viel, was erlernt ist: Drill, Überlieferung, Erziehung. Diese dressierten Re-

trospektiven werden in uns zur Erinnerung an verschiedene durchlebte Situationen unserer eigenen Persönlichkeit. Wir entwirren uns bei solchen Betrachtungen wie ein Knäuel: rückwärts! Sich selbst ins offene Eingeweide zu schauen, das war schon immer eine sentimentale Sache. Zurückschauen, das bringt eine betrübliche Resignation der Vergänglichkeit und Brüchigkeit hervor. Unser selbstgefälliges und eitles Ich erinnert sich sehr gern ‚seiner selbst' – so wie es früher war. Klassiker. Ovid: Forsan et haec olim meminisse iubavit. Wer von uns hat in schlechten Illustrierten nicht schon mal Dante gesehen, wie er das erstemal von Beatrice träumte, und wer von uns hat dabei nicht an sich gedacht? Lorbeeren! Marmorbüsten! Es gibt keinen lebenden Menschen, der sich nicht ein einziges Mal als Marmorbüste gefühlt hat. In der Hauptsache handelt es sich um romantische Komplexe, gewöhnlich mit Liebeserlebnissen verbunden. Erinnerungen. Unser Ich zergeht sehr oft in Seife und Limonade, ohne daß uns bewußt wird, daß es sich hierbei ausschließlich um Seife und Limonade handelt. Es gibt im Leben des Menschen schwache Momente, da jeder, auch der Härteste, weibische Stimmungen haben kann. Wie wohl tut es, bittere Tränen zu weinen! Demnach ist eines wahr, und das gestehe ich Ihnen zu: Es gibt eine bestimmte Wirkung des Verses und des Bildes, eine charmante, innige Wirkung. Wir alle haben in grüner Dämmerung geträumt, und uns allen sind einige liebe stille Dinge und stille Frauen in unvergeßlicher Erinnerung geblieben. Sehen Sie folglich eine solche Erinnerung irgendwo festgehalten, so ist das ein teures Erlebnis. So soll es auch sein. Gäbe es nicht diese Wirkung, so gäbe es nicht das Erlebnis des Schönen. Gäbe es keine Lyrik, so gäbe es in letzter Konsequenz keine Poesie, keine Malerei. Aber ich behaupte entschieden, daß es im Komplex dieser Wirkungen nichts Überkörperliches gibt und nichts Übernatürliches! Wir antworten auf die festgehaltenen fremden Erlebnisse mit dem Echo der eigenen; unser körperliches, physiologisches und, wenn Sie wollen, im übertragenen Sinne auch geistig-seelisches Volumen wird in einem solchen Augenblick zum Musikinstrument! Die Menschen haben sich einen äußerst schmeichelnden Begriff vom übernatürlichen Edelsinn dieses ‚Musikinstruments' zugelegt, sie vergessen aber, daß

dieses ‚Musikinstrument' nicht anderes ist als ein sehr verflochtener und ziemlich langer, beweglicher Darm mit verschiedenen Öffnungen und Anhängseln ..."
„Ich bitte Sie, mit solch geschmacklosen ..."
„Bin denn ich für Lebenswirklichkeiten verantwortlich, die Ihnen geschmacklos vorkommen? Ich habe Ihnen vielmehr eine transzendentale Konzession gemacht und habe unseren Körper zu einem Musikinstrument erklärt! Ich bin nicht so amusisch in Ihren Bezirken, wie Sie in den meinigen! Ich gestehe Ihnen zu: Es gibt Situationen, in denen ein ästhetischer Eindruck uns mit seinem Geigenbogen berührt, so daß wir förmlich aufklingen! Aber daß dieses Aufklingen irgendwie erhöht, unbegreiflich oder gar übernatürlich sein soll, das erscheint mir doch als eine unbescheidene Überschätzung unserer körperlichen Wenigkeit und aller anderen Funktionen, die mit unserer Wenigkeit verbunden sind."
Gleich nach seinem ersten Widerspruch hatte Filip gespürt, daß seine Worte deplaciert waren. Dieser Mensch dort hatte heute einige hundert Sätze ausgesprochen. Gut, er erklärte sich mit diesen Ergüssen nicht einverstanden, aber immerhin, schon allein die Art seiner Ausführungen war nicht so alltäglich, um sie mit dem nichtssagenden Begriff „geschmacklos" zu beantworten. In der Absicht, sich zu korrigieren, fühlte er, wie er errötete. Er begann zu stottern: „Sie sind künstlich grob in Ihren Schlüssen, und Ihr Spiel mit einigen Lebenswahrheiten ist ein geschwätziges Spiel mit paradoxen Dingen! Das Ganze ist sehr einfach: Mit einem bestimmten System, das überzeugend wirkt, verdrehen Sie den Sinn und stellen die Dinge auf den Kopf. Hohles Wortspiel, Nihilismus! Nihilismus und Hohlheit sind sinnverwandt. Für Sie hat nichts mehr auf der Welt einen höheren Sinn!"
Nicht sehr gut ..., dachte Filip. Ich habe ihm nichts Konkretes geantwortet ... Mit ganz anderen Argumenten müßte man aufwarten. Aber wie, an welcher Stelle, auf welche Weise? Das ist kein Nihilismus. Hinter all dem Geschwätz verbergen sich finstere Dinge. Das war keine billige Unterhaltung ...
Sergije Kirillowitsch Kyriales betrachtete den verwirrten, zerrütteten Menschen, der ihm gegenübersaß, und dachte

über seinen eigenen Zustand nach. Wenn dieser schwachsinnige Maler wüßte, daß er einen Schwächling vor sich hatte, eine Ruine von Mensch, einen modrigen alten Lappen, mit dem sich niemand die Schuhe gewischt hätte! Als alter Dialektiker wußte er, daß die größte Kunst im Gefecht der Worte darin bestand, den Gegner mit dessen eigenen Kombinationen zu schlagen. Es galt, die Schwächen im Gedankengang des anderen zu ermitteln und die intimen Schwächen ebenjenen Schwächlingen gegenüber zu äußern, so als hörten sie sich selbst. Das war das erste Gebot jeder Dialektik! Aber wie traurig wäre es, wenn jemand seine eigenen Gedanken lesen könnte, Kyriales' Gedanken! Schon am ersten Tag hatte er gemerkt, daß dieser Maler dort an sich selbst zweifelte, vor allem an seinen Fähigkeiten als Maler. Deshalb hatte er ihn gepackt wie der Hund das Wild, an der empfindlichsten Stelle. Und nun, durch den Nebel des Alkohols betrachtet, tat er ihm leid. Er hatte ihn völlig entnervt, und dabei war alles so absolut sinnlos . . .
„Nichts im Leben, auch nicht die Kunst, hat einen besonderen oder gar übernatürlichen Sinn! Unser Leben ist so eingerichtet, daß unsere kostbarsten Augenblicke eigentlich völlig sinnlos sind. Das Behagen einer bestimmten Nervenschwingung braucht keinen höheren Sinn zu haben, aber dadurch ist es nicht weniger angenehm! Eine warme Frau, ein Glas Wein, die Zigaretten, der Rauch, der Herbst, der Zwetschgenschnaps – zum Wohl, lieber Maestro, stoßen wir an! Leeren wir dieses Glas auf die Gesundheit der Frau Bobočka!"
Mißmutig stieß Filip an und trank auf die Gesundheit der Bobočka. Er blieb weiter finster und mißgestimmt. „Ihnen erscheinen alle Dinge schmutzig wie Hautkrankheiten. Das ist offenbar so eine Art dermatologische Weltanschauung! Ich bin leider kein Spezialist für Hautkrankheiten!"
Sergije Kirillowitsch lächelte leise, kaum merklich, mehr in sich hinein. Er lächelte über sein eigenes Leid.
Die Tatsache, daß er Dermatologe war, berührte ihn nicht – darin bestand seine schwache Seite am allerwenigsten. Dieser nichtsnutzige Schiffbrüchige dort vor ihm, dieser „gewesene Mensch", der den Anschein erweckte, als habe er überhaupt kein Lebensziel, der sich mit ästhetischer Philisterei betrog und sich sein Leben lang einredete, er habe Talent,

dieser graumelierte Mann lungerte dort am Tisch herum, gebrochen, ausgelaugt. Er, der sich selbst nicht im Spiegel zu sehen vermochte, betrog sich mit dem „Schauen“ an sich und glaubte, er habe einen übernatürlichen Blick. Wie unsagbar traurig war das Ganze! Da saß er mit dieser Kassiererin in der übelriechenden Kneipe, plapperte ganze Nächte lang von der Wirkung des Unsichtbaren, vom magischen Überströmen, von der wunderlichen Bedeutung des heiligen Feuers in uns, und in Wirklichkeit klammerte er sich an diese leidenschaftliche und unglückliche Frau, und nun wanden sich alle drei in einem dummen, ausweglosen Knäuel . . . Diagnose: status praesens!

Wie zerrissene Lumpen wirbelten die trüben und trunkenen Sätze des Grusiniers in Filips Kopf umher. Er hatte das Bedürfnis, ihm zu antworten, doch er fand sich in der verworrenen Problematik nicht mehr zurecht, und so wollte ihm nichts einfallen.

Was hatte dieser Ignorant von der Zurückgebliebenheit der ägyptischen Schrift gefaselt? Hatte der denn eine Ahnung von der ägyptischen Malerei? Hatte dieser Hochstapler jemals eine ägyptische Bronze gesehen? Oder einen blaßgrünen Grableuchter mit durchsichtigen Kalktäfelchen und Basreliefs mit den Symbolen des Jenseits? Wie kann man so einen Unsinn reden? Er, Filip, war vielleicht ein verspäteter Romantiker, und vielleicht waren seine Ansichten über diese Dinge wirklich romantisch, aber das war immer noch besser, als mit irgendwelchen abgegriffenen materialistischen Phrasen um sich zu werfen, die im übrigen von der Wissenschaft längst widerlegt waren und an die vielleicht nur noch solche intellektuell verbrauchten Dermatologen glaubten!

Filip hätte am liebsten das ganze klirrende und klingende Gerede und diese abgenutzte intellektuelle Pfennigweisheit vom Tisch gefegt wie einen Haufen wertloser Spielmarken, aber konnte sich zu nichts aufraffen. Parallel mit dem Bedürfnis, sich zu widersetzen, beschlich ihn leise Resignation: Wie konnte man tauben Menschen die Musik erklären? Es hatte keinen Sinn, diesem Barbaren die orphische Begeisterung zu erläutern, das Erhabene, Tiefe, in jedem Sinne Problematische, das Unmittelbarste in uns, das gläserne Licht des letzten Silberspielzeugs, das uns als

Trost in diesem Schlamm geblieben war. Zu dumm! Das sollte er erläutern wie Oktaeder aus Pappe? Hirnen erläutern, die keine blasse Ahnung hatten von den Geheimnissen dieser Kristallwerdung? Wozu? Der Zauber dieses geheimnisvollen Spiels mit der Schönheit war so unwiderstehlich, daß sich jahrhundertelang ganze Kontinente, Rassen, Kulturen und Epochen diesem Spiel hingaben, und nun tritt so ein namenloser, anonymer Jemand mit der Pfeife im Mund auf, um all dies zu einem verächtlichen Witz abzuwerten! Ein solcher Jemand kam daher und reduzierte die blutigsten Bestrebungen des Bewußtseins auf eine „mechanische Bewegung des Körperlichen"! Er tat, als fehle das Überkörperliche in unseren Kunstwerken, als sei dieses Überkörperliche heute nicht ebenso lebendig wie vor siebentausend Jahren!

So winkte er nur ab und fügte hinzu, er glaube, daß man mit derart vulgären materialistischen Phrasen nichts, aber auch gar nichts erreichen könne. In keiner Hinsicht und in keiner Richtung! All das seien nur tote Worte, das Leben aber dauere an, und dem Leben entspringe in unaufhörlicher Folge und in unendlichen Variationen soviel Schönes, Geheimnisvolles und Herrliches. Kyriales' Ausführungen seien im Grunde nur freche Feuilletons.

„Ich habe zwar von Feuilletons gelebt, aber ich war nie stolz darauf, daß ich Feuilletonist war! Sie dagegen erklären dieses ‚Malen' ihrer Feuilletons in schizophrener Weise als übernatürliche, unbegreifliche Verzauberung und glauben, das Malen solch bunter, ölverschmierter Feuilletons sei übernatürlichen Ursprungs!"

„Ich spreche mit Respekt von mir unbekannten und unklaren Gebieten. Ich würde es nie wagen, vor Ihnen über irgendein Gebiet der Hautkrankheiten mit einer solchen Selbstherrlichkeit zu sprechen, wie Sie es über die Malerei tun! Ich bin intellektuell nicht so frech, weil mir in meiner Einfalt nicht alles so klar ist wie Ihnen. Ich belasse noch einigen Begriffen die reine Weihe. Ich bin kein verbaler Materialist, kein Zyniker, kein Dermatologe! Wenn Sie da siebenundzwanzigtausendmal irgendwelche popligen Querschnitte des zerebralen Gewebes in der Hand hielten – ich habe siebenundzwanzigtausendmal vor meiner Leinwand gezittert! Ich glaube an die Reinheit der künstlerischen Erkenntnis und auch an eine einzige Reinheit, die uns in all der Viecherei verblieben ist! Haben Sie mich verstanden? Auch ich lasse mich nicht beleidigen, haben Sie mich verstanden?"

„Und Sie glauben, dieses Schreien sei eine solche künstlerisch reine Erkenntnis?"

„Aber ich bitte Sie ...!" Filip stieß mit solcher Wucht den Tisch beseite, daß die Gläser und die Flasche umkippten. Der Zucker rieselte vom Teller, und der Zwetschgenschnaps lief Baločanski in den Schoß.

Welch geschmackloser Unsinn! Reine Zeitvergeudung! Gespräche mit Taubstummen, Verrückten und Wahnsinnigen! Was wissen diese Barbaren schon vom unmittelbaren Schauen, was wissen die schon davon, daß man nicht zurückschauen soll, sondern nach vorn! Der Blick muß unmittelbar sein, rein, sauber, ohne Gedanken oder Hintergedanken. Nur schauen muß man, unwissenschaftlich, nicht durch fremde Gläser, sondern im Rahmen seiner eigenen emotionalen Möglichkeiten: ohne Raum, ohne Zeit, ohne Verstand, ohne Vernunft. Er, Filip, hatte noch nichts von seiner Gefühlskraft verloren, und er spürte äußerst lebendig, daß die Kunst nicht das war, was diese Barbaren darunter verstanden: der Abdruck des Vogelbeins im Schlamm oder der Schmelz von Wachs. Kunst war Talent, war jene Kraft, die man nicht mit körperlichen Dingen erklären konnte, und die Funktionen des Talents standen unerreichbar hoch über den gewöhnlichen Funktionen des Körpers.

Draußen gab es ein lautes Durcheinander. Schon vorher hatte man das trunkene Grölen der Kutscher gehört, die einander überschrien. Stiefel stampften, Türen fielen krachend ins Schloß, Peitschen knallten, dann schrie jemand gellend auf, und eine gespenstische Stimme rief: „Blut, Blut ...!"

Sie liefen ins Dunkel hinaus. Vor der Kneipe lag ein Kutscher in zinnoberroter Weste mit aufgeschlitztem Bauch. Die Därme waren hervorgequollen und lagen im Schlamm, und auffallend rot dampfte das warme Blut im Schein einer Lampe, die jemand über dem Kopf des Verwundeten hin- und herpendeln ließ. Das blutige Gewebe, das üppige Rot des zerfetzten Eingeweides, das ganze wunde Fleischknäuel in der warmen dampfenden Lache, die das zinnoberrote Wams und die Stiefel durchtränkte – all das wirkte unsagbar trübe und gespenstisch. Man hörte das unruhige Wiehern der Pferde, denen der warme Blutgeruch in die Nüstern drang. Eines der Tiere zerrte wie rasend an der Kette, stampfte wild mit den Hufen und versuchte, über die Wagendeichsel zu springen.

„Gut so ...“, sagte Baločanski, während er sich über den Verwundeten beugte, der in den letzten Zügen lag und röchelnde Laute von sich gab wie ein geschlachtetes Tier. „Gut so! Was sollen da viele Worte? Man nimmt ein Küchenmesser, und dann direkt in die Därme! Das ist das einfachste! *Mir nichts, dir nichts!*“

Was soll das bedeuten? fragte sich Filip abwesend. Was für ein Küchenmesser? Was für ein Küchenmesser?

Der Mensch, der dort vor ihm stand, im flackernden Schein der Lampe, war bleich wie fauliges Fleisch. Sein Unterkiefer hing leblos herab, und unter der Lippe bildete sich Schaum wie bei einem Fallsüchtigen.

Dem elenden Kerl ist der Schnaps nicht bekommen ..., dachte Filip. Ihm war, als habe er keinen Schluck getrunken. Man müßte ihn nach Hause bringen, ins Bett, damit er nicht irgendwo im Graben liegenbleibt. Mir nichts, dir nichts? Sonderbar ...

Nach dieser durchzechten Nacht ließ sich die Bobočka zwei Tage lang nicht an der Kasse sehen; es hieß, sie habe Angina! Es regnete, ein ungemütlicher, gelber Herbst kündigte sich an, und schließlich, am dritten Abend, machte sich Filip auf, sie zu besuchen. Er nahm den kürzesten Weg, quer über die Felder, aber am Bach, wo das Vieh getränkt wurde, hatte jemand das Brett weggenommen, so daß er an der Ziegelei kehrtmachen mußte, um von der Hofseite her zum Häuschen der Bobočka hinaufzusteigen. Das unverhangene Fenster ihres Zimmerchens war hell. Er trat näher und blickte durch die Scheiben. Auf dem Tisch zitterte ein Kerzenflämmchen. Baločanski saß am Tisch und las Zeitung. Im Bett schien sich etwas zu bewegen, ein schwarzes Etwas und ein nackter weißer Frauenkörper: die Beine, die Hüfte, ein rotes Inlett. Im trüben Kerzenschein war nichts Genaues zu erkennen, aber eines stand außer Frage: Dort, auf dem roten Federbett, ging etwas Unfaßbares vonstatten. Jemand in schwarzer Kleidung und eine nackte Frau in obszöner Umarmung, eine Szene wie von der Galerie eines mittelalterlichen Glockenturmes. Eine der sieben schlimmsten Todsünden: eine Frau in wollüstiger Umarmung mit dem Leibhaftigen.

Er klopfte an.

Beim Klang des klirrenden Glases zuckte er zusammen wie im Halbschlaf. Sicherlich wäre es ratsam gewesen, ungesehen das Weite zu suchen, aber dazu war es bereits zu spät: Baločanski erschien schon am Fenster und bat ihn sehr freundlich und mit gekünsteltem Entgegenkommen herein. Filip umging das Haus, spielte vor der Eingangstür noch ein wenig mit dem kleinen schwarzen Pekinesen der Bobočka, aber als er endlich eintrat, hatte sich die Szenerie im

Zimmer nicht sonderlich verändert: Die Bobočka war noch immer im Bett, sie hatte sich lediglich mit dem Federbett zugedeckt. Neben ihr, auf einem Schemel, stand eine Waschschüssel zum Gurgeln. Um den Hals hatte sie sich ein Handtuch gebunden. Zu ihren Füßen, in einem schwarzseidenen Schlafanzug, kauerte, finsteren Blickes und unzugänglich der kaukasische Dermatologe und zupfte sich eine selbstgemachte Zigarette zurecht. Baločanski las weiter seine Zeitung, ruhig und völlig unbeeindruckt.

Die Bobočka begrüßte ihn ziemlich kühl: Neben solchen Freunden, wie er einer sei, könne sie sterben, ohne daß diese Freunde auch nur die geringste Anteilnahme verrieten.

Filip wußte nicht, ob er träumte oder ob diese verrückte Szenerie im Schein des Talglichts nur ein krankhaftes Phantasiegebilde war. Doch wer solche Halluzinationen hat, ist schon ein Patient – bei Gott, der ist es im buchstäblichen Sinne des Wortes ... So gab er der Bobočka die Hand und fühlte, wie ihn eine Welle warmen Schweißes überlief, eine Welle wie aus dem Dampfbad. Seine Finger waren so naß, daß sie an der Politur des Stuhls klebenblieben, als er ihn anhob, um ihn neben das Bett der Bobočka zu stellen. In den Gelenken, in den Fingern, in den Knien – überall spürte er einen Krampf, und ihm war, als verliere er das Bewußtsein. Hätte er sich nicht hingesetzt, die Knie hätten ihm den Dienst versagt.

Und dieser Grieche oder Russe, weiß der Teufel, was er war, blieb ruhig zu Füßen der Bobočka sitzen. Er fingerte an seiner Zigarette herum und schilderte seine Eindrücke von der sizilianischen Reise, die er ein Jahr zuvor unternommen hatte. Er tat, als knüpfe er genau dort an, wo ihn diese unerwartete und in jeder Beziehung überflüssige Visite unterbrochen hatte.

Er sprach davon, daß das Meer lauwarm gewesen sei und daß die Menschen die See als etwas Elementares betrachten, was ihm unverständlich sei. Das Meer sei, mit menschlichen Maßstäben gemessen, eine ziemlich große Anhäufung von Sauerstoff und Wasserstoff, auf der die Menschen mit irgendwelchen dummen Flößen herumscharwenzeln, und in den Kneipen, die auf den Flößen eingerichtet seien, bezahlen sie für Mineralwasser und für Seefisch ungleich

mehr als in den gewöhnlichen Kneipen zu Lande. So reise man auf diesen Flößen, schlürfe mit dem Strohhalm Ananasbowle, klimpere mit Silber und Porzellan, und irgendwo spiele das Grammophon dazu die Melodie vom Sonny-Boy. Das Ganze umschreibe man dann im menschlichen Vokabular mit den Worten: „Das Meer ist elementar." Über diesen Schaukelkisten befestigten die Leute lächerliche mehrfarbige Fetzen, und die auf diese Art geschmückten Flöße stellten dann „die Überlegenheit zur See" dar, und all dies geschähe auf einer bestimmten Menge bestimmter flüssiger Gase, die sich über einer schlammigen Kugel breitmachten.
Er, Sergije Kyriales, habe vor Jahresfrist zwischen Taormina und einer sizilianischen Ruinenstadt auf dem Deck eines solchen Schiffes gesessen, und neben ihm habe ein Jesuit gestanden. Der riesige, bronzene, von der Sonne gebräunte Koloß, der mehr einem Fleischer ähnelte als einem Jesuiten, hatte fleischige geschwollene Hände, die so groß waren, daß das Brevier in ihnen wie ein Notizblock verschwand. So stand dieser fleischige Jünger neben ihm, und das rote Bändchen aus dem schwarzen Brevier wehte im Winde. Eine wahre Woge von Schweißgeruch entströmte dem schweren Jesuitentuch, und dieser riechende Fleischer mit dem Brevier in der Hand breitete die Arme aus und bewunderte die erhabene Weisheit des Herrn, der die Elemente geschaffen habe, beispielsweise auch dieses „majestätische Meer" . . . Als habe diese „erhabene" Weisheit des Herrn die Funktion eines Reklamechefs in einem provinziellen Fremdenverkehrsbüro! Und später, als sie sich mit Chiantiwein betranken, und zwar gründlich, zeigte sich, daß dieser Knecht Gottes wie ein Fuhrmann kalabrische Witze erzählen konnte, so, als habe er Balzac gelesen.
Kyriales war den ganzen Herbst durch Sizilien gestrolcht und hatte nichts erlebt. Er sprach lediglich davon, daß er in ganz Sizilien ein einziges weißes Lamm gesehen habe, ein Lamm mit einem weißen Garibaldi-Bärtchen und roten Augen wie bei einem Kaninchen. Und daß er einen kleinen Jungen in einen Kessel mit brodelnder Bronze geworfen habe.
Das habe sich an einem späten Nachmittag ereignet. Die alte romantische Glockengießerei stand im Schatten des Steinbruchs, von hundertjährigem Efeu und Immergrün be-

wachsen, mit gewaltigen romanischen Fenstern, die vergittert waren. Im Innern der Gießerei herrschte angenehmes Dämmerlicht; der ungewöhnlich milde Geruch der feuchten Tonerde breitete sich aus. Die mit Wachs überzogene Gußform der Glocke aus feuchter Lehmmasse stand bereit, und daneben, im Kessel, brodelte der schwefelgrüne Brei der glühenden Bronze, der sich bisweilen rötlichorange verfärbte und die alte Kirche in einen sonderbaren phosphornen Schimmer tauchte. Dort, am Kessel, wachte mit verschwitzten Fingern der kleine Sohn des Gießers, ein neunjähriger Junge, der ungewöhnlich scheu, nervös und zart war wie ein Mädchen. Dem Vater sei das Wachs ausgegangen, sagte er, aber er käme gleich zurück. Kyriales trat näher und begann ein Gespräch über die letzten Geheimnisse. Er nahm ihn an der Hand und fragte, ob er bei der Beichte auch sein letztes Geheimnis gestanden habe. Die Hand des Kleinen schwitzte so sympathisch, und er stotterte so lieb, und das ganze geheimnisvoll-verlogene Verhältnis dieses warmen Kinderfleisches zu Gott war eine seidige Angelegenheit, als hielte man einen seidigen Falter zwischen den Fingern und als spüre man auf der Handfläche die Bewegung des kleinen Insekts und könne die angestaubten weichen Flügel nicht loslassen. So währte diese Quälerei ziemlich lange, bis der unfaßbare, dunkle Augenblick des körperlichen Ekels kam: Er packte den Kleinen und warf ihn in den Kessel! Eine stinkende Rauchwolke stieg über der glühenden Bronze auf, sie schnellte wie ein Ball zur dunklen Decke der Gießerei empor, und es quiekte unter den Zypressen . . . Es war ein ruhiger herbstlicher sizilianischer Nachmittag . . . Das Heimchen zirpte, weiter nichts . . .

Filip lauschte den Lügen des tückischen Grusiniers und beobachtete die müde Frau mit dem umwickelten Hals. Das Zimmer war geheizt, es war heiß wie in der Hölle, und der Schwachsinnige dort am Tisch raschelte mit der Zeitung. Was hatte das zu bedeuten? Und wenn dieser Kerl nicht log, sondern die Wahrheit sagte? Möglich war alles! Und alles, was in diesem Bett und rund um dieses Bett geschah – war das die Szenerie eines Irrenhauses? Und diese komische Figur dozierte, es sei ratsam, alle menschlichen Angelegenheiten gewissermaßen aus dem Blickwinkel des fünfunddreißigsten Jahrhunderts zu betrachten. Mindestens aus dem fünfunddreißigsten Jahrhundert, denn wer nicht imstande sei, die Dinge aus dieser Distanz zu sehen, der sei von Geburt blind. Was seien schon fünfzehn Jahrhunderte! Ein unbedeutender Augenblick, noch bedeutungsloser als der Flügelschlag einer Fliege! Und all das Umherwälzen in den Betten, die traurigen Regungen unserer Eingeweide, alles, was zwischen Mann und Frau geschieht und was überhaupt zwischen den Geschlechtern geschehen kann – all das verblasse vor der Melancholie des Menschen, der die Dinge von einem Standpunkt aus betrachtet, der jenseits des Grabes liegt.

„Wenn wir über fremden Gräbern stehen, dann ist es uns völlig gleichgültig, was diese Männer und Frauen dort unten miteinander gehabt haben, und aus einem Abstand von fünfzehn Jahrhunderten ist das Herz des Menschen bei dieser Betrachtung kalt wie eine Hundeschnauze! Und würfe jemand seinen Blick aus der Entfernung von fünfzehn Jahrhunderten in dieses Zimmer, so wäre es ihm ziemlich gleichgültig, ob jemand einen anderen in einen brodelnden Kessel geworfen oder ob diese Frau mit dem einen oder dem anderen geschlafen hat!“

„Sprechen Sie von mir?“ Filip war aufgesprungen; das Temperament ging mit ihm durch.

„Ich spreche von Ihnen, von mir und von jedem, mein Lieber! Ich weiß nicht, ob Sie mir glauben, aber ich betrachte die Dinge sogar aus dem fünfundvierzigsten Jahrhundert – ich gebe Ihnen mein Ehrenwort! Und jetzt werde ich Ihnen einen kaukasischen Punsch brauen, wie Sie ihn noch nie im Leben getrunken haben!“

Filip wollte sich verabschieden, aber man ließ ihn nicht gehen, besonders Boba nicht. Was sei das für eine unfreundliche Art? Zuerst komme er zwei Tage lang überhaupt nicht, und nun wolle er sich schon nach einigen Minuten in aller Form zurückziehen ...

Als Baločanski von dem kaukasischen Punsch hörte, faltete er seine Zeitung zusammen und lebte sichtbar auf. Frohgemut wie ein kleiner Hund begann er um Kyriales herumzuschwänzeln: Er schnitt eine Zitrone in Scheiben, öffnete den alten morschen Schrank, stöberte dort in zerknüllten Tüten und Päckchen herum, trug verschiedene Flaschen

und wohlriechendes Wurzelwerk herbei, lief überhaupt lebhaft im Zimmer umher und trällerte wie ein kleines Kind ein Liedchen vor sich hin.
Filip blieb neben Boba sitzen, aber sie sprachen kein Wort. Dann stand er auf, trat an den Tisch und nahm Baločanskis Zeitung zur Hand. Es war ein altes Blatt, schon einige Jahre alt, verschmutzt, verschmiert, bekritzelt.
Was mochte Baločanski in diesem schmierigen vergilbten Stück Papier gelesen haben – so lange und mit solch einem Interesse?
Am Ende einer Spalte unter den Lokalanzeigen waren mit rotem Stift vier Zeilen unterstrichen: „Gestern wurde laut Anordnung der Staatsanwaltschaft in seiner Wohnung der bekannte Rechtsanwalt Dr. Vladimir von Baločanski auf Grund der Klage einiger hiesiger Geldinstitutionen, die B. als Rechtsvertreter vertrat, festgenommen und im Gerichtsgefängnis in Haft gesetzt. Die Untersuchung ist im Gange."
Der Arrak, genannt „Lermontowtschik", den der Dermatologe gebraut hatte, war wirklich ausgezeichnet. Die erste Schale tranken sie innerhalb weniger Minuten aus, und während Kyriales die zweite zubereitete, begann er über den Tod zu dozieren. Die bläulichen Flammen des brennenden Alkohols strichen über sein finsteres Gesicht, im Zimmer war es völlig dunkel, und alle Dinge vibrierten im blauen Schein des Feuers, das in der Glasschale auf dem Tisch brannte. Baločanski stierte stumpf und unbeweglich in die Schlangenbewegungen der Flammen. Die Stimme des Griechen war müde, sie kreiste um Boba, die im Bett lag, und flatterte gleich einem wunderlichen erschöpften Vogel in den dunklen Zimmerwinkeln umher. Diese Stimme streifte den roten Kimono der Bobočka, berührte die staubigen Pappkartons auf dem Schrank und hüllte alles ein wie ein schwarzes Gewebe, so daß es immer trister und dunkler wurde. Nur die Kerze prasselte, und von Zeit zu Zeit erglühte die Pfeife unter dem Bart des Griechen.
Vom Tod sprach der Grieche, von den Gedanken der Toten und von der Wiederkehr auf diese Welt.
„Ungewöhnlich warm und ungewöhnlich intensiv muß zwischen den Brettern und Papierkissen der Gedanke sein: Wie wäre es, wenn man zurückkehren und von vorn begin-

nen könnte? Dieser Gedanke meldet sich in den toten verfaulten Köpfen wie eine trunkene Seifenblase, er rollt über die Gräber wie eine durchsichtige Glaskugel, und in dieser Kugel dampft grünlich schimmernd jenes geheimnisvolle, warme, intensive Etwas, das man süß in sich hineinschlürft wie heißen Punsch und das man so angenehm empfindet wie ein warmes Bett oder wie einen frisch gebadeten Körper. Es ist das einzige Maß des Lebenden, ein Lebenstropfen des Heiltranks, der warm durch unsere Adern pulsiert. Unter der Erde sei all dies besonders seltsam. Rund um die Gräber schwebt gläserner Rauch, der sich in sonderbaren waagerechten Linien in Eis verwandelt. Die Gedanken der Toten bewegen sich wie die züngelnden Flammen des brennenden Punsches im Glas: Wie wäre es, wenn wir wieder die Wunden berühren, wenn wir wieder atmen, uns fortbewegen und in den Zustand versetzen könnten, in dem wir einst gewesen waren, aus dem man uns aber wie Wachspuppen, wie Namenstagstorten, mit Papierspitzen verziert, hinausgetragen hatte in polierten Kisten? Rings um uns war alles offengeblieben wie eine offene Wunde, und das erneute Berühren dieser Wunden, an denen das Blut gerann, wäre so süß! Nur unsere Finger waren so unsagbar kalt geworden, wie in Kampfer getaucht . . . Auch alles andere war kalt wie Eis und durchsichtig wie Kalkspat, und alles war so leer wie die Stelle, an der uns der Zahn schmerzte, und nun war alles wie abgeleckt, kalt, betäubt, und das Loch war blutig und die Wunde eitrig. Nun gab es diese Wunde nicht mehr, alles war ein einziger fauler Zahn, den es nicht mehr gab, und man hatte eine kalte, marmorne, fremde Zunge. Und dort, an dieser Stelle, waren der Zahn, die Geschwulst, das Herz im Aderngeflecht, dort weinte vor Scham ein uneheliches Kind, und nun weinten viele andere Kinder, und alles verweilte im unendlichen, unfaßbaren Pendelschlag. Aus einer naiven Maid wurde eine Buhlerin, und einer erschlug seine Frau und zündete sich das Dach über dem Kopf an, und jemand wußte nicht, was er wollte, und irrte in der Welt umher. So dauerte das subjektive Flimmern, und die Morgen waren neblig. Es kamen die Dampfmaschinen, man mußte sterben, und als sich alles beruhigte wie überfahrene modrige Tuchfetzen auf den Schienen, da erwachten in den Gräbern und in den Verstorbenen von neuem die Träume,

und man träumte sicherlich von hell erleuchteten Fenstern, von warmen Zimmern, von dem angenehmen Gedanken, einen Schirm und Galoschen zu besitzen, wenn es regnete, und außerdem keine Schulden zu haben ... Standen Sie schon mal vor dem Selbstmord?"
Diese Frage des betrunkenen Griechen kam so unerwartet, daß Filip nicht wußte, was er antworten sollte. Aber der Grieche erwartete gar keine Antwort, er war ganz im Banne seiner eigenen Suggestion. Mit dem Glaslöffel rührte er in dem brennenden Getränk, das vor ihm stand, und seine Gedanken drangen in immer tiefere, immer törichtere, immer dunklere Winkel.
„Im Gehirn des Selbstmörders gibt es im Moment des Eintritts in die andere Welt einen Zerfall der Bilder, der Erinnerungen und Triebe, einen Zerfall, der sich in jenem Augenblick vollzieht, da er beschließt, sich unter die Lokomotive zu werfen – diese primitive Form des Selbstmords unter den Rädern einer Lokomotive ziehe ich nur als Beispiel heran. Der Nebel ist herbstlich naß. Über die Brücke rattert eine verrußte Dampfmaschine; sie winselt jämmerlich, und unter der Brücke fließt das lehmige Wasser. Es ist noch dunkel, es dämmert ...
Das warme Häuflein Lebenskraft, das uns alle über die Erde trug, das sich in uns bewegt, das unsichtbar wirkte, dieses Häuflein von Därmen, Fleisch, Wärme, Erinnerungen, Trieben, Schönheit, Angst, all das zieht sich in so einem Gehirn wie eine Muschel zusammen und öffnet sich wie eine Wunde: In dieser Auflösung, in diesem letzten Hauch, in diesem Schließen der Pupille, in jenem letzten Sein, bevor der Vorhang auf Nimmerwiedersehen niedergeht, in jenem Geschehen von zwei, drei Sekunden öffnen sich die Räume, die zwangsläufig genauso groß und so intensiv sind wie das ganze Leben jener Person, die sich von der Wirklichkeit ins Jenseits losgerissen hat. Dieses Losreißen muß aber doch schmerzlich sein, blutig! Es ist das Zerreißen eines aufgewühlten Deliriums, eines Fiebers, ein Erschrekken vor dem immerhin Unbekannten, eine schmerzhafte Sorge um alles, was warm, bekannt und uns lieb war: Häuser, Mahlzeiten, Kindheit ... Mit einem Wort: eine Sorge um alle Dinge, die uns Behaglichkeit gaben, unseren Nerven, unserem Hirn, unseren Därmen, unserer Haut, unse-

rem Körper, unserem Blut. Und dahinter ist dann der Tod: eine kalte Narkose, ein Kampferumschlag, die Horizontale eines geheimnisvollen Nebels, der sich um die Schienen legt, um die Lokomotive und um die Telefondrähte, die im Winde singen. Die Nabelschnur ist gerissen, die schlammigen Wasser und die kalte, jenseitige, stille, langweilige Finsternis öffnen ihren Schlund. Also zuerst der Sprung vor die Lokomotive, denn ein Zurück gibt es nicht mehr. Das Schließen der Pupille, ein unheimlich intensiver, krampfhafter Aufruhr des Körpers gegen das Ende des Bestehens, aber die Beharrlichkeit dieser letzten Bewegung hat uns bereits fortgerissen, die subjektive Temperatur schwindet, alles erscheint einem kalt, Stockung und Müdigkeit treten ein, noch ein einziger Gedanke ... Woran würden Sie in einem solchen Augenblick denken?"

„Ich würde an meine Frau Bibi denken, die aus dem zweiten Stock sprang und tot liegenblieb! Während ihres Begräbnisses, als ich hinter ihrer Bahre schritt, roch ich in meinem Taschentuch das Parfüm der Bobočka, und ich dachte an ihre Vagina!"

Baločanskis Stimme verwirrte Filip sehr. Er ging seinen Erinnerungen nach, um zu ergründen, woran er in einem solchen Moment denken würde. So gab er keine Antwort, sondern fragte den Griechen, woran er denn denken würde.

„Ich? An gar nichts! Ganz bestimmt an gar nichts! Und wenn ich doch an etwas denken würde, dann bestimmt daran, wie dumm es sei, daß ich es nicht schon viel früher, schon vor langer Zeit getan habe."

„Ja, gut! Das ist alles gut und schön und interessant", meldete sich Baločanski laut und aggressiv. „Aber wer wird mir Genugtuung geben?"

„Was für eine Genugtuung?" fragte der Grieche, goß sich ein Glas Punsch ein und leerte es in einem Zug.

„Was für eine? Die ganz natürliche Genugtuung!"

Die Bobočka, die während des ganzen Gespräches stumm und regungslos wie eine Katze unter der Bettdecke gelegen hatte, richtete sich so unvermittelt auf, daß das morsche Bettgestell zusammenzubrechen drohte. Sie heftete ihren Blick auf Baločanski.

Der stand auf und trat auf den Griechen zu: „Meine Genugtuung!"

„Genugtuung . . .?" fragte der Grieche. Sein Ton war äußerst entschlossen, ja roh.
Baločanski trat mit einer Geste vor den Griechen, als wolle er ihm, besonders aber der Bobočka und Filip, etwas von besonderer Bedeutung erklären. Er hob die Hand, hielt für einen Augenblick verkrampft inne, winkte dann aber ab, als sei ihm das Ganze zu langweilig. Resignierend griff er auf den Schrank, nahm sein altes, in Elefantenleder gebundenes Gebetbuch herunter und kehrte wieder an seinen alten Platz, auf dem Diwan, neben der Kerze, zurück. Er schlug das Gebetbuch an einer mit einem Heiligenbild gekennzeichneten Seite auf, seufzte tief und bekreuzigte sich voller Demut und Gottesfurcht. „Nescimus horam neque diem", murmelte er halblaut und melancholisch. Dann vertiefte er sich in die Gebete, als sei er allein im Zimmer.

Filip betrachtete in seinem Zustand alles Gescheiterte, alles Hilflose mit der erregten Ungeduld des Schwächlings. Er grub sozusagen in seiner eigenen Finsternis, er glich einem verschütteten Bergmann, der sich, wie von bösen Geistern besessen, nach allen Richtungen zugleich einen Ausgang freischaufeln will. Er wußte und spürte genau, daß er in Kostanjevec festsaß und daß es not tat, sobald wie möglich das Weite zu suchen, aber gleichzeitig war ihm klar, daß er nicht die Kraft besaß, sich loszureißen und binnen vierundzwanzig Stunden abzureisen. Wie einfach: eine Kutsche nehmen, zum Stiftsbahnhof holpern und dort in den ersten besten Zug steigen!

Dieses Festsitzen – das wurde ihm immer klarer – war von schicksalhafter Bedeutung. Wenn es unter diesen gestrandeten Menschen hier jemanden gab, der die Schicksalhaftigkeit und Gefährlichkeit auch des kleinsten Ereignisses von Anfang an erahnte, dann war es Filip. Noch niemals hatte er so intensiv die Unruhe des Fleisches, der Eingeweide und der Nerven gespürt wie jetzt, noch nie hatte er sich so müde, so schwach und so kampfunfähig gefühlt. Die Bobočka beunruhigte seinen Körper, und die Angst vor der täglichen Ungewißheit ihres Schicksals, die unaufhörlichen Zweifel voller Mutlosigkeit, die Anwesenheit dieses geheimnisvollen Griechen, der Unruhe schuf und seinen nagenden Argwohn noch verstärkte, all das brannte in ihm wie Fieber und steigerte sich zu einer unvorstellbar hochgradigen Erregung. Das Gebäude seiner Schwärmerei bekam die ersten Risse, und in diesen Rissen brodelten all seine ungesunden Kräfte. Die blutige Verwesung der Haut, das Feuer der sinnlichen Begeisterung, die Schwäche und häufige Ausschaltung des Verstandes, das Meditieren und

Träumen mit der starken Neigung zu tierischer Selbstsucht, all das quoll in ihm über und begann zu sieden wie brandiges, verwesendes Blut. Zwischen der traurigen Hilflosigkeit und den Mühseligkeiten des Fleisches stieg in ihm eine immer ruhigere, aber desto intensivere Antipathie gegen Baločanski auf. Er beobachtete, wie dieser „gewesene Mensch" bei Tisch saß und die Teller beleckte wie ein Hund, wie er von der „heiligen Kommunion" faselte, diesem seinem einzigen Trost, wie er sich in den banalsten pseudointelligenten Redensarten auszudrücken pflegte, und ihn befiel eine unverständliche Nervosität, ein tierischer Haß.
Filip hätte nie geglaubt, daß er kaltblütig den Tod irgendeines Menschen in seiner Nähe erwägen könnte, aber sooft er über die verschiedensten Möglichkeiten einer Entwirrung nachdachte, erschien ihm Baločanskis Tod immer wieder als die beste Lösung. Wenn dieser Verrückte eines zufälligen Todes sterben würde oder wenn man ihn in ein Irrenhaus steckte, wäre das Bobas Rettung!
Er dachte ganz nüchtern über diese Dinge nach, beschnupperte mit der kalten Schnauze eines Wolfes diesen Todesgedanken und hatte das Gefühl, daß er wirklich die nötigen Zähne besaß, um im gegebenen Augenblick lebendes Menschenfleisch zu reißen. Diese Gedanken kamen ihm freilich nur für Augenblicke, und gleich danach verschwammen sie in unzähligen Kombinationen voller Einsamkeit, machtloser Täuschung mit Vorbedingungen und fruchtloser Ausweglosigkeit. Einerseits sah er in dieser vielverzweigten Unruhe ungewöhnliche und sonderbare Alterserscheinungen, andererseits erschien ihm das Ganze wie das Wiedererwachen seiner schöpferischen Kraft. In den letzten zwanzig bis dreißig Tagen hatte er eine ganze Reihe Bilder gemalt: Naturmotive, Impressionen, irgendwelche Aquarelle. Aus ihm schossen und quollen fontänengleich die Bilder. Daß diese Gefühlsbewegung von einer sonderbaren Anregung herrührte, daß sein Blut von einer bestimmten Haut und einem bestimmten Fleisch in Unruhe versetzt wurde, daß sein Künstlerblick von ausschließlich körperlichen Motiven erleuchtet wurde – all das war ohne Belang. Gleichgültig, wie und warum, wenn er nur wieder, nach langem, zermürbendem, fruchtlosem Wiederkäuen, das Leben als Kreatur zu fühlen begann!

Er malte in einer großen Vielfalt kahle Lichtungen in grüner Dämmerung und im Hintergrund die fernen aschfahlen Ketten der Bergflanken, die blaß waren wie die alten japanischen Lithographien aus dem siebzehnten Jahrhundert. Die Weingärtner in der Dämmerung mit den kupfergrünen Opanken im Widerschein der glühenden Pfeifen malte er in einem Aquarellzyklus: farblose Masken im Halbdunkel, die leuchtende Glut vor dem Antlitz, wie Gesichter über Gräbern, auf denen Kerzen brennen. Seine Mutter, den alten Liepach, die dicke Karolina, den Hirten Mičko, die Bobočka und Baločanski malte er, wie sie am Tisch saßen und Tee tranken, in vollem Sonnenglanz in der Laube, um den Samowar versammelt: die alte Regina und Liepach wie zwei komische Papageien, die dicke Karolina mit dem geschwollenen Bauch und den roten Fleischerhänden in der Mitte des Bildes, den taubstummen Miško und den närrischen Baločanski wie fallsüchtige, dämonische, Grimassen schneidende Masken. Die Bobočka, blaß, in schwarzer Seide, schenkt ihm, Filip, Tee ein, sie gießt ihn in eine hellrote Schale. Sich selbst postierte er vor diesen Kreis mit der Palette und der Zigarette in der Hand, und auf die Laube setzte er den alten, hundertjährigen Raben. Alles in fetten pastellfarbenen Pinselstrichen, ungemein aufgeweicht und von Farbe gesättigt, lapidar, schwer und um eine Nuance zu nordisch, ein bißchen problematisch im Motiv, nicht in der Faktur, aber mit Schwung gemalt, nachgerade hingegossen in einem Zug. Unter seiner Hand verwandelte sich in letzter Zeit alles in Bilder, und er spürte bei jedem Atemzug sehr lebendig, wie er gewachsen war, wie er die jahrelange Untätigkeit und die fruchtlose Sicht durch graue regnerische Fenster überwunden und sich zu einer neu erschlossenen, üppigen Bildhaftigkeit durchgerungen hatte: Die mit grauen Schleiern verhangene fruchtlose Schwäche, die leeren Zimmer voller Rauch und Tabakgestank, die nördlichen, nebelhaften, schmutzigen Weiten, all das ließ er allmählich hinter sich; er spürte, wie er sich wie eine Schlange in der Frühlingssonne häutete, wie er alles Anorganische, Überlebte, Schorfige von sich abstreifte, wie die alten Wunden heilten, wie er genas und wie unter diesen Narben ein blühendes, junges, gesundes Gewebe zum Vorschein kam.
Die Bobočka und alles, was sie umgab, hatte für Filip vom

ersten Tage an im Zeichen dunkler und unklarer Probleme gestanden, und nach mehrmonatigem Leben mit ihr und in ihrer Umgebung hatte er noch immer keine Ahnung, wer sie eigentlich war und was mit ihr und um sie herum geschah. Anfangs schien alles einfach und klar zu sein: eine ältere Frau, um die Vierzig, eine Schiffbrüchige, allem Anschein nach recht unglücklich, eine Kassiererin in einer stinkenden Provinzkneipe, die ihren Liebhaber mit sich herumschleppte, der gleichfalls ein Schiffbrüchiger war. Ein langweiliger, uninteressanter Sachverhalt. Dieser stotternde, kurzsichtige Paralytiker neben ihr sprengte ihretwegen die bürgerlichen Rahmen seines eigenen Lebens, bürdete sich eine Last auf, der er nicht gewachsen war, und schleppte sich als Verstorbener über die Erde, obwohl er noch nicht gestorben war.

Anfangs war Filip diesem Kreis passiv und mit Skepsis begegnet, denn schon in dieser banalsten Phase der ersten Berührungen durch Worte und Blicke hatte er erkannt, daß aus all dem nichts Wichtiges und Konkretes werden würde. Was konnte er, Filip, mit seinen lädierten Nerven, mit dem Mangel an wirklichem Wollen, mit dem tiefen, geradezu unnatürlichen Gefühl seiner eigenen Gegenstandslosigkeit, mit dem völlig unnötigen Überschuß seiner überreizten, unterwühlten Intelligenz schon in Kostanjevec erleben – erleben mit einer Kassiererin? Gut, er kam jeden Abend ins Gasthaus, setzte sich an die Kasse, unter das Glasschränkchen mit den zerschlissenen Lexika darin, las die „Daily Mail“, trank Zwetschgenschnaps und Kognak, rauchte vierzig Zigaretten und verfolgte die rote Billardkugel, die über das grüne Tuch rollte. So vergingen die Kostanjevecer Nächte, und die Bobočka an der Kasse schepperte mit dem Silbergeschirr, zählte die Zuckerwürfel, drehte sich von Zeit zu Zeit zum Schanktisch um, goß Liköre und Punsch ein und lächelte diskret über seine geistreichen Reden. In der Unruhe der wachen Sinne, des Kognaks, des Gehirns, des Fleisches und des Blutes, in der Gegenwart dieser Frau, bei der man unter der schwarzen Seide einen überaus schlanken Körper, eine schlangenhafte Figur ahnte, stieß er den Rauch aus und geistreichelte daher, und die Bobočka lächelte ihm zu und schwieg.

Die Bobočka war intelligent genug, keinen Unsinn zu re-

den, jedoch Anzeichen von besonderer Intelligenz hatte Filip bei ihr nie entdecken können. Einige Male konnte man Motive erkennen, die auf einen Mangel an grundlegender Bildung schließen ließen, alles in allem aber verstand die Kassiererin, diese Lücken geschickt zu verbergen. Er wußte von ihr, daß sie einige Lehrgänge in katholischen Pensionaten absolviert hatte, sie sprach auch einige Sprachen, gab in bestimmten Dingen Urteile ab, in einer Art, als handele es sich um eigene Erkenntnisse – „Verdi ist keinesfalls schwächer als Wagner" oder „Munch ist mehr Lyriker als Maler" –, aber all dem haftete der Charme einer gebrochenen Altstimme an, alles war geprägt von der ungewöhnlichen Bildhaftigkeit ihres angegrauten Haares und dem mädchenhaft klaren Blick, der im Tabakrauch glühte wie ein diskretes grünliches Licht.
Durch die Freundschaft mit dieser unglücklichen und diskreten Dame geriet Filip, ohne es zu merken, immer mehr unter ihren Einfluß: Sie war von jeher das gewesen, was sie heute war. An der Vielzahl der Fotografien, mit denen sie ihn überschüttete, an ihren Reisen, an der Ausstattung ihrer Wohnungen, an ihren Hunden, Autos und Pferden war jedoch zu erkennen, daß sie andere Zeiten erlebt hatte: Durch die Hände dieser Frau waren ganze Haufen von Teppichen und Büchern gegangen, Figuren und Bilder und schwere beschlagene Käfige mit tropischen Vögeln. Sie segelte in griechischen Gewässern, sah das Land der Mitternachtssonne, Millionen, buchstäblich Millionen flossen ihr durch die Finger, und nun bedurfte es viel innerer Kraft, um unter der Last der Wirklichkeit, die über ihrem Haupt niedergegangen war, nicht zu kapitulieren.
Filips Sympathie für diese Frau erwuchs eben aus dieser Hilflosigkeit und Gebrochenheit. In ihren intimsten Beichten, wenn es ihr an jedem weiteren Widerstand mangelte, gestand sie ihm, sie sehe ein, daß sie nun am „letzten Strich" angelangt sei, und angesichts dieser Schwäche und Hilflosigkeit eines Menschen, der in den Unbeherrschtheiten Blut schwitzte, begann Filip für diese Frau eine Sympathie zu empfinden, die immer stärker und intensiver wurde.
Aber auch in diesem Abschnitt, noch zu Beginn ihrer Bekanntschaft, waren die unglaublichsten Dinge geschehen. Eines Mittags, es war glühend heiß, im Gasthaus war keine

Menschenseele, fand er die Bobočka auf dem Schoß des kleinen Kellnerlehrlings. Der Kleine hatte sich angeblich einen Splitter eingezogen, und sie sei dabei, denselben zu entfernen. Aber weder eine Nadel noch ein Splitter waren zu sehen, und sie hielt den Kopf des Jungen in beiden Händen und trank, Lippe auf Lippe, so blind seinen Atem, daß sie Filip nicht bemerkte. Und einmal verspätete sie sich, als sie auf der Rodelichtung ein Stelldichein vereinbart hatten, am alten Ameisenbau, wo sie sich nach der Liepachschen Vesper zu treffen pflegten. Sie kam völlig verwirrt und verschmutzt an – in der Nacht zuvor hatte es ein wenig geregnet – und erklärte ihm, sie sei beim Übergang auf dem feuchten Wiesengrund hingefallen. Später, im Liepachschen Kreis, bekam er von seiner Mutter in besonderer Weise serviert, daß man die Frau nachts auf der Wiese des Oberstraßenmeisters mit dem neuen Forsthüter angetroffen habe.

Und dann die Sache mit dem alten Korngold. Der alte Korngold war ein Großindustrieller, ein Wiener, ein riesengroßes asthmatisches Nashorn von hundertachtundzwanzig Kilo, das im Kostanjevecer Revier an die vierzehn Dampfsägewerke besaß. Korngold kam alle zwei Jahre in seine Wälder, auf sein Jagdschloß, das er von der Turčiner bischöflichen Vermögensverwaltung nach dem Umsturz erworben hatte, und er erschien eines Tages in Bobas Kreis. Der alte Korngold, so hieß es, war einer ihrer Bekannten aus der Vorkriegszeit, aus der Radayschen und Budimer Zeit. Später hatte ihr erster Mann, der Minister, geschäftliche Beziehungen zu ihm unterhalten.

Viel Champagner floß in diesen Nächten, und dann lud Korngold Filip und die Bobočka an einem Sonnabend zu sich ins Jagdschloß ein, in den Turčiner Wald, zum Abendessen. Im Rachen dieses Mannes verschwanden ganze Haufen von Fisch, Sülze und Mayonnaise wie im Maul eines hungrigen Nilpferds. Rot wie ein Krebs, verschwitzt, im Seidenhemd, schnaufte er wie ein gewaltiges Unterwassersäugetier, er zerschnitt dicke Fleischscheiben, zerschlug Eis, schlürfte Wein, rauchte, spuckte aus und dozierte geistreich über das Fressen und das Überfressen. Dies sei seine dreiundvierzigste Zigarette, und sein Schlund sei schon das siebzehnte Jahr entzündet, und die Herren Hals-Nasen-Ohren-Ärzte, die auf der Stirn glitzernde Spiegel trugen und seine Kehle mit Höllenstein und anderen stinkigen Flüssigkeiten auswuschen, erreichten in dieser Sache absolut gar nichts, weder bei ihm noch bei vielen anderen Leuten, die täglich an die fünfzig Zigaretten rauchten. In Wirklichkeit brenne dieser Rauch im Mund, er stinke, er stinke widerlich, er sei auch nicht angenehm, und weshalb man eigentlich dieses Gras rauche, könne niemand enträtseln, so wie viele andere Fragen in uns und um uns ungelöst seien. Der Spargel zum Beispiel oder die Forellen, der schwarze Kaffee, der Kognak, die Zahnstocher, alles umgebe uns ohne jede Ordnung, und das Ganze bezeichne man als das „angenehme bürgerliche Leben". Seife, Zahnärzte, Motoren, Autos, langweilige Sitzungen an den mit grünem Tuch überzogenen Tischen der Aufsichtsräte, moderner Blödsinn, eingerahmt an den Wänden . . .

„Ich mag die moderne Kunst nicht, das alles zusammen ist Dreck und Blödsinn! Sie sind auch so ein moderner Maler, was? Haben Sie Bilder zu verkaufen? Ich kauf Sie Ihnen ab! Schreiben Sie mir nur! Die Ware, die Sie mir verkaufen, brauch ich nicht einmal zu sehen! Zweitausend Schilling? Ja? Einverstanden? Abgemacht!"

Der alte, stiernackige Korngold rauchte seine dreiundvierzigste Zigarette, kaute an seinem Zahnstocher herum und erzählte von seinem Fett und von den Funktionen dieses Fetts, die nicht ganz in Ordnung seien. Er erzählte vom Spargel, vom Fleisch, von den Fischen, von seinen Waldspekulationen und meinte, es sei geradezu unfaßbar, daß er sich das Kauen an seinem Zahnstocher nicht abgewöhnen könne, das Nagen an diesem überflüssigen Stückchen Holz, von dem gut erzogene Menschen behaupteten, es öffentlich zu benutzen sei unanständig, und seine Frau habe ihm dieser Zahnstocher wegen schon einige Liter Blut abgezapft! Letztlich seien die Zahnstocher nicht so harmlose Gegenstände, wie es den Anschein habe, es gäbe nämlich einen unübersehbar großen Konsum an diesen Hölzchen. Keine Bar, keine Kneipe, kein Speisewagen im Zug könne ohne diese dummen Dinger auskommen, und der Mensch würde es nicht glauben, was für Millionensummen in diesen unscheinbaren Hölzchen steckten! In Kanada und in Finnland gäbe es ganze Industrien, die täglich Tausende von Tonnen dieser duftenden Hölzer produzierten. Man arbeite mit

Hochdruck, und es sei sehr schwer, Wertpapiere zu erhalten, die etwas mit Zahnstochern zu tun hätten, denn die Sache sei überaus solide. Europa habe viele schlechte Zähne, deshalb verbrauche es viel mehr als Amerika, wo der Konsum an Zahnstochern um siebenundzwanzig Prozent zurückgegangen sei, seit die zahnärztliche Betreuung auch in den Volksschulen Verbreitung fand. In den Vereinigten Staaten gäbe es für die Kinder kostenlose Pflichtbehandlungen.
Seit es hier, in diesem Lande, nationalisierte Fabriken gäbe, mache er, der Herr Generaldirektor Korngold, die größten Anstrengungen, auch die Produktion von Zahnstochern zu nationalisieren – mit dem Herrn Gemahl der gnädigen Frau Ksenia arbeitete er auf diesem Gebiet besonders intensiv zusammen, und die Aussichten seien gut, denn „bei uns werden in den Volksschulen die Zähne nicht behandelt"! Der Erfolg sei jedoch bisher ausgeblieben. „Bis jetzt nichts als große Investitionen! Unsere Landsleute benutzen leider Streichhölzer – wie die Barbaren!"
Filip ließ diese Flut an fetten, überfressenen Worten über sich ergehen und nagte nervös und mechanisch an seinem Zahnstocher herum. Das Hölzchen roch nach Menthol, und unter diesem scharfen Geschmack spürte er an seinem Zahnfleisch die Bitterkeit des Tannenharzes, die sich in seinem Mund, ja in seinem ganzen Gehirn ausbreitete. Ihm war, als habe der Wind den starken Berggeruch ferner Fichten und ferner Blautannen herangetragen. Er spürte den bitteren Geschmack des Fichtenwaldes und seufzte tief. Rasch trank er ein weiteres Glas des schweren Korngold-Weines, um zu vergessen, daß dies das zwölfte oder fünfzehnte war, daß er mit einem barbarischen „Kulturträger", mit einem Rhinozeros zusammensaß und daß er betrunken war. Ja, er war völlig betrunken; alles drehte sich im Kreise, auch die Bobočka und dieser widerliche Emporkömmling!
Und wie sich dieser Kerl der Frau gegenüber benahm! Er streichelte mit seinen dicken Fingern ihren Unterarm, fingerte an ihren Schultern herum, rückte seinen schweren, mit Damast bezogenen Stuhl ganz dicht an den ihren heran, und ihre Schuhspitze spielte mit der Serviette, die sich der Alte über das Knie gelegt hatte. Was soll das? fragte sich Filip. Träume ich? Ist das hier eine Irrenanstalt, ein Freudenhaus?
Der Alte wehklagte, daß ohnehin bald alles zu Ende sei,

denn erst kürzlich habe man bei ihm Zucker festgestellt. Auch die Nieren arbeiteten nicht mehr so, wie es sein müßte; und außerdem habe er Eiweißstoffe im Harn.
Um dieses Nilpferd scharten sich die Ärzte in ihren geheimnisvollen Beduinenmänteln, die an altmodische Schlafhemden erinnerten, und schauten diesem hundertdreißig Kilo schweren Idioten in den Schlund, in die Därme, in die Nieren, in die Blase! Sie kochten seinen Urin in Reagenzgläsern, rochen daran, ob er Zucker enthielt; man bohrte in seinen Zähnen herum, maß ihm den Blutdruck und er erzählte von all diesen übelriechenden Intimitäten und streichelte Boba den Rücken, berührte mit dem Knie ihre Hüfte, und all das war schamlos, so blöde. Dieser alte asthmatische Wanst, dieser Darm mit der gestörten Verdauung, dieses kurzatmige behaarte Wesen in der Wolke von Kaffee und Tabak war fürchterlich und gewaltig wie ein Gorilla, und Boba lachte hell wie ein Mädchen, maß ihm mit ihrer Handfläche den Blutdruck an der Schläfe und nannte ihn „Herr Generaldirektor“! Sie sprachen von irgendwelchen gemeinsamen Ausflügen zu den Dolomiten, als dieses Nashorn noch fähig war, aufs Rad zu steigen. Das Ganze hatte sich noch vor ihrer Pariser Paraffinkur abgespielt, als man annahm, Boba sei schwanger und werde ihrem Gatten, dem Herrn Minister, den einzigen Sohn zur Welt bringen. Dieses einzige irdische Ideal des Ministers war durch ihre Pariser Paraffinkur zunichte gemacht worden.
Filip zog sich zurück; er spürte, daß ihm übel wurde. Sein Zimmer lag im zweiten Stock, direkt unter dem Dachboden des hölzernen Schlosses, das im Schweizer Stil erbaut und reich mit buntem Glas und Hirschgeweihen verziert war. Er hatte eine qualvolle Nacht, und es dauerte lange, bis er endlich einschlief.
Ein Kichern weckte ihn. Bobas Stimme. Das Zimmer des „Herrn Generaldirektors“ lag im ersten Stock, und Bobas Stimme erklang vom Balkon. Es dämmerte.
Zum Teufel, was macht sie dort? fragte sich Filip. Unter ihm, auf der Holzbrüstung des Balkons, saß Boba im Pyjama, und der „Herr Generaldirektor“ streichelte ihre nackte Wade.
Als sie am selben Morgen durch den Wald zurückwanderten, kam es zwischen Filip und Boba zu einer Szene. Sie

lachte vollendet überlegen; Filip sei töricht, er sähe Phantome, der „Herr Generaldirektor" könne ja ihr Vater sein! In der schweren Auseinandersetzung, noch nicht ernüchtert, schlug ihr Filip so ins Gesicht, daß sie blutete. Danach endete alles im nassen Gras. Boba, die warm war wie ein Hund, griff in seinen Haarschopf, wickelte eine Strähne um ihren Zeigefinger und gab ihm zärtlich zu verstehen, daß die Männer unsagbar dumm seien. Sie sollten doch endlich begreifen, daß es für eine Frau den größten Genuß bedeute, von einem Mann geschlagen zu werden.

Es hatte sich also schon vor dem Eintreffen des Griechen allerhand ereignet, aber nichts prägte sich Filip so unauslöschlich ein wie jene mittelalterlich-gespenstische Szene bei der Bobočka im Beisein von Baločanski, der bei schwachem Kerzenlicht die Zeitung las. Nach diesem törichten Besäufnis mit dem brennenden kaukasischen Punsch, diesem „Lermontowtschik", ging Filip nicht wieder ins Gasthaus. Drei Tage vergingen, die Bobočka jedoch meldete sich nicht. Auch nach der „Korngolder Nacht" hatten sie einander fast eine Woche lang nicht gesehen; sie hatte eine Fahrt in die Stadt unternommen und war schließlich mit einer unübersehbaren Menge verschiedenster Dinge zurückgekehrt: mit einem feinen englischen Tennisschläger, einem kleinen Pekinesen, mehreren Litern Kölnischwasser und echtem Benediktinerlikör. Baločanski brachte sie mehrere Seidenhemden und eine Krawatte mit, Filip ein Blechbehältnis mit feinsten holländischen Farben. Er schleuderte ihr die Farben entrüstet vor die Füße, schrie sie an und warf ihr einige brutale Wahrheiten an den Kopf, sie aber zuckte nur die Achseln, sammelte die auf dem Boden umherliegenden Bleituben auf und erklärte ruhig, daß es eben sehr schwierig sei, „mit bizarr inkonsequenten Menschen befreundet zu sein".

Sie hatte recht. An diesem ganzen Wirrwarr trug sie keine Schuld, und er war wirklich „bizarr inkonsequent". Wenn überhaupt jemand inkonsequent war, dann war er es, ausschließlich er. Weshalb erregte er sich eigentlich so über diesen Grusinier – war denn Baločanski nicht auch so ein Buch mit sieben Siegeln? Was waren das überhaupt für Menschen, die sich um dieses närrische Weib scharten? Ein kaukasischer Grieche, der mütterlicherseits aus Smirna und väterlicherseits aus Kiew stammte, ein Grusinier, der einst als Journalist in Riga tätig war und der jetzt in den pannonischen Wäldern umherlief, der einen schwarzen Schlafanzug trug und einen Punsch zubereitete, den Lermontow einst als verliebter Jüngling in Tiflis getrunken hatte. Und die Bobočka war eine Ungarin, eine Pannonierin aus dem Gebiet zwischen Mur und Drau, die nicht kroatisch sprechen konnte. Und er selbst? Dem Vater nach war er ein Namenloser; Valentis Vorfahren waren einst aus Verona nach Krakau gezogen, und in Wilna hatten sie litauische Mädchen geheiratet. Sein Vater, der Kammerdiener Filip, wurde in Ždala geboren, seine Mutter war eine Ungarin aus Stolni Biograd. Litauer, Ukrainer, Veroneser, Pannonier, Ungarn – aus welchen Fernen, aus welchen unbekannten Fernen waren ihre Körper in diesen Donauschlamm gekommen? Nun krochen sie hier in ihrem engen Gesichtskreis umher, und das Blut kreiste und floß in ihren Adern. Wer konnte in dieser Bewegung, in diesem Gewirr konsequent sein?

Dieser widerliche Grieche hatte recht, als er an einem Abend sagte, die Nationalität sei ein bürgerliches Vorurteil. Er rechtfertigte sich – wider besseres Wissen – wieder einmal damit, daß die Nationalität eine subjektive Erscheinung sei, eine spiritualistische Erscheinung, eine Erscheinung metaphysischen Ursprungs! Er erlag in der letzten Zeit überhaupt viel zu oft dem Einfluß dieses nebelhaften Spiritualismus. Daran waren die beiden fruchtlosen Jahre schuld, diese schweren schmutzigen Jahre, in denen er nichts als dumme Bücher gelesen hatte. Dieser Kerl überschüttete ihn mit einer Vielzahl von Namen, und im Grunde hatte er recht. Belesen war er, und lügen konnte er; er konnte so tun, als sei er belesen, aber er log routiniert. Es gab und gibt keine Konsequenz, weder in den Vorgängen noch in der Entwicklung des einzelnen, aber noch weniger in so großen Kollektiven, wie es die Völker sind. Und dieser Kerl zählte ihm eine ganze Literatur der Schädelmeßlehre auf, wonach das Volk ein Hirngespinst ist: „In den Hirnen gibt es nur Gespenster. Auch die Moral ist ein solches Gespenst."

„Mit bizarr inkonsequenten Menschen ist es eben schwer, befreundet zu sein", hatte die Bobočka gesagt, und sie stand in diesem Augenblick ganz bestimmt hoch über ihm. Er hatte sie schwer gekränkt, doch sie war gut erzogen genug, ihm die Farbtuben aufzusammeln. Ja, sie stand über ihm und über seinen kleinbürgerlichen Vorurteilen! Und daß er nach jener grusinischen Szene drei Tage lang nicht ins Gasthaus ging, war wirklich „bizarr inkonsequent“! Was wollte er eigentlich? Hatte er sich diese Frage überhaupt einmal vorgelegt? Was wollte er von der Bobočka? War es nicht im Grunde, er, Filip Latinovicz, der diese Frau zur Dirne erniedrigte?

Bei Turčin, dort, wo die Blatnja unter der Eisenbahnbrücke fließt, fanden die Hirten eines Morgens eine Leiche. Der Körper war so verstümmelt und blutig, daß ihn niemand identifizieren konnte. Der Tote hatte keine Papiere bei sich, man konnte nur an der Innenseite des schwarzen Filzhutes feststellen, daß er bei der Firma Metropolis Ltd. in London gekauft wurde. Bis man in Kostanjevec erfuhr, daß auf der Turčiner Strecke ein Mensch vom Zug überfahren worden war, vergingen drei Tage, und als die Bobočka ins Turčiner Gebiet gelangte, war der Unbekannte bereits begraben. Die Pfeife, den Gehrock und die Krawatte erkannte sie wieder – es waren die Sachen von Sergije Kirillowitsch Kyriales.

Sie ließ das Grab öffnen. Eine mühselige Arbeit. Seit Tagen hatte es geregnet, der Lehm war naß und glitschig. Die Bobočka stand den ganzen Vormittag auf dem Friedhof im Regen, und der Totengräber, ein bartloser Jüngling mit schönem blondgelocktem Haar – seine Augen waren feucht und hatten einen warmen Glanz –, betrachtete sie mit Andacht, als habe er ein Heiligenbild vor sich. Er gab ihr aus einem blauemaillierten Topf Suppe zu trinken, und zu diesem Topf gehörte ein ebensolcher Deckel. Das Töpfchen war fettverschmiert, ungewaschen, es roch nach saurer Milch und nach Rauch. Wenn der junge Totengräber trank, war der Klang seiner Zähne an der Emaille zu hören ...

Die lehmverklebte Kiste, die blutigen Lappen, all das war ekelerregend anzusehen. Da ...! Aus dem gelbbraunen Schlamm unter dem zerbrochenen Tannenholz kam Kyriales' Hand hervor, und die Manschette, die sein schlieriges Handgelenk umgab, gehörte zu Baločanskis blauem Seiden-

hemd. Dieses Hemd hatte sie erst in diesem Sommer von Korngelds Geld gekauft.
Kyriales hatte all seine Sachen mit der Bemerkung bei ihr gelassen, er werde nach einigen Tagen zurückkehren. An jenem Morgen hatte er sich nur umgezogen. Die Bobočka gab der Behörde die nötigen Angaben über die Identität des Dr. phil. et med. univ. S. K. Kyriales, des gewesenen außerordentlichen Professors der Universität zu Konstantinopel, nach dem die internationale Wissenschaft zur ewigen Erinnerung den mikroskopischen Querschnitt eines Haars benannt hatte. Sie quälte sich sehr während dieses langweiligen und pedantischen Verhörs zur Abfassung des Protokolls und kehrte völlig durchnäßt und ermattet nach Kostanjevec zurück.
Sie klopfte bei Filip an. Es war um die Zeit, in der sie sich gewöhnlich zu treffen pflegten, im Haus seiner Mutter, nun, da die Wälder naß waren, so daß sie nicht mehr auf der Lichtung oder unter der alten Buche zusammenkommen konnten, unter der sie in jener stürmischen Nacht Schutz gesucht hatten, auf dem Rückweg von der Kirmes. Suche die Buche, weiche der Eiche . . .
Sie bat ihn um Verzeihung, daß sie ihn störe und ihn mit ihren Sorgen belästige, aber sie habe eine Bitte. Sie wolle abreisen, spätestens bis heute abend, und sie benötige für die Reise nach Hamburg Geld.
Filip war von dem Tod des Griechen und von dessen Exhumierung so erschüttert, daß er nach Atem rang, er war einer Ohnmacht nahe. Er preßte die Hände an den Kopf, zitterte am ganzen Körper und erklärte der Bobočka, daß er soviel Geld nicht bei sich habe, aber er könne morgen früh mit ihr zusammen in die Stadt fahren. Dort würde er ihr alles zur Verfügung stellen, was er besaß.
Ihr Gesicht wurde aschfahl, und sie lehnte sein Anerbieten kaltblütig und entschieden ab: Sie bedanke sich für seine Liebenswürdigkeit, aber sie werde allein fahren. Niemand brauche sie zu begleiten. Sie benötige dieses Geld heute abend, spätestens bis sieben Uhr!
Der Gemeindesekretär, Filips Freund aus dem bischöflichen Armenhaus, wickelte in der letzten Zeit seine Geldgeschäfte ab; er hatte häufig in den Stiftskreditinstituten zu tun und war in Filips materielle Verhältnisse eingeweiht.

Bei ihm hatte Filip Kredit. Er schlug ihr vor, zu diesem Freund zu gehen und alles für sie zu erwirken, was bis zum Abend möglich sei.

Auch das lehnte sie ab.

Er brauche sich nicht zu bemühen. Sie werde jetzt an ihren Arbeitsplatz gehen, werde dort bis sieben Uhr bleiben und dann wieder bei ihm erscheinen. So gingen sie auseinander.

Der Gemeindesekretär war natürlich nicht zu erreichen, er war irgendwo mit einer Gemeindekommission unterwegs und wollte erst in der Nacht wieder zurückkommen. Filips Verbindung zu den Kostanjevecer Bürgern war ziemlich lose, er kannte eigentlich niemanden. Den Gedanken an die Mutter verwarf er sofort, und so blieb als einziger der Vermessungsingenieur. In dessen Kasse lagen aber nur neuntausend, und davon mußte er viertausend bei der Behörde hinterlegen. So nahm er fünftausend, legte seine zweitausend hinzu, legte diese siebentausend in einen Briefumschlag und begann wie besessen auf und ab zu gehen, vom Schrank bis zum ovalen Tisch und umgekehrt. Er war halb irrsinnig vor Erregung wie ein Jaguar im Käfig. Die verrußten Tragbalken über ihm, die vergoldete Petroleumlampe über dem Tisch, der blöde Jelačić über der blauen Plüschgarnitur im anderen Zimmer, all das begann ihn derart zu stören, daß er am liebsten alles um sich mit den Füßen zertrampelt hätte.

Die Zeit stand still. Es dämmerte. Die alte Regina, unten in ihrem Zimmer, spürte an den Schritten ihres Sohnes, daß dort oben etwas vorging. Das ganze Winzerhaus erdröhnte von seinem Schritt. Er ging über ihrem Kopf hin und her, die Tritte widerhallten von den Holzwänden, die Hängelampe schaukelte an der Decke, der Ölzweig und die Weidenkätzchen vom diesjährigen Palmsonntag fielen aus dem Bilderrahmen der Heiligen Jungfrau, auch das Weihgefäß begann zu schaukeln, und der Putz blätterte von den Holzbrettern der Decke und rieselte wie Staub hernieder, und dieser Mensch dort oben, unter dem Dach, rannte wie von allen guten Geistern verlassen auf und ab. Die Alte saß im Lehnstuhl, kauerte sich vor Schreck zusammen und fand nicht die Kraft, die Holzstufen emporzusteigen und ihn zu fragen, was denn geschehen sei. Und Filip bewegte sich mit gesenktem Kopf vom Schrank zum Tisch, vom Tisch zum Schrank und blickte schon zum dreißigstenmal auf die Uhr: Viertel sieben ... Die Zeit war stehengeblieben, sie rückte nicht von der Stelle. Miško kehrte schon mit den Kühen zurück, Karolina sperrte die Hühner in den Stall, man holte Wasser aus dem Brunnen, und er setzte sich in den Lehnstuhl und verharrte so, den Kopf zwischen den Händen, eine ganze Ewigkeit lang. Viertel sieben, keine Minute später ... Er preßte das Gesicht in die Hände, schloß die Augen und versank in eine unergründliche ägyptische Finsternis. Dort, zwischen den grünen und roten Kreisen im absoluten Dunkel, wo es nichts gab und wo nur die blaue Zunge des brennenden Punsches am Rande des Glasgefäßes tanzte, ertönte eine Stimme. Die Stimme des Griechen drang aus dem Dunkel; sie sprach davon, daß er, Kyriales, im letzten Augenblick vor dem Sprung unter die Dampfmaschine an gar nichts denken würde. Und wenn er dennoch etwas denken würde, dann nur das eine: Wie dumm, daß ich das nicht schon längst getan habe ...

Und all das war an jenem lehmigen, regnerischen Morgen geschehen ... Eine alte verrußte Lokomotive auf nebliger Strecke, und die Telefondrähte sangen im Wind ... Boba würde noch heute abend reisen, und siebentausend lagen dort im blauen Briefumschlag auf der Plüschdecke, und die Kühe waren bereits zurückgekehrt, und die Hühner waren schlafen gegangen, und jetzt war es erst eine Minute nach Viertel sieben ... Filip hatte das Bedürfnis, zu erblinden, taub zu werden, in eine taubstumme, luftleere Finsternis zu tauchen. Es war so dunkel, so würgend, so klein wie in einer Schachtel; alles war mit diesen schwachsinnigen Bildern, mit diesen Hängelampen behangen, alles war so niedrig, daß man mit dem Kopf das Dach durchstoßen konnte ... Es gab keine Luft, man konnte nicht atmen, nur das Herz pochte in den Ellenbogen, und alles war hermetisch verklebt ...

Er stand auf, trat an das kleine Fenster und öffnete es, so weit es ging. Der leise Herbstregen glitt über die mit Moos bewachsenen Schindeln wie über einen alten, abgeschabten Pelz. Die Fensterscheiben waren betaut, draußen rann der graue traurige Herbst. Über die Straße, wie ein Schatten, ging in einem alten österreichischen Offiziersmantel ein

Blinder. Er trug die Ziehharmonika auf dem Rücken und den Bettelbeutel am Hals, er tastete mit seinem Stock nach den Pfützen, tappte barfuß im Schmutz, schnupperte wie ein Hund nach warmem Rauch und horchte auf die Geräusche menschlicher Stimmen unter warmen Dächern.
Lange sah Filip stumpfsinnig dem Blinden nach. Die kühle Feuchtigkeit tat seinen entzündeten Bronchien gut; er sog die regnerische Dämmerung in sich ein und spürte, wie sie ihn vom Scheitel über das Genick hinweg durchrieselte und wie ein kühles Bad erfrischte.
Auf den hölzernen Stufen wurden Schritte laut. Sicherlich brachte ihm Miško irgendeine alte Flöte oder einen alten Glassplitter. Er hatte ihn mit Geld korrumpiert, als er ihm die kleine bronzene Europa anbrachte, und nun glaubte dieser taubstumme Kuhhirt, jeder alte Gegenstand sei eine Antiquität und daher wert, aufbewahrt zu werden.
Jemand klopfte an die kleine Tür. Sonderbar ... Es ist doch erst sechs Uhr zweiundzwanzig ... Das kann nicht Boba sein, das sind schwere Schritte, und Miško klopft doch nie an ...
Er trat an die Tür und öffnete sie voller Neugier und voller Unruhe.
In dem mit Brettern abgedeckten dämmrigen Vorraum stand ein Mann in Schwarz mit einem Halbzylinder auf dem Kopf; es war so finster, daß man sein Gesicht nicht erkennen konnte.
„Bitte, was wünschen Sie?"
„Meine Verehrung, meine Hochachtung! Verzeihen Sie, wenn ich störe ... Ich bin gekommen, um nach Ihnen zu sehen! Schon seit vier Tagen waren Sie nicht mehr im Gasthaus – wir glaubten schon, Sie seien krank ..."
Es war Baločanski, kurzsichtig, ohne Brille, mit üppigem Bart, durchnäßt, zahnlos. Er sah aus wie ein Blinder. Er stolperte über die Türschwelle, der Zylinder fiel ihm vom Kopf, und die Halbkugel aus Filz rollte über den Fußboden. All das wirkte unsagbar ungeschickt und linkisch.
„Habe die Ehre, bitte schön! Sie stören mich gar nicht. Treten Sie nur näher!"
Filip zündete eine Kerze an. Baločanski setzte sich im Mantel an den Tisch und sah sich interessiert in dem kleinen

niedrigen Zimmerchen mit den alten Tragbalken um. Er war noch nie bei Filip gewesen.
„Sehr angenehm haben Sie es hier, sozusagen intim. Ich bin schon lange nicht mehr in so einem intimen Zimmer gewesen!"
„Na ja, eher altertümlich! Kleinbürgerlich, wie das so ist. Bitte, rauchen Sie!"
„Danke."
Sie steckten sich Zigaretten an. Die Kerzen räucherten. Stille. Auf dem Tisch lag der nasse Halbzylinder Baločanskis, und daneben stand Filips Uhr. Jeder Schlag des Uhrwerks wurde von der harten Politur laut und metallisch zurückgeworfen. Die Minuten begannen unversehens zu rasen, es war schon zwei Minuten vor halb sieben!
Auf dem Tisch stand im Schein des Talglichts die kleine bronzene Europa auf dem rasenden Stier. Baločanski nahm sie in die Hand und hielt sie so dicht an die Augen, daß es den Anschein hatte, er beschnuppere sie wie ein Hund. Qualvoll. Grau.
„Ein schönes kleines Ding. Ungewöhnlich. Wir hatten im Gymnasium antike Abgüsse aus Gips, im Korridor, vor den Klassen . . . Mir imponierte am meisten dieser Scipio Africanus. Er hatte den Kopf eines vollkommenen Verbrechers. Ich hatte später oft Gelegenheit, in meiner Anwaltspraxis mit Verbrechern in Berührung zu kommen, und später aß ich zusammen mit diesen Herren auch die Einbrennsuppe, aber nirgends begegnete ich einem so gut modellierten Schädel eines Übeltäters wie dem des Scipio Africanus! Wer als Verbrecher ganze Welten hinschlachtet, wird zum Vorbild für die Gymnasiasten, aber wer nur einen einzigen Menschen umbringt, kommt an den Galgen! Ein apartes Rechtsempfinden! Wissen Sie, Herr Professor, für uns Humanisten war Rom das Ideal. Dasselbe Rom, das solche herrlichen Dinge hervorgebracht hat wie diese kleine Europa! Aber wer im Leben Gelegenheit hatte, am eigenen Leibe die ganze barbarische, inquisitorische, schwachsinnige Niedertracht dieser römischen Einrichtungen des Rechts zu erfahren, der muß allen Respekt vor diesen kulturhistorischen Spielsachen verlieren! Rom war nicht das, sondern das!"
Beim ersten Teil seines Satzes deutete er auf die kleine Eu-

ropa, dann legte er sie auf den Tisch zurück, richtete den Zeigefinger der linken Hand auf sich selbst und begann auf seinen nassen Überzieher zu tippen: „Das war Rom – das, was ich heute bin: ein zertretenes, bespucktes Stückchen Fleisch! Ich habe diese Cäsarromane und unsere Patrizier beobachtet, ich habe an ihren Tischen gespeist! Wie viele müssen zu dem werden, was ich heute bin – ein Fetzen, ein gewesener Mensch –, damit so ein Scipio Africanus auf seiner Konsole stehenbleiben kann! Mein Herr! *Die Kunst ist schön, aber das Leben ist ernst!*"
Filip starrte in das stumpfe, betäubte Gesicht von Baločanski, er betrachtete seine länglichen Finger mit den bläulichen, schmutzigen Fingernägeln, die am Rande des Aschbechers zuckten und zitterten, die nervös die Glut abklopften und an dem zerrissenen Kragen des schäbigen, schmierigen Mantels herumzupften. Er begriff nicht, was dieser Mann mit seinem „Scipio Africanus" sagen wollte und warum er zu ihm kam, ausgerechnet jetzt, nach halb sieben ... Der Zeiger der Uhr rückte nervös weiter und näherte sich dem dritten Viertel.
Filip begann von fernen, begrabenen pannonischen Zeiten zu erzählen, als in diesen Sümpfen römische Postreiter über Steinpflasterstraßen jagten und die Menschen aus Rom vier Tage benötigten, um die pannonischen Bäder zu erreichen. Und wenn heute infolge eines Katastrophenfalls die schwachen Zwirnsfäden der Telefondrähte und die Pappdeckel der Katasterbücher zugrunde gingen und wenn jemand diesen Schmutz in ferner Zukunft umgraben würde – das einzige, was in den Händen der kommenden Geschlechter von dauerndem Wert übrigbliebe, wäre dieses ausgegrabene römische Gestein: diese kleinen bronzenen Europen, kleines Grabspielzeug, Krüge und kostbare Nadeln. Mit diesem ästhetischen Maß gemessen, bedeutete unsere ganze Zivilisation gegenüber den römischen Kunstwerken rein gar nichts.
Baločanski widmete Filips Worten nicht die geringste Aufmerksamkeit. Er hatte sich aus der Kneipe spontan hierherbegeben, einem starken Impuls folgend, um mit diesem Menschen einige Grundfragen zu bereinigen. Nun saß er da, nahm einen Teil seines Verstandes zusammen, war ganz in den Hauptzweck seines Kommens vertieft, und dieser

Kerl redete von „den Händen kommender Geschlechter"! Er erkannte, daß Filip ihn mit diesen dummen Phrasen hinauskomplimentieren wollte.
„Jetzt ist nicht die Rede von den Händen kommender Geschlechter, Herr Professor, sondern von ..."
Er sagte es scharf, wie mit dem Messer geschnitten, aber dann stockte er. Deutlich spürte er, daß er zu schwach war, seinen Gedanken zu Ende auszuführen.
Filip warf ihm einen gekünstelten, abwartenden Blick zu, der Überraschung ausdrücken sollte.
Danach schwiegen sie geraume Zeit, und nur die Uhr auf der Politur war zu hören, die laut und schnell tickte.
„Sie beliebten etwas zu sagen, Herr Doktor?"
„Ja, ich hatte Ihnen etwas zu sagen, und es handelt sich in erster Linie um mich persönlich! Ich bin gekommen, um Sie um etwas zu bitten!"
„Bitte."
„Ich komme zu Ihnen mit der Bitte, mir einen Gefallen zu erweisen, mir persönlich ..."
„Bitte, stehe zu Diensten – wenn ich dazu in der Lage bin, sehr gern, Herr Doktor!"
‚Tja, wie soll ich mich ausdrücken ... Es handelt sich um Boba!"
„Herr Doktor, bitte!"
„Die Sache ist die: Es gibt Situationen im Leben, in denen der Mensch ..."
Baločanski verstummte erneut. Er sah Filip nicht mehr an, sondern betrachtete die orangefarbene Krone im Lichtkreis des hellgrünen Kerzenscheins, der in seinem roten Widerschein wie der Schweif einer wunderlichen Rakete wirkte. Dieser Lichtkreis zog ihn an, und er wußte, daß er hier über Dinge zu sprechen hatte, die sein Schicksal entschieden, und dieses Licht war von alldem so völlig losgelöst. Er schien über alldem zu schweben und bewegte sich in einer zerlaufenen Wachsperle, als sei es lebendig. So verharrte er geraume Zeit, und dann, als sei er erwacht und in neue Räume eingetreten, sagte er sehr leise, ja intim: „Ich weiß, was zwischen Ihnen und Boba geschieht!"
„Entschuldigen Sie, aber was zwischen mir und der Frau Boba geschieht, das geschieht eben nur zwischen uns bei-

den! Das berührt Sie nicht! Sie haben gesagt, Sie wollen mit mir über eine persönliche Angelegenheit sprechen."
„Ja, zwischen mir und Boba ist eine meiner persönlichen Angelegenheiten zu klären."
„Dann klären Sie das persönlich mit ihr, wenn Sie der Meinung sind, daß es notwendig ist! Mich interessiert das nicht."
„Das interessiert Sie nicht? Gut! Dann ist es gut so! Bitte: Ich bin gekommen, Ihnen zu sagen, daß ich es niemals und in keinem Falle zulassen werde, daß man mich über Bord wirft!"
„Wieso über Bord? Was für ein Über-Bord-Werfen? Was sind denn das für Schimären?"
„Herr Professor! Boba hat den Entschluß gefaßt, mich noch heute abend zu verlassen! Sie will mich verlassen und fliehen!"
„Aber ich bitte Sie, Sie träumen wohl!"
Baločanski lachte leise, verzog kaum merklich die Mundwinkel und streichelte mit den fünf Fingern der linken Hand seinen Bart. Zu dumm! Er war im Gasthaus, und dort erzählte der Vermessungsingenieur ganz laut, daß Reginas Sohn bei ihm gewesen wäre und sich von ihm Geld geborgt hatte – fünftausend! Dieses Geld lag da im Briefumschlag vor ihnen auf dem Tisch, und das, was ihm Boba sagte – sie müsse für zwei Tage in die Stadt fahren wegen der Hinterlassenschaft jenes russischen Hochstaplers –, das war gelogen! Sie würde nie wieder zurückkehren! Und da wollte ihm dieser Kerl einreden, daß das Schimären seien und daß er träume!
„Herr Professor, gestatten Sie mir, Ihnen zu sagen, daß das keine Schimären sind, sondern daß die Dinge wirklich so liegen! Und deshalb bin ich gekommen, Sie zu bitten, Boba zu eröffnen, daß ich mich nicht über Bord werfen lasse! Sie sollen ihr sagen, daß das keine Schimären sind! Wegen dieser Frau habe ich meinen Namen besudelt, wegen ihr habe ich meine Kinder auf die Straße geworfen, wegen ihr habe ich im Gefängnis gesessen . . .!"
„Verzeihen Sie mir, Herr Doktor, bei allem Respekt, den ich Ihrem persönlichen Fall entgegenbringe – aber ich bin doch der Meinung, daß Sie nicht minderjährig waren und daß Sie wissen mußten, was Sie taten."

„Ich bitte Sie, das sind jetzt nur Nuancen! Im übrigen bitte ich auch Sie, zur Kenntnis zu nehmen, daß ich mich entschlossen habe, in diesem Spiel Subjekt zu werden!"
„In welchem Spiel?"
„In welchem Spiel? Eine lächerliche Frage! Denken Sie vielleicht, daß ich das, was ich heute bin, daß ich meine eigene Frau durchs Fenster geworfen habe, daß ich mich wie ein Schwachsinniger zugrunde gerichtet habe – daß ich all das getan habe, um noch heute abend auf die schlammige Straße zu gehen, wie vorhin jener Bettler mit der Ziehharmonika auf dem Rücken? Ich kann noch nicht einmal das, was ein Blinder kann: auf der Ziehharmonika spielen! Und mich so, wie ich bin, auf die Straße zu jagen – ist das denn menschlich? Ist das christlich? Und nun, da ich zu Ihnen gekommen bin – zum erstenmal, seit wir uns kennen – und Sie bitte, mir einen Gefallen zu erweisen, da belügen Sie mich! Ist das menschlich?"
„Pardon, verzeihen Sie . . ."
„Aber, ich bitte Sie! Nach dem ganzen Bordelldasein zwischen uns, soll ich da vielleicht noch die Worte wählen? Sie haben sich heute abend vom Vermessungsingenieur Geld geborgt – es liegt da in diesem Briefumschlag!"
In dem Aufruhr eines tödlich bedrohten Menschen erhob sich Baločanski wie in höherer Erkenntnis und begann mit dem Zeigefinger seiner linken Hand auf das Kuvert zu trommeln, das neben dem Kerzenständer lag. „Das sind keine Schimären, das stimmt! Boba fährt nach Hamburg! Sie hat dort eine Freundin, die einen sogenannten Bridgeroom unterhält! Und ich bin gekommen, Sie zu bitten, daß Sie Boba erklären . . ."
„Ich glaube, Herr Doktor, daß jedes weitere Wort überflüssig ist! Ich habe nicht die geringsten Absichten, jemandem irgend etwas zu erklären, weder der Frau Boba noch Ihnen! Bitte . . ."
Filip stand auf und ging zur Tür, um sie zu öffnen. Nach einer Weile nahm Baločanski seinen Halbzylinder vom Tisch, verneigte sich gelassen, ohne jede Verlegenheit, als habe er eine außergewöhnlich große Last von sich abgewälzt. Dann sagte er überaus höflich: „Bitte! Ich habe Ihnen meinen Standpunkt dargelegt – ich habe beschlossen, Subjekt zu werden! Es ist ein altes physisches Gesetz, daß sich

im Leben alles auf der Linie der Verteidigung bewegt! Ich habe Sie gebeten, Boba zu warnen, in ihrem Interesse . . ."

Jemand klopfte, sehr diskret. Filips Hand lag schon auf der Klinke, er öffnete. Es war Boba. Eine unangenehme, entschlußlose Pause trat ein, die Tür ging leise zu. Von ihrem Schirm tropfte hörbar das Wasser; draußen goß es. Unruhigen Blickes musterte sie die beiden Schatten unter der niederen Decke und wußte nicht, was sie sagen sollte. Eine Weile verstrich, während unter der steilen Treppe im Erdgeschoß eine Tür aufging. Jemand stieg die morschen Stufen herauf bis vor Filips Tür, hängte eine Lampe an den Nagel und stampfte wieder hinunter. Baločanski drehte seinen Halbzylinder zwischen den Fingern, winkte mit diesem schwarzen Gegenstand wie mit einem Schöpflöffel und wies der Bobočka den Weg: Bitte, gehen wir!

„Ich gehe nicht!"

„Aber dieser Mensch hat mir die Tür gewiesen! Gehen wir!"

„Geh, ich werde nachkommen!"

„Wir gehen gemeinsam! Du hast hier nichts zu suchen! Dieser Mensch hat mich beleidigt. Gehen wir!"

„Ich gehe nicht!"

„Du gehst nicht?"

„Nein, ich gehe nicht! Sei nicht langweilig! Warte unten auf mich, eine Minute nur . . ."

„Nicht eine einzige Minute, hast du gehört? Augenblicklich . . ."

„Ich will nicht!"

„Du willst nicht . . .?" Diese drei Worte brüllte Baločanski so laut, daß die Scheiben erzitterten. Es war der Schrei eines Menschen, der tödlich verwundet war. Seine Stimme heulte auf wie ein Geschoß, das jeden Augenblick niederzugehen droht.

Im Erdgeschoß wurde eine Tür geöffnet. Jemand kam zu der alten Regina, und die rief laut nach Karolina. Filip stand am Tisch, hielt sich mit der Rechten fest und wußte nicht, was er beginnen sollte. Sollte er diesen Verrückten die Treppen hinunterwerfen? Das war nicht möglich, es würde zu einem Skandal führen. Alle Bewohner des Hauses lauschten dem Geschehen, und durch diese morschen Bretterwände verstand man jedes, auch das leiseste Wort.

Außerdem war gerade der alte Liepach gekommen . . . Sich in irgendein Gespräch einzulassen wäre Unsinn – der Kerl war nicht bei Sinnen! Filip begegnete dem nervösen Blick Bobas. Sie stand regungslos da, biß sich die Lippen blutig und nickte gehorsam, niedergedrückt und hilflos. In dieser Situation war nichts zu machen. Sie wandte sich um, warf den Kopf zurück, trat an Baločanski heran und erklärte ihm entschieden: „Gut, gehen wir!" Danach drehte sie sich zu Filip um, winkte ihm zu und sagte, daß sie noch vor dem Abendessen wiederkommen werde.

„Wenn nicht, dann auf Wiedersehen im Gasthaus. Wie üblich!" Sie hakte Baločanski unter und verschwand mit ihm hinter der Tür. Die Schritte der beiden auf den Holzbrettern entfernten sich, dann wurde es still. Regen an den Fensterscheiben und Stille. Filip schleppte sich bis zum Diwan, und dort sank er nieder. Er spürte die kalte Leinwand des Kissens auf seiner Wange. Er war stumpf. Niedergeschlagen.

Der Regen trommelte gegen die Fensterscheiben, die Kerze flackerte, die Uhr tickte, und endlich fuhr Filip aus dem Halbschlaf auf. Er stand auf und ging zum Tisch: sieben Uhr und drei Minuten. Vor dem Abendessen – das heißt spätestens gegen acht! dachte er. Wie hatte sie sich ausgedrückt: Wenn nicht, dann auf Wiedersehen im Gasthaus. Wie üblich . . .

Er steckte sich eine Zigarette an und warf sie gleich wieder weg. Ein paarmal ging er auf und ab, dann legte er sich wieder auf den Diwan. Auf der Treppe wurden Schritte laut.

Das ist sie . . .!

Klopfen.

Es war Regina.

„Guten Abend, mein Kind! Schläfst du?"

„Nein! Hast du einen Wunsch?"

„Ich wollte dich nur fragen, ob du zum Abend daheim essen willst. Der ‚Erlauchte' ist unten. Wir haben einen Hasen mit Knödeln."

„Nein, danke! Ich esse außerhalb."

„Soll ich dir vielleicht die Lampe anzünden, Kind? Es ist ja ganz finster!"

„Nicht nötig, Mutter! Ich gehe ohnehin in einigen Minuten weg. Danke schön!"

„Es ist aber doch besser, wenn man Licht macht!"

Die Alte begann an der Lampe zu hantieren; sie nahm die milchigweiße Glaskugel ab und murmelte etwas vor sich hin, irgend etwas über Karolinas Oberflächlichkeit und über die Tatsache, daß man letztlich alles allein machen müsse! Filip wurde durch die aufdringliche Beharrlichkeit der Alten so nervös, daß er die Beherrschung verlor.

„Wozu machen Sie Licht, wenn ich Ihnen doch sage, daß ich weggehe!"
„Um dich zu sehen! Ich bekomme dich ohnehin nicht mehr zu Gesicht! Die letzten zwei Monate bist du nie vor der Morgendämmerung heimgekommen. Tagsüber schläfst du, und nachts schlafe ich, und so leben wir wie zwei Maulwürfe und sehen uns nicht!"
„O Mutter, Mutter, Sie mit Ihren Lampen und Gesprächen, wie Sie mich langweilen!" Er stand auf und lief im Zimmer auf und ab. Die Alte legte seinen Pyjama zurecht und hängte seinen grauen Anzug an den Kleiderständer.
„Ist Post gekommen?"
„Für dich nichts. Nur ein paar englische Zeitungen!"
„Ich habe Sie schon tausendmal gebeten, mir die Post nach oben zu bringen! Auch diese Zeitungen gehören zur Post. Aber in diesem Hause jemanden um etwas bitten . . ."
„Der ‚Erlauchte' liest sie gerade. Ich konnte sie ihm ja nicht aus der Hand reißen. Wenn er etwas liest, erzählt er mir es wenigstens, aber von dir kann der Mensch nichts erfahren! Liepach sagte mir, er habe vom Kaplan gehört, du sollst in einer amerikanischen Kathedrale die Fenstermalerei ausführen?"
Filip wußte nicht, was er machen sollte. Wie konnte er sich der Alten nur entledigen . . .? Sieben Uhr und zwölf Minuten. Vor dem Abendessen, das hieß um acht! Das hieß, daß Boba jede Minute zurückkehren konnte. So gab er vor, sich rasieren zu wollen.
„Ist warmes Wasser da?"
„Ja."
„Seien Sie so gut und sagen Sie der Karolina, sie soll mir warmes Wasser zum Rasieren heraufbringen. Und grüßen Sie den Erlauchten von mir. Sagen Sie ihm, ich werde kurz hinunterkommen, sobald ich mich rasiert habe."
Er legte sein Necessaire auf den Tisch, öffnete es und begann die Rasierutensilien auszubreiten. Dann setzte er sich hin, zog seinen Rock aus und nahm die Krawatte ab. Die Alte blieb bewegungslos stehen, betrachtete ihn mit ruhigem, beinahe phlegmatischem Interesse und fragte ihn erneut, als glaube sie es nicht: „Also dann, warmes Wasser willst du?"

„Ja, bitte! Sagen Sie der Karolina nur, daß sie es mir nicht siedend heiß bringen soll!“
Die Alte zuckte die Achseln und schloß die Tür hinter sich. Er hörte, wie sie mit ihren kranken Füßen die fünfundvierzig Stufen hinuntertappte.
Filip lief wiederum auf und ab und steckte sich eine Zigarette an. Der Geschmack des Nikotins war ekelhaft. Durchs Fenster drang das Rauschen des Regens und der einförmige, langweilige Klang eines Tamburins. Da saß dieser Tölpel Francek in der Stalltür und spielte den ganzen Abend auf diesem verdammten Tamburin. Er öffnete das Fenster und schrie in die Nacht hinaus, Francek solle endlich einmal aufhören, sein Spielen sei gar nicht so angenehm, wie er glaube. Durch den dunklen Vorhang des Wassers drang die stotternde Stimme Franceks, der irgend etwas entgegnete.
„Scher dich zum Teufel! Dieses verfluchte Tamburin bringt einen ja um den Verstand!“ Klirrend schlug er das kleine Fenster zu, ihm wurde kalt. Er zog seine Hausjacke an und setzte sich vor den Spiegel. Eine Rasur war völlig überflüssig, erst mittags hatte er sich rasiert.
Sieben Uhr und achtzehn Minuten. Bis acht ... Wenn nicht, wie üblich im Gasthaus ...
Wieder setzte er sich in Bewegung, und vor seinen Augen erschien ihm der tote Grusinier, dessen Gebiß sich bewegte und der von der Schädelmeßlehre sprach. Dieser Kerl hatte ein ungewöhnliches Wissen gehabt ... Und was bedeuteten die Worte Baločanskis, die er damals, neben dem erstochenen Kutscher, fallenließ? Am besten sei es, jemandem einfach das Messer in die Eingeweide zu jagen ... Nein, Baločanski war nicht gefährlich. Er war ein verwesender, feiger, erbärmlicher Wicht. Ein närrisches, zahnloses Stinktier. Wie er gebrüllt hatte, als säße er in einer Kneipe!
Schritte. Karolina brachte sicherlich das Wasser.
Klopfen.
„Bitte!“
Es war nicht Karolina. Regina kam selbst mit dem warmen Wasser.
„Ich habe Ihnen doch gesagt, Sie sollen Karolina darum bitten! Das war doch nicht nötig!“
„Weiß die Karolina etwa, wie das gemacht wird? Sie nimmt einfach Wasser aus dem Kessel und fertig. Ich aber habe

dieses Wasser lauwarm gemacht. Sei nicht so nervös, das ist nicht gut! Wen hast du vorhin so angeschrien?"
„Diesen Tölpel mit seinem Tamburin!"
„Das ist wahr! Vom frühen Morgen bis zum späten Abend immer dieses vermaledeite Tamburin! Aber was soll man machen, mein Kind? Es mußte sich jemand finden, der dieses Waisenkind aufnimmt. Man fand es in Lumpen, sicherlich ein uneheliches Kind."
„Ein uneheliches Kind! Was bedeutet das, ein ‚uneheliches Kind'? Es gibt Kinder, die einer gesetzlichen Ehe entstammen und die trotzdem ungesetzlich sind! Es scheint uns nur so, daß etwas ‚gesetzlich' ist, aber mehr oder minder ist alles ungesetzlich in unserem Leben!"
„Ja, siehst du, mein Kind, das ist es ja gerade, was nicht sein dürfte!"
Filip hatte sich eine Zigarette angesteckt; er blies nervös der Rauch vor sich hin und ging auf und ab. Die Alte folgte ihm mit dem Blick, ihr Kopf pendelte hin und her. Was hat der Junge? fragte sie sich. Er sagt, er wolle sich rasieren, und nun wird sein Wasser kalt ... Sie entschloß sich, ihn zu fragen, was denn der Herr Baločanski von ihm gewollt habe.
„Ach, er war eben da! Was weiß ich?"
„Es hat mich gewundert, denn seitdem du hier bist, war das sein erster Besuch."
Filip schwieg.
„Armer Kerl! Ich weiß zwar nicht, warum, aber ich bedauere ihn. Er ist ein so sympathischer und feiner Herr!"
„Was finden Sie so sympathisch an ihm? Seine gelben Pferdezähne? Oder den Ziegenbart?"
„Hast du ihn auch bewirtet?"
Filip wußte nicht, was er anfangen sollte. Den Mantel nehmen und hinauslaufen in den Regen? Er hatte keinen Schirm, und draußen goß es in Strömen. Er blieb vor der Alten stehen und wurde plötzlich grob.
„Was, zum Teufel, soll diese Quälerei? Ich bitte Sie, lassen Sie mich in Ruhe! Sie haben ohnehin jedes Wort verstanden, das zwischen mir und diesem Menschen gesprochen wurde – warum wollen Sie dann, daß ich Ihnen zum zweitenmal alles erzähle, was Sie bereits einmal gehört haben?"

„Mein Sohn, mein Sohn, es steht nicht gut um dich! Immer wolltest du mit dem Kopf durch die Wand!"
„Aber, ich bitte Sie! Ich habe diese vierzig Jahre hinter mich gebracht, und zehn weitere werde ich zu ertragen wissen. Was dann kommt, ist ohnehin einerlei!"
„Es ist nicht gut, was du tust, mein Kind! Dieser Mensch hatte ganz recht! Ganz Kostanjevec spricht schon von nichts anderem als von dir und von ihr! Und auch mir ist das, bei Gott, nicht angenehm."
„Und was ist Ihnen da wieder mal nicht angenehm?"
„Gott sei dir gnädig, mein Sohn! Du triffst dich mit dieser Person hier unter meinem Dach, da wirst du es mir wohl gestatten, daß mir das nicht einerlei ist! Und außerdem spreche ich in deinem Interesse, denn sie ist eine üble und verkommene Frau! Sie hat schon einige Existenzen vernichtet. Auch dieser Russe auf der Turčiner Strecke war einer von denen, die sich mit dieser Person mal da, mal dort herumgetrieben haben. Von dieser Frau hat niemand etwas Gutes zu erwarten!"
„Wenn ausgerechnet Sie, Mutter, mir Lektionen lesen wollen, dann wäre es besser, wenn Sie schweigen. Bitte, ich will kein einziges Wort mehr darüber hören! Sie wissen davon viel zuwenig, als daß Sie sich als Richter erheben könnten!"
„Was braucht man da schon zu wissen? Es genügt, die Dinge mit seinem natürlichen Verstand zu beurteilen: Die Menschen werfen sich dieser Bestie wegen unter die Züge, sitzen hinter Schloß und Riegel, und du hast ihretwegen den Verstand verloren. Da braucht man nichts zu wissen . . ."
„Wenn Sie nicht wollen, daß ich hinausgehe, dann bitte ich Sie, endlich zu schweigen. Kein einziges Wort mehr, bitte . . .!"
„Ich bin deine Mutter, mein Kind, und niemand auf der Welt ist dir näher als ich, und wer könnte aufrichtiger zu dir sein und es besser mit dir meinen?"
„Ja, das stimmt! Niemand auf der Welt ist mir näher als Sie!"
Er zog einen Stuhl an den Tisch und blickte diese Frau an. Hinter dem hellblauen Behälter der alten Petroleumlampe und im Schein der milchigen Glaskugel saß dort eine grauköpfige Frau mit weißen Bändern auf dem Rücken. Eine Goldkette hing ihr um den Hals, und ihre Finger waren vol-

ler Ringe. Das war wirklich seine Mutter! Das war sie, dieselbe Mutter, die ihn kalten Blicktes hinter der eingefaßten Scheibe in ihrer Eingangstür gemustert hatte, als er verloren und verzweifelt zurückgekehrt war. Mit einer Stimme voller Verachtung hatte sie ihn auf die Straße gesetzt! Und wie an jenem Morgen, so war zwischen ihnen dreiundzwanzig Jahre lang der gleiche Abstand geblieben: Er trieb sich mit irgendwelchen unmoralischen Weibern herum, er kompromittierte ihr ehrliches Haus, und sie distanzierte sich von ihm. Zu dumm! Als habe sie ihn nicht jahrelang verkommen lassen, schlimmer als den allerletzten Hund! Seine ganze Kindheit hatte sie vergiftet, und nicht nur seine Kindheit, sondern auch ihn selbst, seinen Charakter, alles, was in ihm und in seinem Leben von Wichtigkeit war, alles, was schon von der ersten Fäulnis, in der er entstand, angegriffen war. Und diese Frau, deretwegen er ganze Nächte verweint und von der er das unreine Blut geerbt hatte, diese Frau distanzierte sich von ihm! Irgend etwas paßte ihr nicht, weil es unmoralisch war und weil dieses Unmoralische unter ihrem hochmoralischen Dach geschah! Als hätte er nicht während seiner ganzen Kindheit die neugierigen und unruhigen Blicke jenes stinkigen, abgelegenen Winkels gespürt, diese Blicke, die wie Raupen über ihn hinweggekrochen waren, und all das wegen dieser Pfäffischen, wegen dieser Kreatur da! Als hätte sie sich nicht jedem Manne hingegeben! Nur dadurch hatte sie sich dieses angenehme und „ehrliche“ Alter aufgebaut, und dadurch konnte sie nun unter ihrem „ehrlichen“ Dach sitzen und ihm moralische Lektionen halten!
Er stand auf und griff sich mit der linken Hand an den Hinterkopf: seine Kopfschmerzen nahten wieder einmal. Die Lider wurden ihm schwer, sie waren wie verklebt, und in den Gelenken spürte er Blei. Er kramte eine ganze Weile in seinem Necessaire, nahm eine Tablette zur Beruhigung und trank zwei Glas Wasser. Regina musterte ihn noch immer, ohne sich zu rühren; sie war ungeheuer neugierig und verriet nicht die geringste Absicht, ihn allein zu lassen. Und der Zeiger näherte sich dem dritten Viertel vor acht. Eine Minute vor drei Viertel acht. Filip zündete sich eine Zigarette an und setzte sich wiederum beunruhigt in Bewegung.
„Und weshalb hat dieser Russe Selbstmord begangen?“

„Das weiß ich nicht! Er hat Schluß gemacht! Das kommt doch vor, daß sich Menschen selbst umbringen! Jeden Tag findet man in den Zeitungen Nachrichten darüber!"
„Liepach sagte mir, er habe vom Amtsvorsteher gehört, dieser Russe sei ungemein intelligent gewesen: zweifacher Doktor und Universitätsprofessor!"
Filip schob seinen linken Zeigefinger zwischen Hemd und Krawatte, und es sah aus, als wolle er alles mit einem einzigen Ruck auseinanderreißen.
„Mutter, ich flehe Sie an, hören Sie auf, mich zu quälen! Was hacken Sie auf mir herum wie eine Krähe? Lassen Sie mich allein, ich bitte Sie! Sehen Sie denn nicht, daß ich nervös bin?"
Regina blieb kaltblütig sitzen und rührte sich nicht. „Wenn ich dir die Wahrheit sagen soll, mein Kind, ich habe Angst um dich!"
„Weshalb denn nur?"
„Ich gestehe aufrichtig: Ich hab Angst, daß diese Person sich an dich klammert!"
„Wer denn? Was für eine ‚Person'? Was heißt das?"
„Na, diese . . ., diese allergewöhnlichste . . ."
„Mutter, um Gottes willen!"
„Ich sehe, du bist naiv, du hast keine Ahnung von Frauen!"
„Und Sie haben die Stirn, dieses Wort vor mir auszusprechen?"
„Wenn jemand blind ist, dann ist es gut, ihm die Augen zu öffnen. Und du siehst nichts. Du bist geblendet!"
„Und Sie glauben, daß ausgerechnet Sie berufen sind, mir in dieser Hinsicht die Augen zu öffnen? Sie?"
„Ja, denn ich bin deine Mutter! Du bist mein Kind! Und wer steht dir näher auf dieser Welt als ich?"
Filip trat vor sie hin und spürte, wie ihm schwindlig wurde. Er wankte hin und her, und in diesem Augenblick erschien ihm die Frau bleich, bestaubt und angeschmiert, sie wirkte wie ein dummer, geschminkter, mehliger Clown im Halbdunkel. In seiner Brust verkrampfte sich etwas, er bekam keine Luft.
„Sie glauben also, berufen zu sein, mir moralische Lektionen zu lesen? Hier, unter diesem Dach, das mit ebensolchem, wenn nicht mit noch schlechterem Gelde gekauft wurde, das gewisse Mädchen in ihren Strumpf stecken! Und meine Geburt, meine Kindheit, die Trafik, die Brüdergasse,

jene Alte mit dem schwarzen Raben und die Rolle des Bischofs in dieser ganzen Sache? Mutter, Mutter . . .!“

Regina stand auf, ihre Stimme zitterte. „So mit seiner Mutter sprechen kann nur ein verkommener Mensch, der nicht an Gott glaubt!“

„Ja, Frau Regina, Sie haben über Ihre Handelsbeziehungen zum Himmel stets sehr geordnet Buch geführt. Nicht jede dieser Frauen, die Sie heute abend verabscheuen, ist in der Lage, daß ihr die Domherren einen gesicherten Lebensabend in kurialen Häusern bieten, wo sie dann mit erlauchten Persönlichkeiten Karten spielen! Was sehen Sie mich jetzt an, als sei ich verrückt geworden? Da, ich habe das vierzigste Lebensjahr überschritten, und bis zum heutigen Tage weiß ich nicht, wer eigentlich mein Vater war! Meine ganze Kindheit hab ich mich mit dieser Frage herumgeschlagen, meine Jugend war dadurch vergiftet, und Sie, die Sie allein schuld sind an alldem, Sie wollen mir heute abend etwas von einem moralischen Piedestal herab erzählen . . .?“

Filip wußte, daß all das überflüssig und übertrieben und dumm war, aber er konnte sich nicht mehr beherrschen. Er war bereits in Bewegung geraten. Das Drama nahm seinen Lauf. Dort, auf dem ovalen polierten Tisch mit der Plüschdecke, lag jenes goldumrahmte, in Samt eingefaßte Fotoalbum mit dem goldenen Herold auf dem Umschlag. Mit einem Satz war er dort und schlug das Album auf. Er blätterte in dieser Geschichte seiner höllischen Unruhen, blätterte vor den Augen seiner Mutter in den alten vergilbten Bildern und steigerte sich in eine noch größere Wut.

„Da, sehen Sie Ihre Bilder! Bitte, sehen Sie sich Ihre herrlichen Bilder an, und dann moralisieren Sie! Wer sind diese Leute, woher kamen diese Erscheinungen? Woher kam dieser Kammerdiener, dieser blöde Bischof, dieser Domherr Lovro – was ist das alles, meine Dame? Was sind das für Herrschaften in Pelzmänteln? Ihr Bruder, der Stabsleutnant, und Sie im Kostüm der Kolombine auf dem Ball des Wiener Roten Kreuzes . . . Warum heiße ich Sigismund? Wer waren diese Valentis, was will dieser Abt der Heiligen Jungfrau hier, der sich ein brillantenes Kreuz umgehängt hat und mir, als ich ihm in der Kirche ministrierte, des öfteren eine Krone schenkte? Was war das für ein schwarz eingerahmter Akt – Sie nackt auf einer Wolke? Und was war das für eine

Alte mit dem Raben, und wer war dieser unbekannte Herr da mit dem Zylinder? Wer von all diesen Typen hier in diesem verfluchten Buch ist mein Vater? Reden Sie! Was sehen Sie mich an, als ob ich nicht normal wäre? Der Teufel hole Sie und dieses Album und das alles zusammen!" Er warf das goldgerahmte Buch mit solcher Wucht an die Wand, daß es zerriß. Die Bilder flatterten im Zimmer umher.
Regina bekreuzigte sich pathetisch, aber sie hatte sich in der Gewalt. Sie beugte sich nieder, sammelte die verstreuten Bilder auf, setzte den zerrissenen Einband zusammen und begann leise und beschwichtigend zu sprechen.
„Gott behüte dich, mein Kind. Sündigen ist menschlich, das wichtigste aber ist, daß der Mensch einsichtig wird und alles bereut. Wenn dich diese Frage so sehr geplagt hat, warum hast du sie nicht angeschnitten? Ich hatte dich elf Jahre lang nicht gesehen, und für den Fall meines Todes habe ich dir alles aufgeschrieben. Ich selbst wollte schon ein paarmal mit dir über diese Angelegenheit sprechen, aber in der letzten Zeit hatte ich dazu keine Gelegenheit. Selbst Liepach legte mir ans Herz, die Sache noch vor unserer Verehelichung ins reine zu bringen. Bitte, das ist das Bild deines Vaters!"
Sie stand auf und gab ihm ein Bild mit den goldenen Initialen eines Budapester Hofphotographen. Vor einer Renaissancebalustrade aus Pappe stand der Großgespan in Magnatengala mit Pelzmütze, Reiherfeder und dem Krummsäbel im Samtfutteral, und in den Säbelgriff dieser marktschreierischen Damaszener Klinge waren Glasperlen eingesprenkelt: Doktor von Liepach zu Kostanjevec, im Jahre achtzehnhundertfünfundneunzig, dicklich, mit Brillantine eingefettet, mit einem vollen Backenbart à la Attila. Flossmann: Tombola-Potpourri! Königlich Ungarischer Hofphotograph Löwinger. Döbrentey Tèr 13. Budapest.
Jemand klopfte an.
Drei Minuten vor acht . . . Bis acht. Wenn nicht, dann wie üblich im Gasthaus . . . Das kann die Bobočka sein.
„Herein!"
Baločanski. Es war Baločanski.
Er war von schwächlicher Statur. Besonders in der letzten Zeit wirkte er mehr und mehr wie ein Gelähmter, und er wirkte nicht nur so. Unter der Last dieser grausamen Ge-

fahr von innen, die von Tag zu Tag größer wurde und die sich einmal in der Erstarrung der Gelenke, ein andermal in taubstummem Stottern äußerte, bewegte sich dieser Mensch wie ein Reptil: er kroch dahin, er glitt schleimig zwischen den Dingen umher. Aber an diesem Abend, dort oben, da er die morsche Schwelle von Filips Zimmer überschritt, erschien er noch kleiner als gewöhnlich, und als er so gebeugt dastand, mit seinem Halbzylinder in der Hand, da ähnelte er mehr einem Buckligen als einem Menschen mit geradem Rückgrat. Er verbeugte sich vor Regina wie ein Diener, küßte ihr zeremoniell die Hand und lächelte ruhig und liebenswürdig. Er entschuldigte sich, daß er störe, aber er sei in einer Angelegenheit gekommen, die nicht nur seine persönliche Angelegenheit sei.
Regina klaubte die letzten Bilder zusammen, nahm den Einband des Albums und schloß die Tür hinter sich. In leisem, nachgerade übernatürlichem Moll entschuldigte sich Baločanski in seinem und in Frau Bobas Namen, daß er nicht früher gekommen sei, aber das wäre technisch nicht möglich gewesen. Boba lasse Filip schön grüßen und ihm ausrichten, er solle am Abend nicht warten, denn sie sei verhindert. Das Rendezvous sei gegenstandslos geworden und auch die Geldanleihe. Sie lasse ihm bestellen, daß sie nicht verreise.
Filip, noch ganz unter dem Eindruck der königlich-ungarischen Fotografie, begriff nicht, worum es ging.
„Boba fährt nicht? Sie lehnt die Gefälligkeit bezüglich des Geldes ab? Sie ist verhindert, selbst zu kommen? Auch ins Gasthaus kann sie nicht gehen, und dafür schickt sie Sie, um mir das alles zu übermitteln?“
„Ja! Sie hat mich geschickt, damit Sie nicht vergeblich warten! Sie wird heute abend nicht kommen! Sie bleibt zu Hause!“
„Wieso zu Hause? Heute abend hat sie doch Dienst im Gasthaus!“
„Ja, deshalb gehe ich nachher gleich ins Gasthaus, um die Fanika zu bitten, die Vertretung zu übernehmen. Boba wird heute abend nämlich zu Hause bleiben! Zwischen ihr und mir ist es zu einem ernsten Gespräch gekommen, deshalb war es mir nicht möglich, früher zu erscheinen. Ich habe ihr schön erklärt, worum es sich handelt. Die Dinge stehen nämlich so, daß ich nicht Ziehharmonika spielen kann und daß ich kein Hund bin!“

„Und sie?“
„Und sie fing an zu weinen! Boba war überhaupt von jeher ein guter Mensch! Das war es ja auch, was mich immer zu ihr hingezogen hat: sie ist gut wie ein barmherziger Samariter. Alle erzählten, jene kleine schwindsüchtige Geigenspielerin, die von Boba zwei Jahre gepflegt wurde, sei eine Lesbierin gewesen, aber das Ganze war nicht lesbisch, sondern samariterhaft. Boba hat ein Herz für andere. Sie hatte von jeher ein großes Herz ...“
Die Tränen liefen ihm über die Wangen, seine Stimme begann zu würgen. Er wischte sich die Tränen mit den Handflächen und mit dem Rand des Halbzylinders ab, aber sie liefen ihm in einem Rinnsal in den Bart.
Filip trat an ihn heran. „Gut, aber was hat sie Ihnen gesagt?“
„Ich habe ihr erklärt, wie die Dinge stehen: ‚Boba, Kind, wir sind keine Raubtiere ...‘“
„Und sie?“
„Und sie weinte zusammen mit mir. Sie nahm meine Hand und sagte zu mir, ich sei ein so unglücklicher Mensch. Oh, schon lange war sie nicht mehr so gut zu mir. Und dann hat sie mich zu Ihnen geschickt, um Ihnen auszurichten, daß sie bleibe und daß sie es gut bei mir habe!“
Durch diese schluchzende, halblaute, gedämpfte Stimme, durch diese Gebrochenheit, durch diesen nassen und schleimigen, mit Tränen benetzten Bart sah Filip das Gesicht des Mannes wie aus unvorstellbarer Entfernung. Dieses Gefühl der unvorstellbaren Weite war die einzige starke Empfindung in Filip, und ihm kam in all der Verwirrung der einfache Gedanke, daß alles, was dieser Bettler hier sagte, gelogen sei.
Wie? Boba, die noch vor einer halben Stunde abreisen wollte, ließ ihm nun bestellen, daß alles überholt sei? Schon seit mehr als zwei Monaten stand diese Reise nach Hamburg auf der Tagesordnung! Das war höchst unwahrscheinlich. Er wird seinen Mantel nehmen und mit ihm gehen, um von ihr persönlich zu hören, was los war.
Baločanski ließ sich nicht im geringsten aus der Ruhe bringen. „Oh bitte! Wenn Sie mir nicht glauben, dann bitte: Gehen Sie! Aber ich glaube, es ist völlig überflüssig, daß Sie sich im Regen zu ihr bemühen! Ich habe Boba gesagt, daß

Sie mir nicht glauben werden. Deshalb hat sie Ihnen alles aufgeschrieben!"
„Wo? Was hat sie geschrieben?"
„Bitte, hier!"
Aus seiner rechten Tasche nahm Baločanski einen zerknüllten Zettel und reichte ihn Filip. Filip trat, um besser zu sehen, näher an die Lampe heran. Es war eine Rechnung.

Droguerie und Parfümerie
Aphrodita

Rechnung: für die hochwohlgeborene Frau Dr. Pavlinić K. von Raday

Parfums, Kölnisch Wasser, Seife, wohlriechende Salze, Wacholdersalz	3724
Parfums, Seife und diverse Toilettenartikel	3141
Parfumsendung an H. F., Dresden	1215
Parfumsendung an H. F. , Dresden	4375
Auf Rechnung von Fräulein E.	243
Auf die detaillierte Rechnung	332
Auslandssendung an S., Paris	4214
zusammen:	17244

Betrag erhalten. Mit dem Dank der Aphrodite

Unterschrift

Auf der ganzen Seite war nicht eine einzige Silbe von der Hand der Bobočka geschrieben. Und die andere Seite war völlig leer. Filip merkte, daß ihm etwas an den Fingern klebte. Etwas Fettiges, Feuchtes. Unten, am unteren Rand der leeren Seite befand sich der fette rote Abdruck eines menschlichen Fingers, wie ein Siegelabdruck. Blut. Er blickte Baločanski an. Baločanski stand regungslos vor ihm und sah ihn an wie ein apportierender Hund.
„Was ist das? Das ist ja ganz verschmutzt. Das ist doch kein Brief!"
Filip trat näher zur Lampe und ging, um besser zu sehen, um Tisch und Stuhl herum, so daß nun zwischen ihm und Baločanski der Tisch stand und auf dem Tisch die Lampe.

Durch den milchigen Schimmer der Glaskugel sah er Baločanski nur schemenhaft. Er rückte den Stuhl zur Seite und trat auf ihn zu. Nun erst stellte er fest, daß Baločanski blutete. Das rechte Hosenbein war mit Blut getränkt. Er stand in einer Blutlache.
„Was haben Sie denn? Sie sind ja blutig!"
Baločanski legte diskret den linken Zeigefinger auf die Lippen und bedeutete ihm, nicht so zu schreien.
„Nescimus horam neque diem, carissime domine!"
Dann nahm er seinen Halbzylinder, riß die Tür auf und sprang die Stufen hinab. Der Sprung und der Sturz dieses blutigen Menschen – all das wirkte tierisch. Von der Schwelle warf sich Baločanski die Treppe hinab, übersprang etwa zehn Stufen und rollte dann wie ein Fleischklumpen bis zum Erdgeschoß. Die Dielenbretter donnerten ohrenbetäubend, das ganze Haus erzitterte bis zu den Grundfesten, er aber verschwand schon im Dunkel. Ohne Mantel, ohne Kopfbedeckung rannte Filip hinter ihm her. Hinter sich vernahm er ein Lärmen, Türenwerfen, die Schreie von seiner Mutter und von Karolina, und vor ihm war der Schlamm. In der schlammigen Nacht dröhnten die Schritte des blutigen Menschen, der in die Finsternis flüchtete wie ein Tier vor der Meute.
Filip lief im dunklen Herbstregen dahin, als sei auch er irrsinnig geworden, und jenes Tier verschwand, und nichts war mehr zu hören. Er fiel in den Graben, lief in den Stacheldraht vor den Anlagen an der Promenade. Vor dem Gemeindegasthaus fingen die Leute an zu schreien und liefen hinter ihm her. In der Ferne, oberhalb der Ziegelei, war Bobas Fenster vom hellgrünen Schein ihrer Gardine erleuchtet. Blutig, zerrissen, schmutzig und naß wie ein Ertrunkener stürzte Filip ins Zimmer. Auf dem Tisch brannte ruhig die Kerze. Alles war durcheinandergeworfen wie nach einer schweren Schlacht: die Kissen, die Kleidung, die Bücher, die Federbetten, die Röcke. Im Bett, mit beiden Füßen den Boden berührend, über die Bettkante geworfen, lag Boba in ihrem Blut: Baločanski hatte ihr die Gurgel durchgebissen. Und alles war blutig: der Bettbezug, die Kissen und ihre schwarze seidene Bluse. Ihre Augen waren geöffnet, und es schien, als schaue sie.